始皇帝の使者

小南　波人

三省堂書店／創英社

もくじ

第一部

第一部

一　シュイ・フー〈徐福〉の船出

港に近づくにつれ、群集の数はますますふえてきた。

始皇帝が滞在しているランヤ〈琅邪〉の離宮に通じる道はすべて封鎖されていたので、港に向かうにも混みあったこのわき道をノロノロ進むしかない。

ヤンはタオに手を引かれ、じれったい思いで歩いた。

あと数時間で始皇帝の使者がひきいる船団が、黄海、さらにその先の未知の海をめざして船出する。

船の数は一〇〇隻。ランヤの住民がこれまでに見たこともない大船団だ。

港へ向かう人々はみんなこれを話題にし、興奮してしゃべっていた。

しかしその声も、港の入口を守る黒いよろい、かぶとを身につけた秦〈しん〉の兵士たちの前にさしかかると、ピタリと止まってしまった。

目を伏せてコソコソ通り過ぎる人々を、兵士たちは無表情に見つめていた。

兵士たちの手にはイシ弓がにぎられている。

引き金で矢を放ち、二〇〇メートル先の敵を射抜く。

この強力な武器がなければ、六国を征服し、史上初めて中国を統一した始皇帝の偉業は達成されなかったかもしれない。

ランヤの人々はつい最近まで斉〈せい〉の民だったから、自分たちを打ち負かした秦の兵士の前では、どうしても気持ちが引けてしまうのだ。

タオはそれが気にいらなかった。

彼は兵士たちの前までくると、まるで武器をふりかざすようにヤンを高々と持ち上げ、たくましい肩にひょいと乗せた。

兵士たちは見上げるような大男と、彼に肩車されてさらに高くそびえた子供をチラと見て、すぐに目をそらした。

ヤンの視界はいちどに広がった。

港はもう目の前で、巨大な指揮船が見えた。

船首は龍のかたちをして金色に塗られている。

港に残っているのはこの指揮船だけだ。

ほかの九九隻は港から外海に出たところで帆を下ろし待機している。

各船の帆柱が林のように海を埋めつくしている。

指揮船の上ではこのときになってもまだ人々が長い航海にそなえ、水や食料をつめた大樽を一個所に集めて太い縄をかけようとしていた。

大樽を転がすカミナリのような音がゴロゴロひびくなか、船の漕ぎ手五〇人を席につかせようと上級の船員たちが走りまわって声をからしていた。

群集は始めて見る勇ましい光景に、今から大歓声を上げている。

ヤンはタオの肩の上から首をできるだけ伸ばし、使者のすがたをさがした。

すぐに指揮船の帆柱によりかかる使者を見つけた。

シュイ・フー〈徐福〉という名で、七才のヤンより一五才年上のいとこは、まわりのさわぎから距離をおくように一人でいた。金糸の縁どりをしたヒザまである青絹の上着をまとい、帯には宝玉をちりばめた短剣をはさんでいた。愛用の長剣は外している。

たぶん、使者の目的が平和なものであることを示すためだ。

これまでも始皇帝は多くの国に使者を送ったが、平和のためではない。

黒いよろい、かぶとに、秦の黒い旗をかかげた黒ずくめの使者は敵の城門に馬を乗りつけ、〈今すぐ降伏しろ。さもないと、みな殺しにするぞ〉と冷たく告げていたのだ。

こうして始皇帝は、韓〈かん〉から始めて、趙〈ちょう〉、燕〈えん〉、魏〈ぎ〉、楚〈そ〉、斉〈せい〉の順に征服し、わずか九年で中国を統一した。

そして、今回。

始皇帝が新たに使者を送るのは、はるか東海にあるとされる三つの島。蓬来〈ほうらい〉、方丈〈ほうじょう〉、えいしゅう、と呼ばれるこれらの島には仙人たちが住み、日夜、〈不老不死の霊薬〉をつくる、と、伝えられていた。

天下統一を果たし、すべての望みをかなえた始皇帝がなお望んだのが、不老不死。〈永遠の若さ〉と、〈永遠の生命〉を、手に入れることだった。


一年前、シュイ・フーはたった一人でシエンヤン〈咸陽〉の宮殿に乗りこみ始皇帝に面会を求め、次のように約束した。

「もし陛下がわたしに一〇〇隻の大船をあたえてくだされば仙人の島にわたり、不老不死の霊薬を持ちかえってごらんにいれます」

始皇帝は信じた。だれもが恐れる地上最大の権力者である自分に対し、この若者にビクビクしたようすがまったく見られなかったからだ。

ただちにランヤの造船所に対し、大船一〇〇隻をつくるように命令が出された。

一年の歳月をかけて一〇〇隻が完成すると、船には不老不死の霊薬と引きかえに仙人たちに贈る数々の財宝が積みこまれた。

港の群集はこの話を聞きつけ、使者の勇気に感動して集まった人たちだった。

なぜなら、この時代、海は、〈冥界に通じる〉とされ、人々に恐れられていたのだ。

冥界とは死の世界のこと。そこに立ち向かう船がたよりにするのは帆とカイだけで、甲板を張る技術はまだなく、船底はむき出しのまま。身分の高い者には申しわけ程度の壁で仕切られた小部屋があたえられたが、他の者たちは船底にじかにゴロ寝、というありさまで、口の悪い者が言う、〈こんな、でっかいタライ〉で未知の海に乗り出すのは、命をすてにいくようなものだった。

しかも、これに挑戦するのが老練な船長ではなく無名の若者であることが、群集の声援をいっそう大きくした。

中でも目だったのは女たちで、港育ちのあけっぴろげな性格を丸出しに指揮船の間近まで押し寄せ、航海の無事を祈るだけでなく、使者の美男ぶりを大声で誉めそやしていた。

しかし、かんじんの使者、シュイ・フーの耳には、そういう声もまるで入らないようだった。

彼はうつむき、長い間、考えごとをしていた。

やがて顔を上げ、港の近くにある緑色の瓦屋根のりっぱな屋敷に目を向けた。

シュイ・フーとヤンの叔父で、ともに両親を戦乱でなくし孤児となった二人を引き取り育ててくれたランヤの長官、ホァン・カイ将軍と妻のリーホワ夫人が住む屋敷だ。

七才の子供にもシュイ・フーの悲しい気持ちが伝わり、ヤンはタオに聞いた。

「なぜホァン叔父さんとリーホワ叔母さんは、フー兄さんを見送りに来ないんだろう」

群集の歓声で、タオにはそれが聞こえなかった。

ヤンは思いきりタオの耳を引っぱった。

大男はうなり、肩をゆすってヤンの口が耳に近づくようにした。

「将軍もリーホワ奥さまも、お屋敷の一番上の窓からシュイ・フーの若君を見ておられるはずだ」質問を聞きとると、タオは重々しく答えた。「たぶん、泣いているおすがたを見られたくないと思っておいでなんだろう」

「なぜ、叔母さんたちは泣くの。フー兄さんはそんなに長い間、帰ってこないのかい」

「それどころか……」言いかけて、タオはだまった。

シュイ・フーの若君に帰国するつもりなどまったくないことを、タオはヤンに秘密にしていた。これを知る者はたった三人。ホァン将軍とリーホワ夫人、そして将軍の忠実な副官のタオ、だけだ。

もしこれを始皇帝が知れば、シュイ・フーはもちろん、将軍夫妻もタオもただちに煮えたぎった大釜にほうりこまれるだろう。

それを思いタオはため息をついたが、わざと明るく言った。

「心配するな、ヤン。若君のことだ。みごと不老不死の霊薬を手にして、来年にももどってこられるだろうよ」

指揮船の上ではシュイ・フーが二度と見ることはないであろうホァン・カイ将軍の屋敷に目を向けて、もの思いにしずんでいた。

彼が国にもどるつもりがない、と打ち明けたとき、ホァン将軍は少しも反対はしなかった。

「おまえの気持ちはよく分かるぞ」将軍はうなずいて言った。

「きびしい法律で民をしばっているこの秦の国で、おまえのような元気のいい若者が自由に行動することなど、この先もまったく望めないからね。始皇帝はわれわれの祖国、斉を最後にほろぼし天下を統一すると、民の暮らしなど少しも考えず、ぜいたくな宮殿や巨大な自分の墓、万里の長城の建造や修復などの大工事に熱中し始めた。しかもそのつらい労働に帝国各地から大勢の若者をムリヤリ集めているのだ。おまえが若い人たちをひきいて国を出ようとするのは、まったく正しいことだ」

「ありがとうございます。しかし心配なのは、わたしが帰国しないと知ると、始皇帝はわたしのかわりに叔父上、叔母上を罰しはしまいか、ということです」

ふだんは明るい若者なのに、こう話したとき、シュイ・フーはなみだをおさえることができなかった。「始皇帝はお二人を航海にお連れしたいというわたしの願いをしりぞけたのです。そこで、わたしは不安になりました。もし始皇帝がわたしをうたがい、お二人を人質に取ったつもりでいるなら、孤児のわたしを引きとり大切に育てて下さった、わたしがだれよりもご恩を感じているお二人を死罪の危険にさらして船出することになります」

将軍は首をふった。「そのような心配はするな。祖国をなくしてから、わたしもリーホワも覚悟はできている。住民を守るため、とまわりに説得され、戦わずして降伏した後、始皇帝にランヤの長官をつづけるように命じられ、恥を忍んでそれを受けたのも、それが住民の安全に少しでも役に立てば、と、自分に言いきかせたからだ。だが、それもそろそろ終わりにしたい。わたしたちには、今さら命をおしむ気持ちなどないのだ」

重苦しい空気をふりはらうように、ホァン将軍はシュイ・フーをからかった。

「ところで、おまえは始皇帝の使者なんだから、さぞや、不老不死の薬は実在する、と信じているのだろうね」

「わたしが使者を志願したのは、自由のないこの国から逃れるためです」

シュイ・フーはまじめに答えた。「でもそれとは別に、〈不老不死の薬など、この世に存在しない〉と、決めつけるつもりもありません。叔父上もご存じのように、始皇帝に祖国を征服される前、わたしは仲間たちと三度航海をして不思議なことをいろいろ見聞きしました。この広い世界には、わたしたちが知っていることよりも知らないことのほうがはるかに多い。ですから不老不死の薬が実在するとしても驚きません。それどころか、そういうすばらしい霊薬があるのなら、このわたしが最初に見つけてやる、この手でつかんでやろう、というぐらいの気持ちでいます」

「おまえのことだ。そう答えると思っていたよ」ホァン将軍は笑った。

「ひとつだけ安心させてやろう。たとえおまえがもどらなくても、始皇帝は、〈船団は嵐でしずんだ〉と考えるはずだ。いくらうたがい深いあの男でも、そう考えるほうが自然というものだからね。もっとも……」将軍は首をふった。「そのことこそが、わたしとリーホワの一番の心配でもある。これからおまえが挑戦するのは、これまでだれ一人試みたことがない危険な航海なのだから」

「おまえの亡くなった母は、わたしの一番なかよしの姉だったわ」

それまでだまって聞いていたリーホワ夫人は静かに言った。「そして、おまえはわたしたちの自慢の息子。後のことは心配せず、元気で行っておいで」

副官のルオ・ビンワンが近づいて来たので、シュイ・フーはもの思いからさめた。

「水と食料のつみこみが終わりました」

ルオ・ビンワンは船出の準備ができたことを知らせるにしては陰気な声で報告した。

シュイ・フーはうなずき帆柱をはなれ、船首の龍に上がった。

それを見て、群集の歓声はますます大きくなった。

人々はこの勇敢な若者がはるか東海から不老不死の霊薬を持ち帰ることを、少しもうたがっていないようだった。

「だが、わたしがここにもどることは決してないのだ」

シュイ・フーはやましい気持ちで思った。

そして次のように考え、良心のとがめを少しでもへらそうとした。

「たとえ、わたしが不老不死の霊薬を持ち帰ったとしても、始皇帝がそれを人々に分けあたえることなど決してないだろう。もし分けあたえたとすれば、それは始皇帝が、〈民に永遠の生命をあたえ、永遠に支配してやろう〉と、考えたからだ。そして、そのことがみんなを幸せにすることなど、絶対にあるものか」

それでも人々は初めて目にする大船団に興奮し、船団が海のかなたから何か新しい希望のようなものを持ち帰ると思いこんでいるのだ。

シュイ・フーは群集から目をそむけた。

群集の中にタオに肩車されてちぎれるほど手を振っているヤンがいるとは少しも考えずに、彼の視線は小高い丘の上に移っていった。

そこには、始皇帝の巨大な離宮がそびえていた。

この日のために都のシエンヤンからわざわざやってきた始皇帝は、離宮のどこかで船出のようすを見守っているはずだ。

当然うしろには、お気に入りの宦官、ザオ・ガオ〈趙高〉がひかえている。

ザオ・ガオは使者を送る計画に最後まで反対したから、船団に注がれる彼の目はさぞや冷たいものだろう。

だが始皇帝は違う。港につめかけた群集と同じくらい、いや、もっと熱くなっているはず。もしかすると指揮船がなかなか港から出ないのにイライラして、子供みたいにツメをかんでいるかも知れないぞ。

そう思うと、やっとシュイ・フーに若者らしい陽気な笑いがこみ上げてきた。

ルオ・ビンワンが見ているのに気がつきシュイ・フーは笑いを引っこめ、指揮船を待っている外海の船団に目をやった。

すべての船から三千を越す男女の乗組員たちの願いをこめた目が、シュイ・フーに向けられていた。彼らの幼い子供たちが足元を元気に走り回っている。

もちろん、全員が航海の本当の目的を知って参加した人たちだ。

船には食料、飲水のほかに、種モミや野菜の種、農具、工具などが運び込まれている。新しい土地で生きていくために必要なものばかりだ。

この先どんな苦難が待ちかまえていようと、自分たちの手で新しい国を造ってみせる。あらためてそう誓うと、シュイ・フーは心を重くしていたなやみや悲しみが一度に消えるのを感じた。

彼は深呼吸し、両手に高々と旗をかかげた。

ドラが打ち鳴らされ、左右二五本・あわせて五〇のカイがいっせいに船外につき出された。

群集の歓声が熱狂的に高まるなか旗がふられ、指揮船はしずしずと岸壁をはなれた。

シュイ・フーはもう一度、ランヤの町に目をやった。

だが、すぐに彼の目はそこをはなれ、行くてに向けられた。

そこには、死の世界につながるとして恐れられている未知の大海原がざわめいていた。シュイ・フーはわきたつような興奮に思わず胸をそらせ、大声で笑った。

指揮船は港を出た。

シュイ・フーは旗を上げ三度ふった。

ドラがひびき、指揮船の二本の帆柱に赤い帆がスルスルと上がった。

同時に外海の九九隻に同じ色の帆が上がり、潮風にふくらんだ。

海にとつぜん赤い花が咲いたようだった。

船団は隊列を組み、沖をめざして進んだ。

やがて、水平線のかなたに消えていった。

二　海から来た男

シュイ・フーの船出から六年が過ぎた。

ランヤの長官、ホァン・カイ将軍の屋敷の門は、だれも出入りできないように厳重に鉄のクサリでしばられていた。

住民たちは将軍とリーホワ夫人を自分の親のように尊敬していたが、今は閉じられた門の前にさしかかると目をそむけて急いで通りすぎるのだった。

悲しいことに、シュイ・フーの心配は当たった。

つい先日のこと、始皇帝の命令で将軍夫妻は秦帝国の都シエンヤン〈咸陽〉に連れ去られ、地下牢に入れられたのだ。

この六年、宦官のザオ・ガオは始皇帝に、「シュイ・フーは最初から帰国するつもりなどなく、陛下の大船一〇〇隻をだまし取ったのです」と言いつづけていた。

始皇帝がこれをすべて信じれば、ホァン将軍夫妻は牢に入れられるだけではすまず、死刑にされただろう。

しかし敵国、斉の将軍にわざわざランヤの長官をつづけさせたように、始皇帝は勇敢なホァン将軍が好きだった。

それに何よりも、始皇帝はシュイ・フーが不老不死の薬を持ち帰る望みをすて切れないでいたのだ。

タオの家に引き取られたヤンは一三才になった。

タオは毎日のようにヤンを連れ、将軍夫妻とシュイ・フーの消息をさぐりに出かけた。港町のランヤは各地から商人、船乗りが集まり、情報が入りやすい土地だった。

それなのに夕方になると、二人はいつもガッカリしてもどってきた。

将軍夫妻がどうなったかも、シュイ・フーの生死についても、何もつかめない。

唯一得た情報は、「始皇帝が四度目の視察旅行に都を出発した。そして視察地の候補にここランヤが入っている」。

しかしそれが事実としても、この一行に将軍夫妻が加えられることなどありえない。

二人は暗い顔で住む人のいない将軍屋敷を見やり、次に帆影ひとつない海をながめ、ため息をつくのだった。

シュイ・フーの船団について何の情報がないまま、時だけがすぎた。

その朝、黄海の上空には暗く光る雷雲がかかっていた。

昼近くになってタオに、「沖合で小舟の白帆が稲妻に照らされるのを見た」という知らせがとどいた。

タオはヤンを連れて海岸に急いだ。

見知らぬ舟は、それがたとえ小舟でも用心する必要がある。

始皇帝に敗れた六国の水軍の兵たちが海賊や河賊に落ちぶれ、沿岸や河ぞいの町を荒らす事件がたびたび起きていたからだ。

しかし、タオの胸は高鳴っていた。

もしかすると、その小舟にはシュイ・フーの若君が乗っているかも知れない。

若君は帰国しないという考えを変えたのだ。いや、それどころか、みごと不老不死の霊薬を持ち帰ったのかもしれない！

だが海岸に着くと、低く降りた雲が帆も舟もかくしていた。

タオは天候を呪いながら、むなしく沖に目を走らせた。

「今朝の漁はやめにしたよ」タオと幼なじみの漁師のユイが話しかけてきた。

「雲を見てくれ。タコ入道みたいに伸びちぢみしてら。こういう始まり方をする嵐は終わるのも早いけど、その分、荒れるからな」

タオはムッツリうなずき、空を見上げた。灰色の厚い雲がどんどん増えている。

一瞬それが開き、中から血のように赤い光が流れ出した。

が、すぐに閉じて、海はもっと暗くなった。

沖合で何千というシャガレ声が起き、強い風がおし寄せてきた。

「ヤン、おまえは家にもどったほうがいいな」タオは言った。

「この風じゃ、おまえみたいなチビは麦ワラみたいに飛ばされてしまうぞ」

「イヤだ。ぼくはここで嵐を見ていたい」ヤンはきっぱり答えた。

おや、こういうところは嵐を見るのが大好きだったシュイ・フーの若君にそっくりだぞ、とタオは思った。

とつぜんあふれ出したなみだを見られまいとして、大男は顔をそむけた。

お気の毒なホァン将軍とリーホワ奥さまの災難も知らずに、若君は今頃どこにいるのだろう。

もし海の上だとすれば、こんな嵐に出会っていないことを祈るだけだ。

まばゆい光が走り、巨大な雷鳴が黄海にとどろいた。

「きっとランが雷におびえて、シュエホンを困らせているぞ」

ヤンを家に帰すうまい口実を見つけて、タオは言った。

「あいにくアイリーは出かけている。チビどもを世話してくれるのは、ヤン、おまえしかいないんだ」

アイリーはタオの奥さんで、シュエホンとランは彼らの子供だ。

でも八才のシュエホンは雷をこわがるどころか、おもしろがっているはず。

彼女の考えでは天は円く地は平らで、全体がすきとおったフタでおおわれている。

「カミナリさんはそのフタにぶつかってハネ返されたのがくやしくて、ゴロゴロころげているのよ。ラン、おまえがくやしいときに、いつもするみたいに」

でもそう聞けば、まだ五才のランはもっとおびえるだけだ。

ヤンはしぶしぶ家に向かって歩き出した。

「あれはなんだ!」いきなり、ユイがどなった。

ヤンの足がピタリと止まった。

「まさか、あれは舟じゃあるまいな」

しかし、まさにそれは舟だった。

ヤンはその小舟が高い波のてっぺんにのぼりつめ、稲妻が白い帆を照らすのを見た。すぐに舟はすべり落ち、波間に消えた。

くだけた波から、舟はふたたびあらわれた。

舟の上では男が一人、強風に引きちぎられそうな帆を下ろそうとしてもがいていた。小舟はクルリと回り、荒れ狂う海にのまれた。

ユイは腹立しげに叫んだ。「バカめ。なぜ帆を早く下ろさなかったんだ」

「一か八か、帆を上げたまま突っ走って、岸に乗り上げるつもりだったんだろう」

タオは叫び返した。「だが、波につかまるほうが早かった……おや、あれを見ろ」

稲妻に照らされて、おぼれかけた男が波間に見えかくれしていた。

タオはいきなり走り出し、海にとびこんだ。

みんながあっけにとられて見守るなか、タオは荒波に何度もたたきつけられながら男に向かって泳いでいった。

みごと泳ぎつくと、タオはたくましい腕で男をつかんだ。

じきに漁師たちの手を借りて、グッタリした男が砂浜に引き上げられた。

「だいじょうぶ。生きてるぞ」ユイが男の胸に耳をあてて叫んだ。

タオはズブぬれになった衣服をしぼりながら、後ろからのぞきこんだ。

「なんだ。みっともない顔してんな」タオはガッカリして言った。

その男がシュイ・フーの若君だったらと、かすかに期待していたのだ。

稲光に照らされた男の顔には、ひどい傷がタテにヨコにきざまれていた。

濃い赤に薄い赤、なおりかけた青に黒。

すぐにヤンは、デタラメにツギを当てた古着屋のボロ服を思いうかべた。

「でなけりゃ、肉屋の店先につるされた、でっかいブタ肉ってとこだ」

ムシャクシャして、タオは言った。「それも古くなって、ハエがたかってら」

この国の多くの者がそうしているように男も髪を丸まげをゆい、少しでも傷を目立たなくするためか、真っ黒なヒゲを伸ばしている。

みなりはこの国の人であることを示すヒザまである長い上着にズボン、というありふれたものだ。

タオはまず、男が武器をかくし持っていないか調べた。

武器どころか持ち物らしいものは何ひとつないことを確かめてから、タオはみんなに言った。

「この男はユイとおれとで、舟小屋に運んでおく。嵐もおさまりそうだし、みんなは引き上げてくれ。そして、いいか。このことはなかったことにして、忘れること」

タオがそう言ったのは、秦の法律では、ヨソ者を見かけて役所に届けずにいると重く罰せられるからだ。

もし届けたにしても、どこからともなく小舟で流されてきたような怪しげな男にかかわったりすれば、後で役人どもにどんな言いがかりをつけられるか分からない。

舟小屋に男を運びこむと、タオはヤンに魚油のランプに火を入れさせた。

男の顔が照らし出された。

「一体こいつに何があったんだ」思わず、タオはつぶやいた。「こんなひどい傷、見たこともないぞ」

「この人、どこから来たんだと思う?」ヤンは聞いた。

「風向きからいって、東から流されてきたな」

ユイは不安そうだった。「このこと、役所に知らせたものかね」

「秦の役人に? マッピラゴメンだ」タオは言いはなった。「それに今はやつらの皇帝が、この地方を視察で回っている最中じゃないか」

「おれが言いたいのもそのことさ」ユイはうなずいた。

「役人どもは始皇帝の暗殺を心配して目の色を変えてるぜ。これまで何度もそういうサワギがあったもんな。だからこの男を役人に引きわたせば、こっちまできびしく取り調べられることにならあ。大体あのニクマレ男は……」ユイは急に腹が立ち、「何がよくて、メイワクな視察旅行をくりかえすんだ。おとなしくシエンヤンの宮殿に引っこんでいればいいものをよ」

「そのニクマレ男とは、ひょっとして始皇帝のことかい」

聞くと同時に、男はムックリ起き上がった。

三人はおどろいた。それ以上に、不安になった。

役所にやとわれた密告屋がそこらじゅうにいて、うっかり始皇帝の悪口を言ったことが知られると、よくて牢獄、悪ければ死刑にされるからだ。

男は三人を、ヤン、タオ、ユイの順にゆっくり見た。

ひどい傷のせいで左目がひきつれ、それがいっそう人相を悪くしている。

でも、いい方の右目は三人をからかうように光り、ヤンはすぐに、〈この人は密告屋なんかじゃない〉と思った。

「おれらは毎日のようにお役人から言われていることがあってね」

タオは不安をかくして強気に出た。「それは、〈ヨソ者に用心しろ。とくに始皇帝さまが視察旅行中は〉ということなのさ。そこで聞くんだが、あんたはどういう人かね」

「わたしの名はチェン・ハイポー」

男は長く潮風に当てられた船乗りのガラガラ声で答えた。「貿易船の船長をしている者だ。塩や魚のヒモノを船に積み、遠い南の国に運んで売る。その金でサイの角や象牙、香木を仕入れ、帰国して売りさばく。危険だが、大金がもうかる商売だ」

「そんな商売をするには、あの舟は小さすぎやしないかね」

サイも象牙も香木も、それがどんなものかサッパリ分からないままユイは聞いた。

「あたりまえだよ。あの小舟は親船に乗せ、イザというときに下ろして使うのさ。嵐で船がしずんだときや、水や食料を補給するために上陸するときなどにね」

男が乗っていた小舟は、ランヤの漁師たちの舟と同じくらいの大きさだ。

五人も乗れば満員の小舟だが、それを丸ごと乗せる親船とはどのくらいの大きさか？

「親船の長さは二七メートル。幅は四メートル」

チェン・ハイポーと名乗った男は答えた。「二枚の大帆に加え、五〇のカイを五〇人が漕ぐ。

百人を乗せて千里の海をわたるのだ」

タオとユイは顔を見合わせた。「その船は今どこに？」

「海の底だよ」チェン・ハイポーはうってかわってガックリ答えた。

「三日前、商売の帰りにわれわれは見たこともないような大嵐にまきこまれたんだ。船はひっくり返り、みんなは海に投げ出された。わたしはあの小舟が流れてきたので、はい上がって助かった。他の者はダメだったろう。わたしは大切な仲間と大切な船をなくした上、今日また別の嵐にぶつかった、というわけだ」

「それは気の毒したな」タオは同情した。「ところで、あんたの国はどこかね」

「国はどこ、だと？」チェン・ハイポーは聞き返した。「そういう聞き方が、まだあったかい。だって始皇帝は六国すべてほろぼしてムリヤリ秦に統一したんだろう。おまえさん方の話を聞いていると、こう話している今もあの男はこの地方をエバリくさって視察して回っているそうじゃないか。ついこの間まで、確かここは斉の国だったはずだぞ」

男が始皇帝をきらっているようすに三人は安心しかけたが、「だからといって、誤解されちゃ困るぞ」すぐに彼はつづけた。「おまえさん方の話には始皇帝の暗殺さわぎのことも出ていたが、わたしは人殺しはきらいだ。医者として人助けはしてもね」

「医者だって？」タオはまた不安になった。「あんたはたった今、貿易船の船長と言ったばかりだぞ」

「船長であり、船医でもあるのさ。大勢の船員をひきいて長い航海をする船長は、医者の知識がなければやっていかれない。海の上では危険な目にイヤというほどあうからね。おまけに危険は海だけとはかぎらない。この顔を見てくれ」

そう言ってチェン・ハイポーが自分の顔を指さしたので、そのことでひどいことを言ったタオは少しモジモジした。

「わたしがこんな顔になったのは、遠い南の沼地で熱病でたおれていたときのことだ。沼地の腹ペコネズミどもが朝飯がわりにこの顔をカジったのさ。お返しにわたしもやつらを昼飯にしてやったよ。本当を言えば何日も飲まず食わずでいて、わたしは飢え死にしかけていたんだ。命は助かったが、顔はこうなった。わたしに医者の知識がなかったら死んでいただろう」

チェン・ハイポーは目をパチクリさせて聞いている三人を見回した。

「つまり、いい船長はいい医者でなければならない、ということだよ。わたしはケガや病気を治療する薬草を三四七種知っているが、そのことで自慢するつもりはない。それが、〈りっぱな船長の条件〉というだけのことだからね」

「そんなら、ひとつ教えてくれないかね」ユイはおとなしく聞いた。「そんなおエライ先生を、この先、おれらは何とお呼びすればいいものかね」

「船長、でいいさ」チェン・ハイポーは答えた。「ただし、沿岸ぞいにビクビク船を進めるそこらの船長と一緒にしてほしくないぞ。わたしの言う船長とは、大帆にいっぱいの風を受けて未知の海に乗り出し、だれも行ったことのない陸地に立つ。そういう冒険に喜びを感じる、ホンモノの船長のことだ」

「あんたは本当にそんなところに行きなさったのかね」

ユイはうたがい深く聞いた。「そんなミチの海とか、だれも行ったことのない土地なんかに」

「行ったとも。始皇帝は象牙や香木を手に入れようとしてナンリン〈南嶺〉山脈の南に大軍を送ろうとしているらしいが、わたしはとっくの昔に船仲間と組んで、もっと南に航海してボロもうけの商売をしていたんだ。そこは深い森におおわれた土地だ。象やトラや毒ヘビがウヨウヨして恐ろしい熱病まであるが、言葉では言いあらわせないほど美しいところだ」

タオはユイにあいずして、舟小屋の外に連れ出した。

「あんなホラ話にいちいちカッカしなさんなよ」タオはユイをなだめた。

「船乗りによくいる大ボラ吹きってやつだよ。海の果ては滝になって落ち込んでいる、とか、火を吹く山とか、巨人や小人が住んでいるとか、とんでもないウソを得意になって言いまくる連中さ」

でも、ユイはむくれていた。「エラそうに、〈船長と呼べばいい〉と言いやがったぜ。〈いい船長はいい医者〉だとよ。それでいて、助けられた礼は一言もない。一体あいつは何者なんだ」

「ひょっとして、どこかの国の亡命者かもな。始皇帝が六国を負かしたときに、国をすてて逃げた連中が大勢いたというもの。態度がやけにデカイところを見ると、あんがい水軍を指揮していた将軍ってこともあるぞ。そう考えれば、あいつが自分のことをハッキリ言わないのも分かるじゃないか」

「将軍とはまた大きく出たな。あのバケモノのどこが将軍に見えるんだ」

タオは返事をしなかった。

彼は目を大きくして、ユイの肩ごしに何かを見つめていた。

同時にヤンもそれに気がついた。

嵐が去った平原に無数のかがり火が広がっていた。

「あれはなんだ」ふり向いたとたん、ユイはギョッとして叫んだ。

「なんだと思う」タオはしずんだ声で言った。「あれだけの数だ。おれは視察中の始皇帝が到着したんだと思う」

「よせやい」ユイはひるんだ。「始皇帝だと？　そいつはエライことだぞ」

「エライことさ」タオはうなずいた。

「そこで、今、思ったんだが、チェン・ハイポーという男、始皇帝がランヤに滞在している間、念のため、どこかにかくしておいたほうがいいな」

ユイはタオを見た。「どうして？」

「あいつがデタラメならべて、本当の自分を隠そうとしているからさ」

タオは答えた。「たとえば、あの顔の傷。あれがネズミに食われた傷に見えるか？」

「じゃあ、何に見えるんだ」

「おれには刀傷に見えるぜ」タオは言った。

「そうとも、刀傷さ。訳あって、どこかのだれかにメッタ斬りにされたんだ。あれはそういう傷だよ」

三　始皇帝の視察

明け方、まだ暗いうちにヤンは目をさました。

せまい家に、タオのカミナリのようなイビキがひびいていた。

ヤンは頭をくっつけて眠っているシュエホンとランをふまないように横歩きして部屋を出た。

ブタ小屋のわきを通るとき、母ブタのラオ夫人がブーとねむそうな声を出したが、ヤンは「シィッ」としかり、うら口から外に出た。

空にはたくさんの星が光っていた。

その星たちと張りあうように、平原に秦軍のかがり火が広がっていた。

始皇帝は昨夜のうちに離宮に入ったが、護衛の軍隊はそこで野営しているのだ。

野営地は静かだった。ヤンは秦軍の規則がきびしいことを知っている。

ヤンの母がお嫁に行った楚の国では、野営のとき兵士たちはタイコやドラを鳴らし歌ったり踊ったりする。しかし、秦の兵士はそれをきびしく禁じられている。

何万頭もいるはずの軍馬まで息をひそめるように静かにしていた。

無数の明かりがシンとして広がる光景は、恐ろしかった。

ヤンに、幼いときの記憶がよみがえった。

ヤンは両親、兄姉たちと城壁に立ち、秦軍のタイマツを見下ろしていた。

何万というタイマツが城壁をとりかこんでいる。物音ひとつしない。

「静かですな」市の書記が父に話しかけた。「静かで、なんだか葬式みたいですな」

「そう、このまま終わってくれればいいんだがね」

父はおだやかに答え、それからヤンを見た。「さて、おチビさんがこんなところにいては危険だ。おまえは下に降りていなさい」

ヤンが城壁から降りた直後だった。火矢が夜空を真っ赤にして飛んできた。

それは嵐のような音を立て、二度三度とくり返された。

あたりは真昼のように明るくなり、人々がたおれてタイマツのように燃えていた。

もっとひどい光景は、火矢がささり燃えながらヨロヨロ歩いている人のすがただった。それから秦軍が城壁を乗りこえ攻めこんできた。

ヤンは召使に連れられて逃げた。ランヤの長官である叔父のホァン・カイ将軍をたよって何ケ月も歩きつづけた。一緒に逃げた人々も、とちゅうで次々に死んでいった。しまいにヤンは水も食べ物もないまま、さまよった。

ランヤの城門にたどりついたときのことは何もおぼえていない。ホァン将軍の屋敷に引き取られてしばらくして、ヤンは初めていとこのシュイ・フーに会った。北方の長い狩猟旅行からもどってきたばかりで日焼けしたシュイ・フーは、ヤンがあいさつをするとすぐに聞いた。「それでカタキはいつとるつもりだい」

「カタキ……？」ヤンはポカンとした。

「そう。秦王のことだ。あいつがきみのご両親や兄上、姉上を殺したんだろう」

ヤンはどう答えていいか分からず、いとこの顔を見て突っ立っていた。

秦の王……後に、始皇帝を名乗る男のことだ。そんなこと、考えたこともない。

シュイ・フーの黒い目がじっとヤンを見つめていた。

急にその目がイタズラっぽくチカチカッと光った。

「悪かったよ」シュイ・フーは笑いだして、ヤンの肩をたたいた。「叔父上の屋敷で三度三度の食事をお世話になっている先輩として、チョッピリからかってみたのさ。それに、わたしには今みたいな質問をする資格はないのだ。わたしの国の斉ときたら戦いもせずに、最初から秦王に降伏するつもりでいるのだから。いや、もちろん叔父上は、戦おうと主張されたとも。でも、大臣を始めとする腰ヌケどもが反対したのだ」

その後シュイ・フーはヤンをうまやに連れて行き、自分でしとめた巨大なトラの毛皮を見せてくれた。それはかわいた血でよごれ、ゴワゴワしていた。

馬たちは神経質そうに横目で毛皮を見つめ、できるだけそこからはなれたところで身を寄せあっていた。

シュイ・フーはイシ弓でトラを射た後、あばれる猛獣に近づき長剣でとどめをさした話をしたが、さりげない口調の奥に自慢する気持ちが見えかくれしていた。

ヤンは、それも当然、と思った。こんなに大きくて恐ろしい獣をやっつけたんだから。シュイ・フー……ヤンの勇敢ないとこは今どこにいるのだろう。

ヤンが一〇才になったとき、タオはシュイ・フーの航海の本当の目的を教えてくれた。フー兄さんがもどらないことはヤンを悲しませたが、誇らしくもあった。

人々が悪鬼のように恐れている始皇帝のところにノコノコ出かけて行ってアッサリだますなんて、いかにも大胆なフー兄さんがやりそうなことだ。

フー兄さんは航海を無事に終えただろうか。

それとも……その先はヤンは考えたくなかった。

人は死んだらどこに行くのか？

もちろん始皇帝は、今も建設中の地下宮殿のはずだ。

始皇帝は都のシエンヤンの近くに延べ七〇万人の囚人を使い、死後の住まいになる驪山陵〈りざんりょう〉と呼ばれる巨大な地下宮殿をつくらせているのだ。

不死の薬を求めさせておきながら墓造りとは、おかしな話だが。

たぶん始皇帝は、不死の薬は存在する、という自信を持てないでいるのだろう。

ヤンは地下宮殿の広大な闇を一人さまよう始皇帝のすがたを想像した。

そこでは水銀が流れる暗い川を、永遠に消えることがないという人魚の油のランプが照らしている。あまり楽しいところではなさそうだ。

星が消え、夜が明け始めた。

ランヤの町外れの丘に、不安そうな顔をした住民たちが集まってきた。

平原に秦軍の野営地のたき火がまだ赤く見え、兵士たちが朝食のしたくをする物音が伝わってきた。それにつられたように馬たちがハナを鳴らしたり、ひづめで地面をかいてカイバのさいそくを始めた。

太陽が上がり平原を照らすと、人々からいっせいにおどろきの声が上がった。

何万という大軍が見わたすかぎり平原をうめつくしている。

秦帝国の黒い旗がいたるところにはためいていた。

天幕と天幕の間を行きかう兵士たちが豆つぶのように小さく見えた。

「おどろいたな」タオはうなった。「戦争するわけでもあるまいし、始皇帝も大げさな軍隊を連れてきたもんだ」

一万をこえる戦車がずらりと並んでいた。

いくさのときは一台の戦車に四頭の馬がつけられ、御者のほかに矛〈ほこ〉や秦軍自慢の強力なイシ弓で武装した兵士二名が乗る。

野営地で動きが始まった。戦車と荷馬車に、それぞれ馬がつながれようとしている。

緑色の短い上着をつけた騎兵たちが馬にまたがり、準備が終わるのを待っていた。

やがて戦車は馬車と騎兵をしたがえ、野営地を走り出た。

タオはギュッとヤンの肩をつかんだ。「さあ、やつらがやって来るぞ」

戦車と騎兵たちは速度を早め、土煙を上げてみるみる近づいて来た。

急にタオは大声で聞いた。「チェン・ハイポーはどこにいる?」

みんなは顔を見合わせた。彼がどこにいるか、答えられる者はいなかった。

タオはあきらめ、みんなに向かって言った。「始皇帝の使いがじきにここに来る。目的は分からないが、おれたちは、〈始皇帝バンザイ〉でむかえてやろう」タオはニヤッとした。「この際、声の出しおしみはナシだぞ。ケチしないで出してやろうじゃないか」

「そのとおり。声だけならソンはないや」ユイが言い、みんなはオズオズと笑った。

戦車が近づくにつれ、御者と兵士の間に立つ使者の顔が見えてきた。

まだ若い男で、高い身分を示す山鳥の尾をつけたカブトをかぶり、宝玉をちりばめた長剣を腰に下げていた。上下にはねる戦車で口もとをギュッとしめて胸を張り、上手につりあいをとっている。

住民たちは、「始皇帝陛下さま、バンザイ」と叫び始めた。

だが使者は見向きもせず、ひときわ目立つ大男のタオの前に戦車を乗りつけさせた。

「おまえがここの漁師どもの責任者か」使者の若者は聞いた。

「そうです」めんどうなことはすべて自分で引き受けるつもりで、タオは答えた。

「では聞け。昨夜、始皇帝陛下はランヤの離宮に入られた。われわれは陛下をお守りする軍隊で、兵の数は八万を超す。ああ、いやいや……」

どよめきが広がるのを、使者は手を上げておさえた。「おまえたちは軍隊の宿舎や食事のことで心配することはない。すべてこちらで用意してある。ただし……」

ここで使者は声をきびしく高めた。「陛下が離宮に滞在される間、おまえたちは武器はもちろん、武器のかわりになるものすべてをさし出すこと。斧から小刀まで、すべてこちらであずかることにする。この命令にそむく者は死刑にする。その者だけではなく、違反は全体の責任として住民全員、子供にいたるまで死刑にする」

こんな恐ろしいことを、若者はあたりまえのように言った。

たぶん視察旅行の行く先々で、同じように告げて回っていたのだろう。

後で分かったことだが、この若者はティエンという名前で秦軍の上級士官だった。

「すると漁師たちの商売道具はどうなるんです」タオは聞いた。「漁に使うモリとか、魚をさばく包丁のことです」

「すべてさし出すこと。ただし商売の損害は金銭で支払う。もちろん新しい貨幣で」

これを聞いて、人々は少し表情をやわらげた。

始皇帝は天下を統一した後、それまで国ごとにちがっていた貨幣や文字や法律、はかりなどを同じにして、どの地方でも通用するようにしたのだ。

ティエンが見張るなか、ただちに武器集めが始まった。

モリや包丁などの商売道具、木材を切り出す斧、舟の修理に必要なノミやカナズチなどの道具が次々に運ばれてきた。タオはやかましく言って、ぬい針まで持ってこさせた。

少しでも言いがかりをつけられたくなかったからだ。

すべてが馬車につみこまれると、ティエンは満足して部下と野営地にもどって行った。ヤンが見送っていると、だれかが背中を突っついた。

ふりむくと、チェン・ハイポーが立っていた。

「視察で立ち寄った町でまず武器狩りとは、情けない話だな」

チェン・ハイポーはガラガラ声を張り上げた。「そんなに民を恐れるようでは、始皇帝は天下を統一したなどとエラそうなことは言えないはずだぞ」

日ざしを受けて、チェン・ハイポーの傷だらけの顔はすごく目立った。

急にヤンは、タオが言ったことを思い出した。「あれはネズミに食われた傷なんかじゃないぞ。だれかにメッタ斬りにされた刀傷だ」

たしかに顔の傷についてのチェン・ハイポーの説明は、少しあやしかった。

〈遠い南の沼地で、腹ペコネズミどもが朝飯がわりにこの顔をかじった〉だって？

でも、ヤンはその話が大いに気に入っていた。

以前シュイ・フーはヤンに、同じ南の国での冒険を話してくれたことがある。

そこはランヤとはまったくちがう世界だった。

白く燃える太陽が沼地の水を熱し、ユラユラと水蒸気が上がっている。アシの茂みの中をすばやく水へビが泳ぎ、尾の長い鳥が不思議な声で鳴きながら飛んで行く。どこか遠くから、沼にはまった大きな獣のほえ声が聞こえてくる。

フー兄さんはそんなところまで仲間たちと航海し、目のまわりに青い粉を塗り巨象の上から巧みに毒矢を射る戦士たちと戦った。彼らの恐ろしい神々を祭った寺院でイケニエにされかけた美しい王女を救い、祭壇から大人の腕くらいある真紅の宝石をうばった……全部が本当の話かどうかは分からない。ヤンのいとこは時々とんでもないホラ話でヤンをビックリさせて大笑いするくせがあるからだ。

チェン・ハイポーが質問しているのに気がつき、ヤンはわれにかえった。

「おまえは海にもぐれるか」チェン・ハイポーは聞いていた。

こんな質問は、海辺のランヤに暮らす元気いっぱいの少年相手には侮辱に思えたが、チェン・ハイポーは斉の人々に泳ぎや潜水の習慣がないことを知っているようだった。泳ぎや潜水を得意とするのは黄河とならぶ大河、長江流域に住む人々で、母の嫁ぎ先の楚の国で生まれ育ったヤンは泳ぎも潜水もできた。

「それなら、たのみたいことがあるんだ。わたしの小舟だが、ようやくしずんでいる場所を見つけた。その中からわたしの薬箱を取ってきてもらいたい。というのは舟はひどくこわれていて、わたしの身体では中に入れないのだ」

「薬箱には大切なものが入っているの」

「この世で一番大切なものが入っている」チェン・ハイポーはきっぱり答えた。

小舟は港から少しはなれた岬まで流されてしずんでいた。

昨日の嵐で海はにごっていたが、横だおしになっている小舟が海底に見えた。

ヤンは服を脱いで海に入った。秋になったばかりだが、水はもう冷たかった。

こわれてギザギザに突き出た木材をよけて小舟に泳ぎ入ると、中にいた小魚たちがあわてて逃げ出した。砂でいっぱいの小舟を手さぐりしているうちに小箱にふれた。

ヤンは箱をつかみ、海面に上がった。

「やったな、ヤン」チェン・ハイポーは叫び、薬箱を受け取るとすぐに首に下げていたカギで箱を開けた。「しめた。水にやられていない」ホッとしたように言った。

「礼を言うぞ、ヤン。この薬はすごく価値のある薬なんだ」

「もしかして、不老不死の薬？」すっかりこごえてふるえながら、ヤンは聞いた。

「まさか」チェン・ハイポーは笑った。「でも、その次ぐらいにすばらしい薬だ」

彼は首に巻いた白い布を外してヤンにわたした。ヤンはそれで身体をふいた。

薬箱は医者が首から下げて持ち歩くありふれた形のものだった。

表面には白と青の貝が美しくちりばめてあった。

「わたしはある人からこれをもらったんだ」

〈ある人〉と言ったとき、チェン・ハイポーはとつぜん胸がつまったように海に目をやった。

傷とヒゲばかり目立つ荒々しい顔には悲しそうな表情が浮かんでいた。

海に目を向けたまま、彼は無言で立ちつくした。

ヤンはしばらく待ってから、そっとその場をはなれた。

四　始皇帝、病気になる

キビのオカユと魚の干物で夕食をすませた頃、外でだれかがタオの名前を呼んだ。

タオがあいずすると、奥さんのアイリーは余計なことは言わずにシュエホンとランを連れて奥に行った。

「ヤン、あなたもよ」シュエホンはヤンをにらんで言った。

ヤンは後を追うふりをしたがとちゅうで立ち止まり、ようすをうかがった。

タオはゆっくり戸口に行き、戸を少しだけ開けた。

星明かりの中、秦軍の士官ティエンが立っていた。

「大変なことになった」ティエンはかすれ声で言った。

タオはまずティエンの後ろの暗がりを目でさぐった。

四頭の馬をつけた戦車が止まっていたが、御者も兵士もいないところを見るとティエンは一人でタオをたずねてきたのだ。それもよほど急いだらしく、四頭の馬はびっしょり汗をかいて荒い息をはいている。

タオは身体をわきに寄せ、ティエンを家に入れた。

魚油のランプが真っ青になったティエンの顔を照らした。

「陛下がご病気になられた」ティエンは言った。

タオは顔をしかめた。

そのことで言いがかりをつけられるのを恐れたのだ。

ランヤの住民たちが呪術師をやとい、祖国をほろぼした始皇帝にのろいをかけさせた……そう疑われたら、大変なことになる。

ある年、秦の東郡という地方に隕石が降った。

隕石には、〈始皇帝は死に、秦帝国はほろびる〉ときざまれていた。

だれがそれをきざんだのか？

地域の住民すべてがきびしい取り調べを受けたが、真相は分からなかった。

すると始皇帝は住民たちを一人残らず殺し、隕石は焼いて溶かした。

タオが恐れるのも当然だった。

「病気はどんな具合なんです？」タオは聞いた。

「ご夕食後、陛下はとつぜん苦しまれ、食べたものを全部もどされた。でも料理に毒が入れられたはずはない。いつものように陛下の毒味役のユアン・ズンが口に入れて、安全をたしかめたのだから」

「そのユアンという毒味役の体調に変わりはないのですか」

「ユアンは死んだ」ティエンは口ごもった。「毒のためではない。陛下がお怒りのあまり剣をぬき、ユアンを斬られたのだ」

タオはますます顔をしかめた。「では、医者の診断は？」

「医者は……医者はいないのだ」ティエンの声がふるえ始めた。

「陛下のおつきの医者のうち、一番優秀なユアン・ズンが毒味役をかねていた。彼が陛下に斬られるのを見て、他の医者たちはこわがって逃げてしまった。わたしは宦官のザオ・ガオ殿に、医者を探してきます、とことわって離宮を出てきたのだ。今夜の警備の責任者はわたしだから、医者を見つけられなければわたしの罪になる。こんな港町にろくな医者などいないことは分かっている。でも医者を連れずにもどれば、ザオ・ガオ殿はわたしを死刑にするかも知れない」

「ランヤに医者がいないなど、だれが決めたの」

ヤンは部屋に入りながら言った。「ここには、世界一の医者がいるんだ」

これにはティエンだけではなく、タオもビックリした。

「ちょっと失礼して、この子と話をさせてもらいますよ」

タオはことわり、ヤンを外に連れ出した。

「このイタズラ小僧め」こわい顔をして、タオは聞いた。「世界一の医者とは、だれのことだ」

「もちろん、チェン・ハイポーのことさ。ぼくはあの人がいい薬を持っているのを知っているんだ。ダメでモトモトだよ。急いであの人を呼ぼうよ」

タオはまじまじとヤンを見て笑い出した。

「なんと、世界一の医者とはチェン・ハイポーのことかい」

タオはしばらく考えた。チェン・ハイポーを人目にふれさせたくないという気持ちに変わりはなかった。だが、今は緊急の事態だ。

「ダメでモトモト、か。よしっ」

部屋にもどると、ティエンは立っている元気もなくして床に座りこんでいた。

「さあ、さあ、元気を出して」タオは声をかけた。「ヤンが言ったとおり、どうやら、医者が見つかりそうですよ」

ティエンはガバとはね起きた。「なんとしても、その医者をたのむ。礼はいくらでもするぞ。だがその医者、腕はたしかなんだろうな」

「たしかですとも」タオは保証した。「見た目は、少し変わっているけどね」

「わたしを始皇帝にスイセンした、だと?」

チェン・ハイポーはヤンが思ったほど喜ばなかった、というより、全然喜ばなかった。「それなら、ひとつ教えてくれ。もし始皇帝の病気をなおせなかったら、わたしはどういうことになるんだね。まして、あの男が死にでもしたら、〈残念でした〉ですむのか。〈ご苦労さま、どうか気をつけてお帰り下さい〉で、すませてもらえるのか」

「ぼくには分からないよ」なんとなくそうはならないような気がして、ヤンは答えた。「でも、そんなことより、始皇帝の病気をなおしてホウビをもらうことを考えるほうが、ずっと楽しくないかな」

「ちがうな。わたしは始皇帝が死んだときのことを考える」

チェン・ハイポーはひどく陰気に言った。「その場合、わたしはハリツケか。それともカマユデか。ここんとこはハッキリさせてくれ」

「まあまあ、そんなに悪いことばかり考えなくてもいいでしょう」タオはなだめた。

「ヤンの話では、あんたはいい薬を持っているそうだ。それを使い始皇帝の病気をなおしてやったらどうです。それこそどんなホウビをもらえるか分かりませんよ」

「わたしはホウビなど欲しくない」チェン・ハイポーは強情を張った。「こうなったら逃げの一手だ。海に逃げるか、それとも山か。せめて、それぐらいは教えろ」

しかしここで彼は、タオにもヤンにも、たぶん世界中のだれにも分からない理由で、とつぜん機嫌をなおした。

「まあ、いいだろう」チェン・ハイポーは妙に静かに言った。

「せっかくの機会だものな。それに世間のうわさでは、始皇帝は人ではなく地獄の魔王で、心臓が二つあるそうだ。それを診察でたしかめたら、おもしろいと思わないか」

「なるほどね」タオは調子を合わせた。

それから不安そうに相手をながめたが、チェン・ハイポーが急に態度を変えたわけはサッパリ分からなかった。

「とにかくあんたはエライお医者なんだから、こういうものを用意しましたよ」

タオは気をとりなおして、青い長衣を後ろからチェン・ハイポーに着せかけた。

「これは去年海岸に打ち上げられていた異人さんが着ていたものでしてね。死んでから日数がいってたんで日干しして消毒しておいたが、みょうなことで役に立ったよ」

「いいか、タオ。おまえさんがわたし一人でひどい目に会うと思っているなら、大まちがいだからな」

そう言うと、チェン・ハイポーは服のゴミを取ろうとしたタオの手をはらいのけた。

「一流の医者は子供の助手を連れ歩くものだ。わたしはヤンを助手にする。始皇帝の前には、二人で出るのだ」

チェン・ハイポーはしずんだ小舟から持ち出された薬箱をヤンの首にかけた。

「なるほど。それはいいところに気がつきなさったな」

タオはヤンがうらめしく思うほど、すばやく言った。「この子は気がきくから、きっとお役に立ちますよ」

それからタオは、ヤンに顔をしかめて見せた。

ここはひとつ、みんなのためにガマンしてくれ、と言っているのだ。

外ではティエンがジリジリしながら待っていた。

「医者というのは、おまえのことか?」

チェン・ハイポーを見るなり、ティエンはギョッとしたように言った。

「失礼だぞ」チェン・ハイポーはピシャリと返した。「そんな余計なことを言うひまがあるなら、サッサとわたしたちを始皇帝のところに連れていけ。医者にとっても患者にとっても、時間はどんな黄金よりも貴重なのだ」

ヤンは感心した。チェン・ハイポーはいかにもエライ医者が言いそうなことを言った、と思ったのだ。

ティエンはびっくりしてモジモジした。「では、ここに乗って」

二人を戦車に乗せると、ティエンはまだチェン・ハイポーを横目で見ながら馬にムチを当てた。

タオが見送るなか、馬は戦車をひいてひづめの音も高らかに走り始めた。

しばらくすると、ティエンはたずなを引いて速度を落とした。

「医者殿が知っておかれた方がいいと思うので言いますが、診察のときに陛下のお顔を見ることは禁じられています。神仙であられる陛下のおすがたを見ることは、陛下の身のまわりのお世話をするザオ・ガオ殿をのぞいてだれにもゆるされていません。医者殿が陛下の脈を取ることはゆるされますが、この場合、陛下は玉座のたれ幕の中から手だけ出されることになります。気を悪くされると困りますが」

「いいとも。わたしは患者の顔を見なければ診断を下せないようなヘボではないぞ」

そう答えてから、チェン・ハイポーはヤンにささやいた。「いいか、ヤン。おまえはわたしをこんなことにまきこんだとんでもない小僧だが、この先、何が起ころうとビクついたりするなよ」

ヤンはうなずいたが、離宮に近づくにつれ、タイマツの明かりにギラギラ光る矛や槍をかまえた兵士がふえるのを見てこわくなった。

丘の上には巨大な離宮がそびえていた。

秦帝国の黒い旗が夜風にひるがえっている。

道の両側にはヨロイ、カブトをつけて武器を手にした兵士がずらりと並び、通る人にゆだんのない目を向けていた。

そこを通るとき、兵士たちの上官であるティエンまでおびえていた。

始皇帝が病気になった今、警備責任者のティェンの命も安全とはいえないのだ。

離宮に近づくと、荒々しい吠え声が聞こえてきた。

それは始皇帝の視察旅行で毎日出る大量の残飯を目当てについてきた、野良犬どもの吠え声だった。

犬の数は視察の日数が長くなればなるほどふえ、今や数十匹になっている。

ヤンをおびえさせたのは、犬どもの吠え声にまじって聞こえてくる少女の泣き叫ぶ声だった。

「おお、何ということだ」ティエンは顔色を変えて叫んだ。

「泣いているのは、陛下に斬られた毒味役のユアン・ズンの娘です。腹をすかせた犬どもが、彼女の父親の身体を引き裂いているんだ」

とたんに、ヤンは気持ちが悪くなってしまった。

「まさか、娘も一緒、ということはないだろうな」

チェン・ハイポーはキッとして聞いた。

「そんな……ありえませんよ」ティエンは弱々しく首をふった。

「毒味役の娘はまだ七つか八つのはずです。フェイという名前で、かわいい子だった。かわいそうに」

武器を全部さし出さなければ子供まで死刑にする、と平然と告げたティエンが今は青ざめ、なみだを浮かべている。

離宮前の広場には、大きなかがり火が火の粉を散らしていた。

ヒョロ高い男の影がそこに待ちかまえていた。

ティエンはころがるように戦車から降りてひざまずいた。

「ティエン、ただ今もどりました」

「おそかったな、ティエン」かん高い声が応じた。

「おまえはもうもどらないのではないか、と心配し始めたところだ」

「もどらないなど、とんでもございません」ティエンの声はふるえていた。

「医者をさがすのに時間がかかりましたが、天が味方してくれていい医者を見つけることができました」

「都から遠くはなれたこんなところに、いい医者がいた、とは、おどろきだな」

声はあざけるように言った。「おまえが医者をさがしに行くふりをして逃げた、という者もいたぞ。わたしは信じなかったが」

「ご信頼に感謝します。ザオ・ガオさま」

するとこの人物が、始皇帝お気に入りの宦官、ザオ・ガオなのか。

毒味役のあわれな娘の泣き声は、この間もずっとつづいていた。

ヤンは最初からこの宦官が大キライになった。

「それでは連れてきた医者という者を、かがり火の前に出して顔を見せよ」

そう言うと、ザオ・ガオは自分も一歩前に進み出た。

炎がその顔を照らし出した。

五　ヤン、始皇帝に会う

ザオ・ガオ〈趙高〉は黒い長衣をまとい、象牙のツエを手にしていた。毛が一本もない彼の頭は、赤ん坊がにぎったコブシぐらいの大きさに見えた。ヒョロ高い背たけと小さな頭の取り合わせが、そう見せているのだ。

中国史上、もっともキラワレ者の一人であるこの宦官は、言葉たくみに始皇帝に取り入り、今や宰相のリー・スー〈李斯〉よりも大きな権力をにぎっていた。

つやのない白い顔にはめこまれた二つの目はヘビのような陰険な光をはなち、進み出たチェン・ハイポーを見すえていた。

一方、チェン・ハイポーは傷だらけの顔をかがり火にさらし、堂々と立っていた。

片方が毛なしのツルツルなら、もう一方はそれをおぎなってまだオツリがくるフサフサした黒ヒゲ。人間ばなれしているところだけ似ているこの二人がかがり火に照らされて向かい合っているようすは、子供のとき母がヤンに話してくれたこわくてチョッピリおかしい妖怪話の一場面だった。

先に口を開いたのは、ザオ・ガオだった。「これ、医者とやら。一体全体どこのだれがおまえの顔にそのような地図をきざみおったのか。おまえとて始皇帝陛下が六国を征服され天下を統一されたことは知っていよう。なのに、おまえの顔には統一以前の六国が色分けまでされてきざまれているではないか。おまえはそうやって陛下の偉業にケチをつけようとしているのか」

ザオ・ガオはきびしい声でそれを言ったのだが、こうやって相手の傷ついた顔をあざけっているのはだれにも分かった。

ティエンは冷や汗をかいていた。ここでチェン・ハイポーが怒って何か言い返そうものなら、残忍な宦官がその場で彼を殺すように命令しかねない、と分かっていたからだ。

しかしチェン・ハイポーは、怒りも恐れも見せずに答えた。

「この顔についてはおゆるしを願いますぞ。なぜならここに地図をきざんだのは人ではなく、腹をすかせた礼儀知らずのネズミどもだからです。あいにくネズ公どもめ。陛下の天下統一の偉業などまるで知らぬまま、わたしをかじり、このような地図まがいの傷をつけたのです。その罰として、わたしはやつらを一匹のこらず火あぶりにして食べてやりました。さて、ザオ・ガオ殿はどうやらわたしの医者としての力量をうたがっておいでのようだ。だが、心配はご無用ですぞ。このチェン・ハイポー、古代の医書、黄帝内経〈こうていだいきょう〉全一八巻すべて読み、なお研究に研究を重ねてきました。わたしの調合した薬はどのような病いもなおします。かならず陛下のお体をなおしてごらんにいれましょう。もちろん、万一の覚悟もできておりますぞ。陛下が回復されればよし、そうでなければどのような罰をこの身に下されようと、喜んでお受けいたしましょう」

チェン・ハイポーのアッパレな答えを、ザオ・ガオは無表情に検討していた。ヘビがお腹の中のネズミを消化しているみたいだ、とヤンは思った。

やっと宦官は口を開いた。「では、まず、おまえの名前と出身地を申せ。また、おまえはどこで医術を学んだのか」

「わたしの名はチェン・ハイポー。ホイチ〈会稽〉郡の出身です」

彼はスラスラ答えた。「どこで医術を学んだかのおたずねですが、遠く東の海に不思議な島がございます。そこには百に百を足し、さらにそれを倍にした年齢の仙人とその美しい娘が住んでいます。わたしはその島にわたり、お二人に医術を学んだのです」

いならぶ家臣や兵士たちの間から、どよめきが起きた。

ザオ・ガオの目が陰険に光った。そして、ゆっくり笑った。

ヤンは今までにこんなにイヤな笑顔を見たことはなかった。

「チェン・ハイポーとやら。では、おまえは知らぬのか。聞け。かつて一人の若者が陛下の前にあらわれ、不老不死の霊薬を仙人たちから分けてもらう、とお約束したのだ」

ヤンはハッとした。ザオ・ガオは、フー兄さんのことを話している！

「その若者はすがたも美しく、陛下をも恐れぬ大胆なようすだった。そこで陛下はすっかり気に入られ、若者の願うまま仙人の島に行く使者の役目をあたえられたのだ。そのとき若者が話したのは次のようなことであった。東の海に、蓬来〈ほうらい〉、方丈〈ほうじょう〉、えいしゅう、の三つの島がある。これらの島には仙人たちが住み、薬草をせんじて霊薬を作っている。それを飲めば永遠の命をさずかる不老不死の薬がある、とな」

ザオ・ガオは、チェン・ハイポーの顔をのぞきこんだ。

「どうじゃ。何やら、今のおまえの話に似ているとは思わぬか」

チェン・ハイポーがだまっているので、ヤンは不安になった。

「さて、まんまと使者になりおおすと、若者は島にわたる大船一〇〇隻を陛下におねだりした。陛下はすぐさま承知された。若者は大金をかけて完成した一〇〇隻に、仙人たちへの贈り物と称し金銀財宝を積みこませた。さらに農業、土木、冶金などの技術者、職人、合わせて三千の者どもを乗せ、今から六年前、ここランヤの港から船出したのだ。陛下は若者が霊薬を持ち帰るのを待ち望まれた。だが、若者はもどらぬままだ。嵐でしずんだと言う者もいるが、そうではあるまい。最初からもどる気持ちなどなかったのだ。最初から一〇〇隻の大船と財宝がネライだったのだ。天を恐れぬサギ師め。その身を八つに裂いてもあきたらぬやつよ。今おまえの話を聞けば、彼の話とそっくり同じではないか。すがたこそあの若者にほど遠いが、腹の中は同じ真っ黒と見たが、どうだ」

これに対してチェン・ハイポーは口を開いたが、ビクビクしているようすなど、これっぽっちもなかった。

「ザオ・ガオ殿が今された話はあまりにも有名で、このわたしも聞いておりますぞ。ただし、だいぶ違って、ですが。わたしの聞くところによれば、若者が指揮する船団はたび重なる嵐、熱病、敵の襲撃など言葉では言いつくせない危険にあいましたが決してくじけることなく、今なお目的を果たそうとしている、ということでした」

「だまれ」ザオ・ガオは荒々しく叫んだ。「おそれ多くも陛下をだました悪者を、よくもりっぱな人間のように申したな。あの若者は陛下から船をだまし取ったサギ師。やがてはその身を生きながら熱した大釜でユデられる大悪人だぞ」

チェン・ハイポーは静かに答えた。「ザオ・ガオ殿の若者に対する言いようから思うに、われわれはまったく違う人物のことを話しているようですな。わたしが話したその使者の名は、たしかシュイ・フー、といいましたが」

今度はどよめきさえ起きなかった。それどころか、そこにいる全員が凍りついたように息まで止めてしまった。

そのようすからすると、〈シュイ・フー〉という名は、始皇帝の宮廷では決して口にしてはいけないことになっているようだった。

そのとき離宮の中から美しく着かざった男の子が走り出て、宦官に何かささやいた。

それでザオ・ガオはわれに返った。

「おまえの話は後でゆっくり聞くとするぞ」宦官はニクニクしげに言った。

「だが、今は陛下がお待ちかねだ。よいな、陛下の治療に失敗はゆるされぬぞ。覚悟して当たれよ」

チェン・ハイポーとヤンは、子供に連れられて離宮に入った。

そこで衣服をすべてぬがされ、武器をかくし持っていないか調べられた。

もとどおり服を着るのがゆるされると男の子が先に立ち、どこまでもつづく宮殿の奥に二人を案内した。

何千というランプで宮殿の広間は真昼のように明るかった。

美しい服を着た高官たちにまじって護衛の兵士も大勢いたが、離宮の外の兵士たちにくらべれば目立たないようにしていた。

前方に黄絹の薄いたれ幕にかくされた玉座が見えてきた。

真上には黄金で形どった太陽と銀の月が輝いていた。

先回りをしたザオ・ガオが玉座の前にひざまずき、たれ幕の中にいる人物にうやうやしく話かけていた。中にいる人物……もちろん、始皇帝その人だ。

やがてザオ・ガオは話を終えてこちらを向いたが、その顔つきから見てチェン・ハイポーのことでいい報告をしたとは思えなかった。

「陛下におまえのことを申し上げたところだ。医者よ、前に出よ。つつしんで陛下のお脈をおとりせよ」

チェン・ハイポーは玉座に向かってヒザまずき、頭を床につけておじぎをした。

それからヒザをついたまま玉座に進むと、たれ幕の中からスルスルと手が出てきた。

チェン・ハイポーは落ちついた態度でその手を取り、脈をはかった。

すぐにホッとした表情をうかべたので、ヤンはひと安心した。

「おそれながら申し上げます。陛下のご病状は長旅のおつかれからきたもので、幸い軽くていらっしゃいます」

すると、ユアンという毒味役は無実の罪で殺され、犬のエサにされたことになる。しかし毒味役のことも、泣いていたあわれな少女のことも、そこには気にする者はだれ一人いないようだった。

「この命をかけて申し上げますが、わたしが調合したこの薬をお飲みになれば陛下はただちに回復なされましょう」

チェン・ハイポーは後ろにひかえたヤンから薬箱を受けとり、丸薬を一粒取り出した。

「待て。まず、おまえがそれを飲んでみよ」ザオ・ガオが言った。

「よろしいとも」チェン・ハイポーはすぐにその薬を飲んだ。

たれ幕の奥から、ほとんど聞き取れない声が何か言った。

ザオ・ガオが取り次いだ。「陛下は、そこにいる子供はおまえの子か、とおたずねだ」

「さようにございます」チェン・ハイポーは平気でウソをついた。

「わが子ヤンにはやがては医者をつがせようと、幼いころから行動を共にし日々修行させてお
ります」
　ふたたび、たれ幕の中から同じ声がささやいた。
「陛下はおおせられた。ならばその子もおまえが行ったという東海の島で仙人に会ったであろ
う。その子に聞く。そこへ行ったいきさつと、島がどこにあり、仙人とその娘はどのようなすが
たをしていたか聞かせよ……ええい、おまえはだまっておれ」
　ザオ・ガオは何か言いかけたチェン・ハイポーをさえぎった。
「陛下はこの子に問われておられるのだ。その子が陛下に直接お答えしろ」
　何千という目がいっせいにヤンに向けられた。それは恐ろしい瞬間だった。
　ヤンは救いを求めてチェン・ハイポーを見たが、口から出まかせのウソでヤンをこんな窮地に
追いこんだ〈父親〉は、知らん顔でソッポを向いている。
　絶体絶命のこのとき、ヤンの耳に……あるいは心に……ひとつの声が伝わってきた。それは若
い女の、たとえようもなく美しい声だった。
　ヤンはその声にしたがって、自然に話しはじめていた。
「この春のことでした。ぼくは父と一緒にある特別な海草を探しに小舟で海に出ていました。

父はその海草から薬を作るつもりでした。父の恩人のお年寄り夫婦が重い病気になり、父はお二人を必ずなおすと約束していたのです。ところがとつぜん大風が吹き、父とぼくは東へ東へと流されました。そのときのことは何もおぼえていません。なぜならぼくは熱病にやられ、やがて父もたおれてしまったからです。そのうち、ぼくらはどこかの陸地に流れ着きました。そこにはえらい仙人とその美しい娘が住んでいました。仙人の言いつけで、娘がぼくらを看病してくれました」

離宮の広間は静まりかえっていた。すべての目がヤンに向けられていたが、中でもチェン・ハイポーは信じられないというように目をみはっていた。

ふたたび〈声〉が始まり、ヤンはそれにしたがった。

「その女の人は一日中、ぼくらにつきそってくれました。その人のことはボンヤリとですがおぼえています。ぼくは洞窟の中に寝かされて、いつもその人が見守っていてくれました。心配そうな、優しい美しい目でした」

ヤンが話すにつれてチェン・ハイポーの目はますます大きくなっていたが、話がここにさしかかると、とつぜん傷でひきつれたその目にポツンとなみだが浮かんだ。

「ぼくがおぼえているのは、その人の目のことだけです」

本当にヤンは彼女の目を見ているように感じた。

美しい目ははげますように、ずっとヤンにそそがれていた。

「親切な看病のおかげで、ぼくらは元気になりました。たぶん父はその人と一生そこで暮らしたいと思ったはずです。ぼくの母はとっくに亡くなっていましたから。でも父は恩人の老夫婦を助ける約束を忘れることができませんでした。娘は父がはなれることに反対しました。父が二度ともどってこないことを心配したからです」

ヤンは自分に向けられた美しい目からみるみる優しさが失われ、代わって怒りと深い悲しみがあらわれるのを感じた。

「なやんだすえ、ある夜、父は娘には何も言わずにぼくを小舟に乗せ、そこをはなれたのです。すると彼女の怒りがそうさせたように大風が吹き、舟は西へ西へと流されました。でも今思えばそれは怒りではなく、親切からだったのです。そのおかげで、父とぼくは遠い場所からもどることができたのですから。ところが昨日、ぼくらは嵐にまきこまれました。小舟はしずみ、父とぼくはなんとかランヤの海岸に泳ぎつき親切な人たちに助けられたのです。父は今なやんでいます。恩人の老夫婦を助けると約束した一方で、あの天女のような人が父を待ちつづけていることが分かっているからです。あの人は今も父を待っている。それをぼくは強く感じます」

ヤンが話し終わっても、口を開く者はいなかった。

チェン・ハイポーは感動していた。

それをかくそうとして、彼は顔を伏せていた。

たれ幕の中から、かすれ声がヤンを呼んだ。「子よ。ここに来い」

ヤンはヒザをついたまま玉座に近ずいた。

「おまえの話はありえぬような不思議なものだった」

たれ幕の中の声……始皇帝は言った。「しかし、そこには真実のひびきがあった。ウソつきども、ゴキゲン取りどもにかこまれていると、真実はいっそう強く胸にとどくものだ。おまえの話はそれであった」

そう言われても、ヤンは良心のとがめは感じなかった。

もちろんヤンは今話したことなど、経験していない。しかしヤンをみちびいたあの〈声〉が、デタラメな作り話をしたとは思えなかった。

まったくの作り話なら、なぜチェン・ハイポーはなみだを浮かべたのか？

そうだ！　急にヤンは思いあたった。〈声〉はチェン・ハイポーの身に起きたことをヤンに教え、そしてヤンに語らせたのだ。

熱病にかかり、美しい娘の住む島に流れ着いたのは、チェン・ハイポーなのだ。洞窟の中であの優しい目に見守られ看病を受けたのもチェン・ハイポーなら、彼女が止めるのも聞かずにそこをはなれたのも、チェン・ハイポーなのだ。

たれ幕の奥から始皇帝が命じた。「子よ。薬をこの手に乗せよ」

ヤンは丸薬を始皇帝の手のひらに置いた。手は引っこんだ。

すぐにそれは、丸薬を乗せたまま出てきた。

「子よ。まず、おまえがこれを飲んでみよ」

ヤンは丸薬を口に入れた。たちまちいい香りが広がり、ヤンは思わずニッコリした。

始皇帝は命じた。「新しい薬をこの手に乗せよ」

ヤンがそうすると、手はまた引っこんだ。始皇帝は丸薬を飲んだ。たぶん……というのも、ヤンは始皇帝のうたがい深さに内心あきれていたのだ。

始皇帝はそれに気がついたようだった。

「用心しなければならぬのだ。大勢の者がこの命をねらっている。今夜は長年信頼してきた毒味役のユアン・ズンが毒を盛って、この命をうばおうとした」

病気は長旅のつかれによるもの、というチェン・ハイポーの診断はアッサリ無視して始皇帝は言った。「ユアンは当然の罰を受けた。今ごろ離宮のうらで、腹をすかせた犬どもが彼の体を引き裂いておろう。そちは知るまい。この身に何度暗殺の危険がせまったことか。それを知れば、六国を撃ち破り天下統一をなしとげたこの身に同情もしてくれよう……が、子供相手に泣き言をならべても始まらぬな」

とつぜん始皇帝は、大勢の家臣の前で弱さを見せた自分に腹を立てた。それが分かり、ティエンはふるえ上がった。最初こそ自分に向けた怒りのハケグチを、すぐに他者に見いだす……そういう始皇帝の性格をよく知っていたからだ。

始皇帝は冷たいヨソヨソしい口調になって言った。

「チェン・ハイポーに命じる。残りの薬はすべて買い上げるゆえ、ザオ・ガオから望むだけの金を受け取れ」

「金はいりません」チェン・ハイポーは恐れげなくガラガラ声を張り上げた。

「その代わりに船をおあたえください。わたしはその船で海をわたり、シュイ・フー殿が果たせずにいる不老不死の薬を陛下に持ち帰ることをお約束いたしましょう」

凍りついた空気を気にするようすもなく、彼はつづけた。

「わたしの強みは不老不死の薬が作られるところにすでに行ったことです。今ヤンがお話した島の仙人とその美しい娘、この二人こそが不死の霊薬を作る力を持っているのです。熱病にかかって流れ着き嵐の中で去ったので、島の正確な位置は言えません。だが見当はついています。シュイ・フー殿とはちがい、わたしは船団も財宝も必要としません。船はただの一隻でけっこうです。必要な数の乗組員がそろえば、ただちにわたしは船出してその地をめざし、見事、霊薬を手にいれてお見せしましょう」

最初に沈黙をやぶったのは、ザオ・ガオだった。「陛下、この無礼者はわたしにおまかせください。この男こそ、シュイ・フーの二代目と言うべきサギ師です。わたしはこいつの生皮をヒンむいてでも、このようなデタラメを言い出したこやつのねらいがどこにあるか、吐かせてみるつもりです」

「待て」と言ったものの、始皇帝も腹を立てているのは同じだった。

始皇帝の言葉に少しでもさからうなど考えられないこの時代に、チェン・ハイポーはズウズウしくも家臣の前で始皇帝に、〈注文をつける〉という大罪をおかしたのだ。

「この男は都のシエンヤンに連れて行き、死後のわが住まいとなる地下宮殿で働かせることとする」始皇帝は言いわたした。「その子も一緒じゃ。ザオ、二人が逃げぬようにしっかり見張りをつけよ」

宦官はゾッとするような笑いを浮かべた。

「それは名案にございます。光のないあの地下の宮殿から生きて出た者は、まだおりません。あの暗やみの中で礼儀を知らぬこの者どもも、少しは口のききかたを学ぶことでありましょう」

ザオ・ガオがあいずすると、兵士たちが二人の肩をつかんで引き立てた。

六　ヤン、都へ

二人が連れて行かれたのは、罪人を閉じこめるのに使われる離宮の一室だった。

「ヤン、息子よ」しんみり言うと、チェン・ハイポーはヤンの肩に手を置いた。

自分がついたウソのせいでヤンまで地下宮殿に送られることになったのだから、彼が責任を感じるのは当然だった。

しかし、今さらあやまられてもおそすぎた。ヤンはハッキリそう言った。

「なに、なんだと？」チェン・ハイポーはビックリした。「どうして、わたしがおまえにあやまらなければならないんだ。でも、そんなことはどうでもいい」

彼はもう一度ヤンの肩に手を置きなおした。「さあ、教えてくれ。おまえが始皇帝に話したこと、あれはなんだ？　どうして、おまえは、〈あの人〉のことを知っているのだ」

チェン・ハイポーの関心は地下宮殿で二人を待ちかまえている重労働でも、そんな災難にヤンをまきこんだことでも全然なかった。

ヤンはムカッ腹を立てながら、絶体絶命の危機を救ってくれた〈声〉のことを話した。

「あの人だ！　あの天女がわたしたちを助けてくれたのだ」ヤンが話し終わらないうちに、チェン・ハイポーは叫んだ。「ああ、感謝するぞ。あなたはわたしの身に起きたことをヤンに語らせることで、始皇帝からわたしたちを救ってくれたのだ。さあ教えろ」

彼はヤンをゆさぶった。「おまえは言ったな。あの人は今でもわたしがもどるのを待っている、と。それは本当なのか。おまえはあの人がそう言うのを聞いたのか？　わたしがもどるのを待っている、と。そうなんだな。バンザイ、バンザーイ！」

チェン・ハイポーは勝手に喜びを爆発させた。

まだ一三才なのに、ヤンはイヤミを言わずにはいられなかった。

「何がそんなにうれしいんだい。始皇帝は、〈地下宮殿で重労働をさせる〉と言っただけじゃないか。このぼくまでマキぞえにしてね」

「安心しろ。始皇帝はわたしたちをザオ・ガオに引きわたさなかった。それは始皇帝にわたしたちを殺すつもりがないからだ。なぜか分かるか？　あの天女に教わってわたしが調合した薬が、始皇帝にすばらしくききめがあったからさ。だが何よりも、わたしが不老不死の霊薬を持ち帰ることを、始皇帝が強く望んでいるからなんだ」

「それなら、なぜ始皇帝はすぐに船をくれないんだろう」

「それが彼のやり方なのさ。まず、おどしつけようというわけだ。ちゃんと仕事をしないと、ひどい目にあわせるぞ、とね。他人を信用できない悲しい男のやり方だな」

これでこの話を終わらせると、チェン・ハイポーは、〈あの人〉についてヤンを質問ぜめにした。〈あの人〉は、そのときどういう話し方をしたのか？

優しい言い方だったか、それとも怒っているようすだったか、などとしつっこく聞き、ヤンの答えに喜んだり、バカバカしいぐらい落ちこんだりした。

「どうしてあの人はわたしではなく、おまえなんかに話したんだ」

しまいにチェン・ハイポーは、ヤンに八つ当りした。「どれほど、わたしが彼女に会いたかったことか。せめて声だけでも聞きたいと願っていたのに、彼女はわたしではなく、おまえみたいなハナタレ小僧に話しかけたのだ。あの人はわたしをまだゆるしていないのだ。わたしがだまって去ったことを、決してゆるしてくれないのだ」

ヤンは聞かずにはいられなかった。「なぜ、その人から去らなければならなかったの」

「約束を守るためだ」

「恩人の年寄り夫婦を助ける、という約束だね。その人たちはどういう病気なの」

「〈病気〉は話を分かりやすくするために、あのかしこい天女がおまえにそう言わせたのさ。正しくは、病気ではないが不幸な目にあっているわたしの恩人がいる、ということだ。そして、わたしは何があってもお二人をお助けすると誓ったのだ」

「そのために船がいるのか」

「そうだ」

「〈あの人〉に会うのにも、船は必要だね」

チェン・ハイポーはこれには返事をしなかった。

夜中を過ぎたころ、顔をかくした男がたずねてきた。

おどろいたことに、それはティエンだった。

「シッ、静かに」彼はささやいた。「番兵がわたしの部下なので、なんとか通してもらいました。時間がないから質問はナシです。まず、いい知らせから。陛下は今のところ、あなた方を殺すおつもりはありません。なぜなら、明日わたしがあなた方を都のシエンヤンに連れて行くように命じられたからです。あなた方はしばらくは地下宮殿で働かされるかも知れませんが、じきに自由の身になるでしょう。どうしてかと言えば……」

「分かりきった話だよ」チェン・ハイポーはさえぎった。「わたしが不老不死の薬をさがして持ち帰ることに、始皇帝が最後の望みをかけているからだ」

「シッ、静かに！　そんな大声を出さないで」ティエンはちぢみ上がり、キョロキョロまわりを見回した。「いいですか。このことをザオ・ガオ殿は喜んでいません。だから次は悪い知らせです。ザオ・ガオ殿は不老不死の薬を求める計画をすべてつぶそうとしています。陛下の長生きを望んでいないからです。少しでも早く、陛下の末っ子の胡亥〈こがい〉さまを次の皇帝につけたいと思っているのです。ザオ殿は胡亥さまが幼いときから家庭教師をしていて、だから好きなようにあやつれると思っているのでしょう。ですからシュイ・フー殿を仙人のところに送るのに反対したように、あなたが不老不死の霊薬を求めることもジャマしようとするでしょう。くれぐれも用心してください。あなたを暗殺しようと考えているかもしれない。そして……」

チェン・ハイポーはまたしてもさえぎった。

「そんな話はたくさんだ。そんなことよりもだな。ひとつおまえさんのほうからも始皇帝に、〈チェン・ハイポーに早く船をよこすように〉と言ってくれ。地下宮殿なんかクソ食らえ。毛なしミミズのザオ・ガオなんて、もっとクソ食らえだ」

ティエンは逃げ出した。

チェン・ハイポーは見送りながらカラカラ笑った。

「なんだか、あわてていたな。だが、わざわざここに会いに来るとは、ティエンもいいところがあるじゃないか。ヤン、わたしが言ったとおりだろう。始皇帝はわたしたちを殺さない。不老不死の薬がノドから手が出るほどほしいからだ。危険をおかして始皇帝に会っただけのことはあったよ。わたしたちが新しい大船の帆に風を受けて大海原を進んで行くのも、そう先のことではないぞ」

「今、わたしたち、と言った？」

「言ったとも。わたしとおまえさ。わたしたちは親子なんだろう？」

もう一度ユカイそうに笑うとチェン・ハイポーはゴロリと横になり、たちまち大いびきをかき始めた。

翌朝、部屋の外がさわがしくなった。

ヨロイ、カブトを身につけたティエンが入ってきて、いかめしく告げた。

「陛下のご命令により、おまえたちを都に連れて行く。すぐに支度せよ」

それからティエンはささやいた。「外で部下が聞いていますから、そのつもりで。実は陛下も視察旅行をとりやめ、都におもどりになります。これはいい知らせです」

「どうして？」ヤンは聞いた。

「分かりきったことだよ」チェン・ハイポーは言った。「始皇帝は今や視察旅行どころではないのだ。少しでも早く、わたしを不老不死の薬をさがしに行かせたいのさ」

「シッ、静かに。お願いだから、静かに」

かわいそうに、ティエンはなみだを流さんばかりだった。「どうして、あなたはそんな大声で話すのです。ザオ・ガオ殿を甘く見ないで下さい。これから先、どこにでもザオ殿の目があり耳があるということを忘れないで」

「分かった。分かった」チェン・ハイポーはキゲンよく言った。

「でも、今わたしが言ったことは当たっているだろう？」

「それは分かりません。陛下があの後、財務大臣をお呼びになったことは事実ですが。船を造る費用を出させるためかもしれない……でも待って。ちょっと待って！」

チェン・ハイポーが歓声を上げそうになったので、ティエンはふるえ上がった。

「お願いですから、もう大声は出さないで。それに喜ぶのは早すぎます。その席にはザオ・ガオ殿もいて、ひどくフキゲンだったそうです。ザオ・ガオ殿は何とかしてあなたの船出をジャマしようとするでしょう」

「あんな毛なしミミズにジャマされてたまるか」チェン・ハイポーはどなった。

「ザオ・ガオがなんだ。ジャマするならしてみろ。首をひっこぬいてやる」

ティエンは逃げ出した。チェン・ハイポーはカラカラと笑った。

「いそがしい男だな。でもこれで決まりだ。今ごろ財務大臣は航海に必要な金をひねり出そうと、頭をなやましているはずだ」

しばらくすると兵士たちが入ってきて、二人を外に連れ出した。

彼らを都に運ぶ馬車が待っていた。ただし窓に鉄ごうしがはめられた四人用の馬車だ。

しかしヤンは馬車よりも、そのわきに立っている大男の兵士に気をとられた。

大男は自分の体には小すぎるよろいのすそを、困ったように引っ張っていた。

「タオ!」ヤンは叫んでとびついた。

「ヤン、おまえの無事な顔を見てホッとしたよ」タオは言った。「おれもおまえと一緒に都に行くことになった。ティエンにたのんで、彼の部下に加えてもらったんだ」

「でも、タオがいなくなったらアイリーはどうするの」ヤンは心配した。

「それにシュエホンもランも」

「ユイたち、みんなで世話を見てくれるさ」タオは言った。

「それよりもシュエホンに、これをヤンにわたして、とたのまれたんだ」

タオはひもを通した美しい貝がらをヤンにわたした。

「シュエホンはこれを海岸にさがしに行って見つけたそうだ。いつも身につけてお守りにしてほしいと言っていた」

貝がらは桃色で、シュエホンのかわいらしい耳たぶにそっくりだった。

ヤンはそれを大切に首にかけた。

タオはせきばらいをした。「もうひとつ、あったっけ」

タオはきれいにけずった木片をとり出した。

そこにはシュエホンが作った、次のような歌がきざまれていた。

〈ヤン、あなたは旅立つ。ツバメのように。
ゆくては危険がいっぱい。
嵐が海の水をまきあげ、砂漠の熱い空気が羽をこがし、
暗い谷間で鋭いツメのワシが待ち伏せしている。

でも、わたしは心配せずに待つ。だって、ツバメはかならずもどってくるから。

そして、軒先にかわいいお家をつくるの。

そのお家はとても小さいけれど、もう一人住める。

そのもう一人がだれか、わたしは知っている。

ヤン、あなたも知っているといいな。〉

「知っているさ！」ヤンはもう少しで叫ぶところだった。

ヤンとタオとチェン・ハイポー。三人の都への旅が始まった。


天下を統一した後、始皇帝は全部で七千キロにもなる道路を新しく造らせ、あるいは修理させた。始皇帝の長い行列はその道のひとつを都のシエンヤンに向かって進んだ。

ヤンたちは馬車から出ることはゆるされなかったが、窓から景色を見ることはできた。海からはなれて内陸に入ると、乾ききった黄色の大地が広がった。

町も村も人のすがたもなく、風が土ホコリをまき上げてヒューヒューと吹いていた。

車輪のきしむ音や、牛車にぶらさげた料理用の大ナベがぶつかりあうガランガランという音を陰気にひびかせて、長い行列は進んで行った。

行列には、残飯狙いの野犬の群れがついてきた。

始皇帝に斬られた不運な毒味役の死体を、ランヤの離宮裏で引き裂いていた犬どもだ。彼らの腹を空かしたガッガッしたようすや、残飯の奪い合いで上げる凶暴なうなり声、オデキだらけの汚れた皮膚……ヤンは見るたびに吐き気がした。

あれは、人を食べる犬の皮膚だ。

そして、目の前で父親が引き裂かれるのを見ていたあの少女の悲痛な泣き声。

耳から離れない。たしか、フェイという名前だった。

ヤンの落ち込んだ気分は、ティエンが指揮する騎兵たちの中によろい・かぶとをきゅうくつそうに身につけたタオがいるのを見て、少し明るくなった。

タオの大きな身体と正直な顔は、いつもヤンを安心させてくれる。

でも、タオは今はそれどころではなく、馬の鞍にオッカナビックリしがみついていた。タオがホァン将軍にしたがい戦場で勇ましく戦ったのは歩兵隊長として、で、馬に乗る機会はなかったのだ。

チェン・ハイポーは四人馬車から顔を出して大笑いした。

「おおい、タオさんや。そろそろこっちの親船に乗りうつったらどうだい。そんな小舟の上でピョコタンピョコタンゆれてないでさ」

始皇帝の馬車は行列のどこかにいるはずだが、ヤンたちが目にすることはなかった。始皇帝は暗殺を恐れ、自分の馬車の位置をしょっちゅう変えているのだ。

ある日、タオが羊の乳をさし入れに来て言った。

「ティエンもおれも、ザオ・ガオがおまえたちに何か悪さをしないか心配なんだ。いいか、ヤン。おれ以外の者が食べ物や飲み物をとどけても絶対口にするなよ」

まさにその晩、見知らぬ兵士がおいしそうに料理したブタ肉を運んできた。

「肉だ」うれしそうに言うと、チェン・ハイポーは手づかみにしてほおばろうとした。ヤンはひったくって、犬どもがひしめいている馬車の外に投げた。

犬どもは肉をめがけてとびかかった。

争奪戦はすぐに終わった。一番強いブチ犬がほかの犬を追いはらい、肉を一人じめにして飲みこんだ。すぐにキャンキャン鳴いて、グルグル回ってたおれた。

そのときは、もう死んでいた。

「毛なしミミズめ。上等な肉をムダにするとはゆるせないぞ」

チェン・ハイポーは強がったが、この後、食事の行儀は目立って良くなった。

行列は一〇日もかかって、ようやく乾いた土地から出た。

黄河の支流をわたると、緑が見え始めた。

野菜畑が広がり果樹園のわきに村かあった。どの村にもヤナギの影をうつした池があり、アヒルたちがのんびり泳ぎ、白黒まだらの太ったブタが気持ち良さそうにドロの中をころげ回っていた。

村人は土を固めた家から出てきて、行列が通りすぎる間、地べたに頭をこすりつけた。しかしヤンはある村で、若者たちが遠くの林に向かって必死に逃げていくのを見た。

始皇帝の地下宮殿や万里の長城の工事などに連れて行かれるのを恐れて、かくれようとしていたのだ。

「今では、どこの地方でも見られる光景だよ」チェン・ハイポーは言った。

「始皇帝は若者たちをムリヤリ集めさせている。彼らは故郷から遠くはなれた場所に連れて行かれ、運が悪ければ死ぬまでそこで働かされるんだ」

そして彼は、〈万里の長城〉にまつわる悲しい話をした。

ある仲のいい新婚の夫婦がいたが、夫は万里の長城の工事に連れ去られて帰ってこなかった。

妻は夫が寒さをうったえる夢を見たので、衣服を持ってさがしに出かけた。

　やっと長城にたどりつくと、夫はすでに死んでいた。妻が大声で泣くと長城の壁がくずれ落ち、そこから夫の遺体が現れた……

　チェン・ハイポーが話し終えると、タオはしずんだ声で言った。

「それで心配なのは、ホァン将軍と奥さまのリーホワさまのことです。シュイ・フーの若君がもどらず不老不死の霊薬が手に入らないとなれば、始皇帝はホァン将軍とリーホワさまを万里の長城で働かせるために送ってしまうかも知れません。ザオ・ガオが始皇帝にそうケシかけているという話を、ティエンが教えてくれたのです。そんなことになれば、お年をめしたご夫妻は三日ともたずにお亡くなりになってしまうでしょう」

　チェン・ハイポーは聞いた。「もしわたしがシュイ・フー殿に代わって不老不死の霊薬を持ち帰れば、始皇帝はホァン将軍夫妻を地下牢から出してくれると思うか」

「望みはありますね。もともと始皇帝はホァン将軍が好きでしたから」

　チェン・ハイポーが急に夫妻に関心を示したことにおどろきながら、タオは答えた。

「しかし、あなたは自信があるようだが、もしあなたも霊薬を持ち帰ることに失敗したら……」

「そのときは薬の代わりにシュイ・フー殿の首をさし出し、始皇帝にガマンしてもらうさ」

チェン・ハイポーはアッサリ言ってのけた。

「なんてことを言うんです」タオは顔色を変えてつめよった。

「だって、考えてもみろよ」チェン・ハイポーは言った。「不老不死の霊薬が手に入らなければ、始皇帝はシュイ・フー殿を絶対にゆるさないぞ。そしてあの性格からいって、霊薬をさがすよりもシュイ・フー殿をつかまえて大釜でユデ殺すことにもっと熱心になるはずだ。だから彼を引きわたせば、将軍夫妻が釈放される望みはあるということさ」

「将軍もリーホワさまも、シュイ・フーさまの命とひきかえに助かるくらいなら、千度死ぬほうをお選びになるでしょう」タオはチェン・ハイポーをにらみつけて言った。

「このことはハッキリ言っておきますよ。ところで、あなたはシュイ・フーの若君について何か知っていることでもあるのですか」

チェン・ハイポーは無表情に首をふった。

「いや、なんにも。だが彼がうらやましい男ということをたった今、知ったよ」

とうとう、シエンヤンの赤い城壁が見えてきた。

始皇帝は都の真ん中を流れる渭水〈いすい〉の北岸に、征服した六国の王たちが住んでいた宮殿をそっくり似せて造らせていた。

六つの宮殿はそれぞれ通路で結ばれ、ひとつの巨大な王宮になっている。工事はまだつづいていた。目がくらむほど高い屋根に職人たちがへばりつき作業をしているのが、豆つぶのように小さく見える。

それでもまだ足りないとばかりに、始皇帝は南岸にさらに巨大な阿房宮〈あぼうきゅう〉と名づけた宮殿を造らせようとしていた。

一行が都に近づくと歓迎のラッパが高らかに鳴りひびき、朱色の城門から何千という着かざった人々がぞろぞろ出てきて、頭を地面にこすりつけ始皇帝をむかえた。

しかしヤンたちが乗る四人馬車は、城内に入るのをゆるされなかった。

都に着く前日、ザオ・ガオはティエンを呼んで命じた。

「この先は、おまえ一人でチェン・ハイポーとヤンを地下宮殿に連れていくのだ」

「わたし一人で?」思わず、ティエンは聞きかえした。

「そうだ。おまえがあの二人と仲がいいことは、ちゃんと知っているぞ。まさか彼らも、〈親友〉のおまえを裏ぎって逃げたりはしないだろう」

宦官は意地の悪い笑いをうかべた。「そんなことをすれば自分たちはもちろん、おまえも死刑になるのは分かりきったことだからな。いいか、ティエン。陛下に命じられたとおりチェン・ハイポーとヤン、この二人をまちがいなく明日の夕方までに地下宮殿の役人に引きわたすのだ」

ティエンはすっかり青ざめてもどってきた。

「安心しろ、ティエン。わたしたちが逃げたりするものか」

チェン・ハイポーは笑いとばした。「始皇帝に船をもらえると分かっているのに、どうしてわたしが逃げて、せっかくの機会をフイにしなければならないんだ」

御者もいなくなったので、ティエンは仕方がなく自分で代役をつとめることにした。

うれしいことに馬車が出発する直前、タオがコッソリ乗りこんできた。

「ヤン、ユダンするなよ」剣がすぐに抜けるようにたしかめ、タオは言った。

「ザオ・ガオめ。ティエンから部下を取りあげたのは、おれたちをとちゅうで襲って殺すつもりかも知れないからな」

四人が乗る四人馬車はシエンヤンをあとにして、東に向かって進んだ。

地下宮殿はシエンヤンから一日半ほど行ったところで工事中だ。

とちゅうで浅瀬をみつけて川をわたった。

黄色い野ギクが風にゆれている荒野がどこまでもつづいていた。

野ネズミを追ってキツネが走り、雲ひとつない高い空にタカやノスリがゆっくり輪をえがいていた。人のすがたはまったくなかった。

日が落ちると四人は順番に見張りを立て、馬車の中で眠った。

翌朝、日の出とともに出発した。

右手に草木のない岩山が見えてきた。

ティエンは指さして教えた。

「地下宮殿はあの山の北側にあります」

七　死者の村と墓泥棒の村

岩山のまわりには草原が広がり、手前に三つの丘があった。

どの丘も赤茶色で、やはり草木一本生えていない。

地下宮殿の工事で出た大量の土砂をつみ上げた人工の丘なのだ。

そこから東に一キロほどはなれたところに、地下宮殿の工事用出入口が見えた。

内部で一体どういう工事がされているのか、巨大な出入口からは常に茶色の土ぼこりがもうもうと噴き出ている。

土ぼこりが流れていく方角に、土をかためた何千という小屋がならんでいた。

これまでどの村でも見かけた畑や果樹園はないし、ブタやアヒルもいない。

それどころか、人のすがたも見あたらない。

明るい日ざしを受けてシンと静まりかえっていた。

「ウスキミ悪いな」タオは気に入らなそうに言った。「まるで死人の村だ」

「明るい間はみんな働きに出ているんですよ」ティエンが言った。

「でも、女や子供たちは？」

「いません。ここは地下宮殿の工事で働かされている囚人たちが暮らす村です」

みんなは顔を見合わせた。始皇帝の墓となる地下宮殿の工事は、彼が秦王に即位したときから始まり、三〇年たった今もつづいている。

その間、延べ七〇万人もの囚人たちがあの地下でつらい重労働をさせられているのだ。

「実はこの村で、あなた方を地下宮殿の役人に引きわたすことになっているのです」

ティエンは申し訳なさそうに言った。「でも、まだむかえが来ていないようです」

四人は馬車を降りて、小屋の間を通って歩いていった。

小屋の外かべにかけられたツボやヒシャクが風にカタカタ鳴っていた。

やがて、村がまったくの無人ではないことが分かった。

一軒の小屋の前に、男が長々と寝そべっている。

タオが歩み寄って話しかけたが、すぐにもどってきた。

「死んでいる」

その男だけではなかった。進むにつれ、小屋の前で横たわっている人がふえてきた。全員が赤い囚人服を着ていた。

「夜のうちに死んだ者は小屋の外に出しておく、という決まりだそうです」

ティエンは声を落として言った。「夕方になると地下宮殿の役所から兵士たちが来て、遺体を集めて運んで行くんです」

「行き先はあそこだな」チェン・ハイポーは西の凹地をさした。

空にノスリの群れがゆっくり輪をえがきながら、地上のようすをうかがっていた。

ヤンは一人の男から目がはなせなかった。

ほかの死者とはちがい、手を前で組んで戸口によりかかり、首をたれている。

死ぬのが分かって自分で外に出たのだ、とヤンは思った。

やつれた横顔はまだ若かった。

ヒザにおかれた黄色い野ギクが風にゆれていた。

ティエンが言った。「むかえの兵士たちが来たようです」

宮殿の方角から馬にまたがった一〇名ほどの男がこちらに向かって来るのが見えた。

チェン・ハイポーはしばらく注意して見てから言った。

「みんな、覆面をしているじゃないか。あれはザオ・ガオにやとわれた悪党どもだぞ」

「でも……」ティエンは口ごもった。「あれはあなたを……」

「むかえに来たんじゃない。殺しに来たんだ。馬車にもどろう」

その言葉が終わらないうち、覆面の一団はいっせいに剣をぬいて馬を駆け足にさせた。

四人は馬車にかけもどった。

ティエンは御者席によじのぼり、二頭の引き馬の向きを変えてムチを当てた。

四人馬車はガタガタ走りだした。

「でも、シエンヤンまでもどるのはムリですよ」

はね上がる馬車の中でつかまるものをさがしながら、タオはどなった。

「その前に追いつかれるに決まってる」

「そのことだが……」ずっと後ろをふりむいていたチェン・ハイポーは言った。

「おかしいと思わないか。こんなオンボロ馬車に追いつくつもりなら、とっくに追いついてもいいはずだぞ」

すぐに彼は御者席に向かって叫んだ。「ティエン、ためしに速度を落としてみろ」

ティエンは、まさか、という顔をしたが、シブシブ馬のたずなを引いた。

　すると、敵はハッキリ分かるほど速度を落とした。

「今度は速度を上げるんだ」

　敵はふたたび馬をかりたて追ってくる。

「おれたちを犬コロみたいに追いはらっているんだ」タオはくやしがって叫んだ。

「それだよ」チェン・ハイポーはうなずいた。

「やつらにわたしたちを殺すつもりはない。地下宮殿から追いはらっているだけだ。わたしをあそこに行かせたくないからさ」

「でも、なぜ？」タオは馬車の天井にぶつけてできたコブをさすりながら聞いた。

「ザオ・ガオの悪知恵だな。あいつは始皇帝が結局はわたしに船をあたえると思っている。それをふせぐには、わたしが地下宮殿に行くのをジャマすればいい。わたしが宮殿に行かなければ、始皇帝はわたしが逃げたと思い、見つけしだい殺すように命じる。毛なしミミズは自分の手を汚さないで、望みどおりにするわけだ」

「では、ザオ殿がわたしから部下を取り上げたのもそのためだったんですね」

　ティエンはムチで馬を追いながら言った。「われわれだけにして、逃げやすくさせようとしたんだ」

「それなら、そう思わせてやろうじゃないか」チェン・ハイポーは言った。

「馬車を南に向けてくれ。それでもやつらが追ってくるか見よう」

敵はあいかわらず追ってはきたが、明らかに本気ではなかった。

そのうち馬を止めて、馬車が遠ざかるのを見ているだけになった。

チェン・ハイポーは、彼らの姿が見えなくなるまで馬車を走らせた。

草原を流れる川のところまで来ると、彼は言った。

「もういいぞ、ティエン。馬車を止めて馬をはなしてやれ」

「え？　どうして？　このまま浅瀬をわたって逃げればいいじゃない」

死人しかいない村を見て、すっかり地下宮殿がキライになったヤンは叫んだ。

「ダメだ。まちがいなく向こう岸で別の手下どもが待ち伏せしているぞ。今度こそ、われわれを殺すように命じられてね。始皇帝に報告するとき、〈チェン・ハイポーは陛下の命令にそむいて逃亡しようとしたので殺しました。彼らが地下宮殿に向かわないで川をわたったのが、逃亡の何よりの証拠です〉と言えば、始皇帝も彼らを責めるわけにはいかないからな」

「では、これからどうします」タオが聞いた。

「とにかく、日が暮れるまでに地下宮殿の役所に出頭しないとまずい。この草原を突っ切って別方向から宮殿をめざそう」

「でも、毛なしミミズのねらいがあなたを地下宮殿に行かさないことだったら、特に入口を厳重に見張らせているはずですよ」

「そのとおり。といって、ここでそれを考えてもどうなるものじゃないしな」

四人は草原に入り、背の高い草の中を地下宮殿の方角に進んだ。てっぺんだけ見えている三つの人工丘がいい目じるしになった。

一時間ほど進むと草原が切れて、野菜畑が広がった。

その手前に村があり、土づくりの家が十数軒建っていた。

それほど大きな村でもないのに、集会所や倉庫のような建物が三軒か四軒あった。

建築中のものもいくつかあり、このあたりでいくらでも取れる粘土質の土を日干しレンガに固めて使っていた。土をつめた大きな布フクロがそこらに山積みされている。

「この上、まだ何か建てるつもりかい」タオはあきれて言った。「こんなヤタラに建物を立てて、一体何に使うつもりだ」

むこうから、大勢の話し声や笑い声が聞こえてきた。

羊を丸焼きにするいい匂いがしてきた。

納屋を回ると、広場に出た。

地面におかれた長い板が三列ならび、それぞれに二〇人ほどの村人が座り、にぎやかに食事中だった。

一日の農作業を終えたらしく、ほとんどの人が汚れた作業衣のままだ。

少しはなれたところに、クワやスキなどの農具がひとまとめに置かれていた。

中に見なれない道具がまざっていた。槍に似ているが槍よりもはるかに長いがんじょうな棒で、先端はとがった鉄、柄は高価な象牙が使われている。

チェン・ハイポーはひどくそれに興味を持ったようで、わざわざ近寄って見に行こうとしたが、それをさえぎるように二匹の大型犬がのっそり歩みでた。

ヤンは犬がキライになっていた。

ランヤの離宮裏で毒味役の死体を引き裂いていた犬どもの荒々しい吠え声と、その娘の泣き声は今も耳について離れない。

しかし、この二匹はあの残飯あさりの野犬どもとはまったく違った。

見たことがないほど大型で強そうだったが、茶色の毛並みは手入れ良くツヤツヤして、用心深くチェン・ハイポーに向けられている目は澄んでおだやかだった。

村人の誰かが声をかけると二匹はすぐに座り、太い尻尾をゆっくり振った。

デップリ太った男が立ち上がった。

シエンヤンは中国の西方に位置しているが、この男はさらに西域の出身者の顔つきをしていた。髪の毛が赤くワシ鼻で、目は青みがかっている。

ゆるやかな白麻の服を着て、赤い帯に金細工をほどこした短剣をはさんでいた。

「ようこそ、みなさん、ようこそ」男は陽気にあいさつした。

でも彼のゆだんのない目はまっ先に秦帝国の黒いヨロイ・カブトをつけたティエンに向けられてギラリと光り、その後チェン・ハイポー、タオ、ヤンの順に移っていった。

チェン・ハイポーの傷だらけの顔には、「オヤオヤ」というようにまゆを上げ、タオの巨体には感心した表情をうかべ、ヤンを見て、「こんな子供がどうして？」と問いたいようすだったが、すぐに男の視線はティエンにもどった。

とつぜん、その目にひどく残忍な色がうかんだので、ティエンは思わず後ずさりして剣の柄に手をかけた。

「いや、ご主人、あなたが何を考えているか当てましょうか」

チェン・ハイポーはカラカラ笑って言った。「こうではありませんか？〈なんと、秦の士官がわしらの村にやって来たぞ。ひとつドテッ腹に短剣をおみまいしてやるか〉でしょう。でも、安心してください。その男はたしかにあなた方が大キライな秦の士官だが、今はわたしの忠実な部下です」

ティエンはビックリして、口の中で何かムニャムニャ言った。

「わしはシャオ・シェンズーといって、ここの村長をしている者だよ」

相手の言ったことなどまるで聞こえなかったように、男は愛想良く言った。

「わしらはみんな正直者の百姓さ。シエンヤンの役人衆とは仲良くさせてもらってるし、税金もちゃんとおさめてる。それもタップリおまけしてね」

それを言うときに、彼はニヤリとした。ワイロのことを言っているのだ。

「わしらはあんたたちが地下宮殿の騎兵どもに追われていたのを知っているんだよ。あの丘にいる見張りが知らせてきたからね」

シャオ・シェンズーは人工の丘のひとつを指でさした。

「こんなブッソウな世の中だから、わしらはいつも丘の上に見張りを置いているのさ。見張りは何かあると、手旗信号で知らせてくる。たとえば、こんなふうにだ。〈かわいそうに、四人馬車が地下宮殿に向かってるぞ。オヤオヤ、御者はりっぱなよろい・かぶとをつけた秦の士官で、部下の大男のほうは馬車の中でふんぞりかえってらあ。おまけに囚人は子供づれときた〉。そのうち地下宮殿から覆面をした騎兵たちが出てきて、馬車を追い始めた。馬車は南に逃げ、川の手前で止まった。あんたらは馬車をすて、草原を横ぎってわしらの村にやってきた。そういうことは分かったが、意味はサッパリだ。一体何がどうなっているか、教えてもらえるかね」

「その前に、あなたがわれわれをどうするつもりかお聞きしたいですね」

チェン・ハイポーが言うと、シャオ・シェンズーは顔をしかめた。

「わしらはモメゴトはごめんだよ。だけど地下宮殿で行われているヒドイことには、いつも心を痛めているんだ。たまに、あそこから囚人が逃げてくることがある。わしらは食べ物をあたえ、赤い囚人服を新しい衣服に着がえさせて逃がしてやる。だから、あんたらがあそこから逃げたいなら助けてやりたい、ぐらいに思っていたのさ」

とたんにチェン・ハイポーは、両手でしっかりシャオ・シェンズーの手をにぎった。

「あなたが始皇帝の暴虐をにくみ、弱きを助ける仁侠の人、ということは、今のお言葉でよく分かりましたぞ」チェン・ハイポーはガラガラ声を張り上げた。「そこで、おりいってのお願いです。わたしの願いは地下宮殿から逃げることではなく、あの中に入ることです」

チェン・ハイポーの手をふりほどこうとやっきとなっていたシャオ・シェズーは一瞬ポカンと

したが、すぐに笑いだした。

「逃げたい者がいれば、入りたい者もいるか!」彼は叫んだ。「だが、一体なぜ、あんたはワザワザあんな地獄に行きたいんだね」

チェン・ハイポーは日が暮れるまでに地下宮殿に行かなければならない自分をジャマしようとするザオ・ガオの悪だくみについて説明し始めたが、コングラかってしまいそうな話の最初に宦官の名前を出したのは大成功だった。

なぜならザオ・ガオの名前を聞くなりシャオ・シェンズーの目は怒りに燃えあがり、ほかのことはどうでもよくなってしまったのだ。

「わしらはあの宦官のキモを、生きたまま食ってやりたいぐらいに思っているのさ」

シャオ・シェンズーは歯ぎしりして言った。「わしら一族の三人が、あの宦官にカマユデにされたからだ。だからあいつをヘコますことなら何でも協力したいところだが、地下宮殿の入口が見張られているとなると、ハテどうやって中に入ったものかな」

「秘密の入口から入る、というのはどうでしょう」チェン・ハイポーは言った。

シャオ・シェンズーは鋭い目で相手を見た。「秘密の入口、だと?」

「あなたならご存じだし、教えてくださると思っていますよ」

シャオ・シェンズーの手が、帯の短剣にソロソロとのびた。

「待ってください」チェン・ハイポーは笑って言った。「あなた方のご商売の秘密は、名誉にかけて守りますとも。そもそも、わたしは始皇帝が自分の墓ごときに、大勢のあわれな囚人をこき使っているのが許せないのです。だから、それをジャマしてやることならなんでも賛成、と思っているんです」

「では、あんたはわしらの商売をよくご存じ、というわけかい？」

シャオ・シェンズーは短剣の柄をいじりながら聞いた。

「知っていますし、なかなかユカイなご商売と思ってますよ」

チェン・ハイポーは答えた。「若いころ、わたしはいろんな地方をほっつき歩いて、いろんな人間、いろんな商売を知りました。どんな商売にも商売道具がつきもので、そこにあるのもそうです」

チェン・ハイポーは地面にひとかたまりになっている農具の中から、最初に彼の興味を引いた例の象牙の柄がついた長い棒を指でさした。

「あれは、〈ルオヤンチャン〉。地面につきさして、王の墓やお宝のありかをさぐる道具ですね」

シャオ・シェンズーの手がゆっくり動いた。

半分引き出された短剣の刃がキラッと光った。

「わたしは感心したんですよ」チェン・ハイポーは何も見なかったようにニコヤカにつづけた。「あなた方がどんなに道具を大切に思っているか、を知りましたからね。ルオヤンチャンの柄には立派な象牙が使われている。これはあなた方が自分の仕事に誇りを持っている証拠です」

シャオ・シェンズーの刃は迷いながら、ようやくサヤにおさまった。

「それと、この村に入ったとたん気がついたことがあります」チェン・ハイポーはつづけた。

「それは村の人口にくらべて、建物が多いことですよ。つまり地面を深く掘りすすめば、イヤでも大量の土が出る。これが地下宮殿の工事なら積み上げればいいが、あなた方がそうすれば、役人どもは大量の土の出所をアヤしむでしょう。でも、土を日干しレンガにして建物をどんどん建てれば、アヤしまれないでうまく始末できる。わたしは一度そういう村に泊めてもらいましたが、ここと同じように日干しレンガを使った建物がいくつもありました。でも、中はみんなカラッポでしたよ」

「わしらの村では、穀物をたくわえるのにちゃんと使っているよ」

まだ帯のあたりに手をさまよわせながら、シャオ・シェンズーは言った。

「わしらは百姓仕事もマジメにやっているんだよ。死んだ親父の方針でね。親父は三〇年前にここに来て畑をたがやし始めた」

シャオ・シェンズーはクスリと笑い、ようやく短剣から手をはなした。

「分かるかね。つまり今の始皇帝が秦の王に即位し、地下宮殿の工事を始めさせたのと同じ時期だ」

「一流の仕事のやり方はそういうものだ、と聞いていますよ」

チェン・ハイポーは熱心にうなずいて言った。「わたしにそのことを教えてくれたのは、あなたと同じご商売のチュー・ゾンリンさんです」

「チュー・ゾンリンを知っているのか！」シャオ・シェンズーは叫んだ。

「それを早く言ってほしかったな。あの男は元気にしているかね？　ずいぶん荒っぽいカセギをしているというウワサを聞いて、心配していたんだが」

「お元気ですとも。今わたしが話した、〈建物が多い村〉というのが、ゾンリンさんの村だったのです。そのときにゾンリンさんから聞いた一流の仕事のやり方というのはこうでした。王や金持ちどもは自分の墓を生前から造らせはじめます。すると、あなた方はそれに合わせて少しはなれたところに畑をたがやし、同時に畑の真ん中に深い穴も掘りはじめる。さて王や金持ちが死ぬと、死後の世界でも不自由がないように色んな宝物が墓に運びこまれます。ところがそのときには、あなた方の掘った横穴はもう彼らの墓まで通じているんです。お宝は目の前です。それを聞いたときはアッパレと拍手を送りたい気持ちになりましたね」

「おやじのやり方は、ねらった墓の真下まで掘りすすめるのさ」

ほめられて気をよくしたらしくシャオ・シェンズーは相手に座るようにすすめ、自分もそのわきにドッカと腰を降ろした。

彼が合図すると、串にさしたおいしそうにジリジリ脂を垂らした羊肉が運ばれてきた。

「このやり方は、おやじがご先祖からひきついだものだ」

焼肉をみんなにすすめながら、シャオ・シェンズーは説明した。

「わしらの同業者の間では、地抗天〈ちこうてん〉という呼び名で知られている。地面を掘って天をめざす、って意味だ」

「さっきから、何の話しをしているんだろう?」

ありがたく羊肉にかぶりつきながら、ヤンはタオに小声で聞いた。

「シイッ」タオはささやいた。「墓泥棒の技術について話しているんだ」

「このやり方だとネライをつけた墓より深く掘り、さらに横穴を墓の真下まで掘り進め、墓底を破らなきゃならない」

すっかり専門家の口調になって、シャオ・シェンズーは言った。

「大変な労力と手間がかかるし、運び出さなけりゃならない土の量もハンパじゃない。とくに始皇帝の地下宮殿となれば、そこらの王の墓とは規模がちがう。だが苦労のしがいはあるだろうよ。いい話を聞かせてやろう。始皇帝の四〇〇年前の先祖に景公という王がいたが、わしらのご先祖がどうしたと思うかね？　まんまと王の墓の底を破って、ソックリ中身をいただいたのさ。四〇〇年たっても使い切れないほどの宝物だ。そのおかげで、わしらはアクセクしないで家業に専念できるのさ。とはいえ……」

シャオ・シェンズーは顔をくもらせた。「一族の若い者にはそんなノンビリした仕事にガマンできず、よその連中と組んで秦の王家の墓を荒らしたのがいたんだ。たちまちつかまり、ザオ・ガオに拷問された。それでも一族の秘密は明かさないまま、大釜でユデられて死んでいった。さっきも言ったように、わしらはいつかあの宦官にそのウラミをはらさなければならないと思っているんだ。さてと……」

シャオ・シェンズーは立ち上がった。

「あんたらを殺すかどうかでマヨッたが、そうしなくてよかったよ。チュー・ゾンリンがあんたに大事な商売の秘密をそこまで話したのは、あんたを信用したからだ。だから、わしも信用することにしたよ。日が落ちる前に地下宮殿の役所に行かなければいけないとなれば、そうそう長話もしていられない。残念だ。あんたとは話が合いそうだからな。これから地下宮殿の、〈もうひとつの入口〉に案内してやろう」

シャオ・シェンズーはそのままスタスタ歩きはじめた。

四人は顔を見合わせ、そのあとにしたがった。

八　地下宮殿の冒険

シャオ・シェンズーは四人の先にたって歩き、畑を横ぎり雑木におおわれた凹地に降りていった。そこに積み上げてある大量の枝をどけると、水のない空井戸があらわれた。

「三〇年前、おやじはここから始めた」

空井戸をさしてシャオ・シェンズーは、まるで宮殿でも建てたみたいに、おごそかな口調で言った。

「作業は真夜中。井戸掘りで出た土は滑車と桶を使って運び出した。ここらは渇ききった土地だから、掘っているときに水が出て困るということもなくすんだ」

井戸はどこまで深いのか、のぞきこんでも底はまったく見えなかった。

長い丈夫なはしごが暗闇の中に降りている。

「井戸掘りが終わると、わしらは井戸の底から横穴掘りにとりかかった。もちろん、地下宮殿に向かってだ。さぞ大変と思うだろうし実際に大変だったが、三〇年もかければ大抵のことはやりとげられるもんだよ」

　シャオ・シェンズーは北の方角を指さした。「地下宮殿はこの先にある」

　そこに向かって畑がつづいていたが、とちゅうから開拓されていないヤブだらけの荒野に変わっていた。

「さて、去年のことだ。横穴を掘っているとき、わしらは天然の大きな洞窟にぶちあたったのさ。その洞窟は地下宮殿ととなり合わせで自由に行き来ができ、宮殿工事の責任者がそこを役所がわりに使っていることも分かった。このことをわしらの仕事にどう役立てるかは今後の頭の使いどころだが、あんた方が出頭する役所はそこにある。井戸を降りて、横穴を一時間も進めばいい。すると、つきあたりの岩に小さなさけ目がある。そこをくぐり抜けるともう洞窟の中で、地下宮殿の大工事をはるか下に見おろす岩だなに出る。岩だなを降りるにはちょっとした度胸がいるが、絶対ムリというほどじゃない。三〇メートルも降りれば広い場所があり、そこからさらに工事現場に向かって長いラセン階段が下りている。だが、あんた方はこの階段には用はなかろう」

　墓泥棒はニヤッとした。「だれだって、あの階段を下りるのはイヤだろうよ。下りた先は本当の地獄だもの。あんた方が進むべきは、そこに掘られたトンネルの方だ。たぶん工事に使う道具などを運び入れるために掘ったんだろうが、まちがいなく地下宮殿の役所に通じているはずだ。だからそこを通って、たった今到着したように思わせればいい。とちゅうで見回りの兵隊に出会ったとしても、秦帝国の士官が一緒なら安心だ。四人を引きわたしに来て道にまよったから役所まで案内しろ、と命じれば、ウヤウヤしく連れて行ってくれるに決まっている」

シャオ・シェンズーはタイマツを四人にくばった。

「これは火もちがよくて煙もあまり出ない。地下宮殿はそこらじゅうにランプがついているから、タイマツは必要なくなる。それと、これが命綱だ。岩だなを降りるときに使うがいい」

シャオ・シェンズーはグルグル巻きにした重いナワをタオにわたした。

「あなたのご恩は、われわれ四人、決して忘れませんぞ」

チェン・ハイポーはシャオ・シェンズーの両手をとり重々しく言った。

「そして、みなさん方のご商売によけいなジャマが入らず、順調に進むことも心から願っていますぞ」

「それはどうも。だが、わしらは急がないよ。それがこの商売のコツさね。死んだおやじはいつも言っていた。決して急ぐな。もうけはその分、大きくなる、と」

それだけ言うと、このアッパレな墓泥棒は振り向きもせずにサッササと立ち去った。

「では、おれから降りるとしよう」タオはタイマツを帯にくくりつけた。

「ヤン、おまえはおれの後について降りろ。底につくまでタイマツはあずかる。どのみちタイマツに点火するのは底に着いてからだ。決してあわてず、両足が地面につくまで一段づつ確かめて降ろしていくんだぞ」

タオが降りはじめると、ヤンは後につづいた。

「お先にどうぞ」チェン・ハイポーは、突っ立ったままのティエンに声をかけた。

「井戸を降りるのは初めてです」ティエンはかたい声で言った。

「たぶん、苦手、という気がします。今まではこんなことをする必要はなかった」

「では、必要になったわけだ。この先はもっと必要になるぞ。さっさと降りろ」

ティエンは無言で降りはじめた。

この井戸がどのくらい深いか、また、シャオ・シェンズーの父親たちがどうやってこんな穴を掘ることができたのか、ヤンには見当もつかなかった。

いくら降りても……五〇段数えても一〇〇段数えても、足が地面につかないのだ。長い時間がたって、タオの声がひびいた。「着いたぞ」

タオは火打ち石を使ってタイマツに点火した。

ティエンはグッタリして、かべにもたれていた。

たしかに高いところから降りるのは苦手らしい。

まわりを照らすと、洞窟に通じているというトンネルがポッカリ暗い口を開いていた。

「今度はわたしが先頭に立とう」

チェン・ハイポーは言うと、タイマツをかざして中に入っていった。

ヤン、タオ、ティエンの順で、せまくて息苦しい通路を進んだ。

「これが天然の洞窟に通じているなんて幸運だったよ」

歩きながら、チェン・ハイポーは言った。「タイマツの炎が時々ゆれるのは、洞窟からの空気の流れがあるからだ。それがなければ、こんなところをそう長くは歩けないぞ」

「シャオさんは、洞窟に出るまでに一時間はかかる、と言っていましたね」

タオはキュークツそうに頭を低くして歩きながら言った。「今の井戸とあわせて、そこまで掘るのにどれほどの労力をはらったかと思うと、気が遠くなりませんか」

「なにしろ三〇年だもんな」チェン・ハイポーはうなずいた。

「信じられない気の長さだが、始皇帝の墓ともなればそれだけのことはあるんだろう」

「でも井戸を掘りはじめたシャオさんの父親はとっくに死んでるし、シャオさん本人だって、始皇帝のお宝を本当におがめるかアヤしいものですよ。始皇帝が死ぬまでは墓はカラッポだろうし、もし始皇帝がうんと長生きしたらどうなります？　シャオさんだって、もう若くはないんだから」

「そうしたら、彼らの子供が仕事を引きつぐさ。それがあの一族のやり方なんだ」

「たしかに宝が運び込まれるのは、陛下が亡くなられてからですが……」

ようやく口をきく元気が出たらしく、ティエンは言った。「すでに完成した区画にはもう品物が運びこまれ始めていますよ。陛下があの世でも不自由なさらないための日用品みたいなものです。もちろん日用品といっても陛下がお使いになるのですから、値段がつけられないほど高価なものばかりですが」

「それなら、シャオ一族も苦労のしがいがあるってもんだよ」

チェン・ハイポーは満足そうに言った。

「あなたは墓泥棒をまるで悪いことと思っていないようですね」タオは非難した。

「言っておきますが、墓泥棒は重罪ですよ。チュー・ナントカという墓泥棒があなたの友だちだったのは幸運でしたよ。でなけりゃ間違いなくシャオのジイさまは商売の秘密を守るため、手下どもに命じてわれわれのノドをカッ切らせていたところだ」

「あのご老人はりっぱな人だ」チェン・ハイポーはきっぱりと言った。「そもそも、あの人たちがねらう始皇帝のお宝がどんなものか考えてみろ。他国をほろぼしてうばったもの、明日の食べ物にも困っている人々からムリヤリ取り立てた税、そんなものばかりじゃないか。そして、この世にあるどんなものでも、死んだ者ではなく生きている者が必要とするんだ。死んだ後も、日用品や宝がいるなんてバカな話だぞ。第一、死んでも生きているときと同じようにしたいなら、死ぬ値打ちはどこにあるんだ」

「ほう、すると、あなたは死ぬことにも値打ちがある、と思っているのですか」

「思っているとも」チェン・ハイポーは大マジメで答えた。「生きることに値打ちを見つける者は、死ぬことにも値打ちを見いだすのだ」

前方にかすかな明かりが見えてきた。岩のさけ目からもれる光だった。

「あの向こうが洞窟になっているんだろう」チェン・ハイポーは言った。

「ヤン、ようすを見てきてくれ」

ヤンはすぐにさけ目をくぐりぬけ、高い岩だなに出た。

垂直に近い急な岩の斜面が三〇メートルほど下りていた。

下りたところは広い平たい場所で、シャオ・シェンズーが教えてくれたとおり地下宮殿の役所に通じているというトンネルの入口が見えた。

しかしヤンの注意を引いたのは、トンネルのわきから岩ハダを回って工事現場に降りるむきだしの長い階段だった。

その底からはたえず物音が、岩壁に反響しながら上がってきた。

大がかりな工事機械がたてる音、何か重いものをひきずる音、金属がぶつかる音。

それから、人々の声がヤンの耳に届いた。

命令をがなりたてる工事監督の野蛮な声。それに応じる何千何万の囚人たちのヤケッパチなかけ声、泣き声、悲鳴、絶叫……それらが呪いと絶望の、目に見えるような異様な塊まりになって上がってきた。

囚人村でかべにもたれて死んでいたあの若者は、少なくともここからは逃れることができたのだ、とヤンは思った。

引きかえして報告すると、「では、役所に通じているというトンネルのところまで降りよう」チェン・ハイポーは言った。

ティエンは、はげしく首を横にふった。

「わたしにはムリです。あの井戸を降りたときにハッキリしたんです。高いところから降りるのは、わたしは苦手、ということが」

「見もしないで、泣きごとを言うやつがいるか。とにかく、岩だなに出るぞ」

しかし岩だなに出ると、ティエンは一目下を見てすくみ上がり、「わたしは苦手です。それがさっきハッキリしたんです」とくり返した。

チェン・ハイポーは無視した。

「ヤン、おまえが一番身軽だ。先頭はまかせるぞ」

いつも面倒見がいいタオは、ティエンが少しでも降りやすくなるようにヨロイを脱がしてあずかった。その上で彼はヤン、チェン・ハイポー、ティエンの順にナワをまき、あまった分を自分のたくましい巨体にしばりつけた。

タイマツは消したが、はるか下の工事現場の火のおかげで真っ暗にはならずにすんだ。ヤンは慎重に岩壁のくぼみや角を選び、そこを手がかり、足がかりにして少しづつ降りていった。

闇の中でティエンが、「苦手です、ハッキリしたんです」をくり返すのが聞こえ、おまけに二度か三度、足をすべらせる物音が続いたが、タオはそのたびに怪力で支えた。

ようやく降りきると、ティエンはその場にへたりこんだ。

「おれたちにつきあうと、色んな目に会う、と思っているんだろうな」

歯をカチカチ鳴らしているティエンからナワを外してやりながら、タオは話しかけた。「でも、おれは今のティエンの方が、前のティエンより好きだね」

ヤンは、「そのとおり」と思った。

ついこの間までのティエンは、「武器をさし出さなければ、子供も死刑にする」と平気で言っていたのだから。

タイマツに点火すると、チェン・ハイポーを先頭に四人はトンネルに入った。

しばらく歩くと、大きな広間のようなところに出た。

四方の岩かべには横穴が四つ、暗い口を開けていた。

地面に置かれた大きなドッシリした銅のランプがまわりを照らしている。

「このランプが、永遠に消えないという人魚の油を使っているのかな」

シュエホンに聞いた話を思い出してヤンが聞くと、「どうかな」タオは首をかしげた。「おれにはただの油に思えるぞ。そしてただの油なら、ランプに油を足す役目の男がいるはずだ」

「そして、その男はこの四つの横穴のどれかを通ってここに来る」

チェン・ハイポーがつづけた。「だからそこを進めば、地下宮殿の役所に出るはずだ。みんなで手分けして調べ、三〇分後にここにもどり報告しあうことにしよう」

ヤンは一番左の横穴をえらんだ。

横穴は暑苦しく真っ暗で、おまけに次第にせまくなり、行き止まりになりそうだった。引き返そうとしたとき、前方の暗やみで大きな影がモソリと動いた。

ヤンはギョッとして立ち止まった。

いきなりカン高い声がひびき、ヤンの頭を何かがかすめて飛び去った。

すぐに同じ声が上がり、同時にその何かがもっとスレスレにヤンをかすめた。

ヤンはとっさにタイマツをふみつけて火を消した。

それきり前方の暗やみは静まった。

ヤンは立ちすくんだ。何かが前方にいる。人間ではない、何かが。

思いきって足をふみ出すと、これで三度、叫び声がこだまし、今度はそれがヤンの髪の毛を二、三本ハラハラと切り落として飛び去った。

ヤンは地面にベッタリ腹ばいになった。

前方で何かがカチカチと音を立てている。

それは、これまでヤンがまったく聞いたことのない種類の音だった。

目をこらすと、大きな人影のようなものがゆっくり動いていた。

その動きが次第におそくなり、やがて動かなくなるとカチカチという音も止まった。

暗がりに目がなれると、ようやくその正体が分かった。

イシ弓をかまえた仕掛け人形だ。通路に侵入した者が床のどこかをふむと、その者めがけて鋭い矢が発射されるのだ。

三度発射された矢は、人形の上下の動きによってネライの高低をちがえていた。

最初の矢のネライがもっとも高く、最後の矢がもっとも低かった。

しかし、まさか、〈一三才の子供が侵入する〉とは仕掛けた側も思わず、それでヤンは命びろいしたのだ。

矢を調べると、いくつも空気穴が開けられ、空中を飛ぶときに恐ろしい音を出して侵入した者を脅かすように細工されている。これも、墓泥棒対策であることは確かだ。

ヤンはタオたちのことが心配になった。

でも、すべての横穴にこんな仕かけがされているとは思えない。

仕かけがされているのは、横穴の終点に何か重要なものがある場合にかぎられるのではないか。重要なもの……たとえば、始皇帝の宝物、のようなものが！

広場にもどる時間だったが、ヤンはそれを調べたいという誘惑にさからえなかった。

仕かけ人形のうしろに石段があった。

そこを下りるとたくさんのランプが地面に置かれ、油が切れかけているのか弱々しい光をガランとした周囲に放っている。

四方の岩かべの上半分はランプの光がとどかず、薄闇の中、乳白色のゴツゴツした岩はだが、宝を守る古代の人たちの巨大なガイコツのように見えた。

なめらかに光る白い部分が、彼らの太い肋骨だった。

洞窟にまよいこんだ少年を、これらの巨人たちは無言で見下ろしていた。

ランプが地面に散らばっている白いものを照らしていた。

本物の骨……それも大勢の人々の白骨だ。

シュエホンは地下宮殿の話をヤンにしたとき、恐ろしそうに声をひそめて言った。

「ウワサによると、始皇帝は地下宮殿の工事の人たちが自分の受け持ちを終えると、宮殿の秘密をしゃべらないように、一人の残らず殺すように命令しているらしいの」

すると、このガイコツたちは？

うつろな目が無言でヤンを見返していた。

後ろから、だれかが言った。

「それは今の人間ではない。はるか昔の人の骨だ」

九　洞窟の老人

ヤンはとび上がってふり向いた。

白い髪とヒゲをのばした老人が立っていた。

質素な身なりだが、帯にさした短剣のつかはりっぱな象牙だった。

大きなランプの油入れを持っているので、ヤンは少し安心して聞いた。

「ランプに油を足す人だね」

「ふむ、当てておったな。わしがお役目を終えるまでそこで待っておれよ」

老人は弱々しい光をゆらしているランプのひとつに歩み寄ると、なれた手つきで油を入れ始めた。

「おお、食べる。よく食べよる。長いことほったらかしにして、すまんかったのう。よほど腹をすかしていたと見える」

ランプはみるみる明るい光を放ちはじめた。

「次の腹ペコはおまえかい」老人は別のランプに近づき話しかけた。「なんだと？　わたしはそんなハシタないランプとちがう？　ハハハ、いくら気どってみてもダメだぞ。飲まず食わずがつづき、ほれ、炎がこんなに心細くチラチラしておるわ」

こんなふうに話しかけながら老人はランプに油を足して回り、やがて広間は真昼のように明るくなった。

「いつも、そんなふうにランプに話すの？」ヤンは聞いた。

「ほかに話し相手もいないしな」老人は答えた。「ここにいるのはネズミとコウモリだけ。あいつらは好かんよ。ランプは腹いっぱいになればこんなに喜びおるが、あいつらはもっとよこせとガツガツするだけだ。あといるのは、ここに散らばっている骨どもだが、いくら話しかけても、あいにく返事は返ってこない」

自分のつまらない冗談にキャアキャア笑い、老人はドクロのひとつをひろい上げた。

「ここの工事中に見つかったものだ。見ろ。頭は小さく口はせり出し、人というよりサルだ。だがサルにしてはたき火をしたあとが残っているし、肉を切るのに使ったらしい石の小刀もある。どうにも分からん」

ブツブツ言いながら手にしたドクロを見つめる老人の顔は、何年も日にあたっていないように灰色で深いシワがきざまれていた。

「大体この世には分からないことが多すぎる。答えを求めて書物を集めてはみたが、何の役にも立たん。そうだ。おまえにわしの図書室を見せてやろう」

こういう年寄りって、いるんだよね。自分のことで頭がいっぱいで、ぼくがどういう者で、どうしてこんなところにいるのか、聞こうともしない。

ヤンはそう思いながら、老人の後について進んだ。

岩かべにつきあたると、老人は手でおした。

かべは魔法のようにクルリと回り、ヤンは明るく照明された部屋に立っていた。

床には銅板がしかれ、天井には北極星を中心に星座が宝玉でちりばめてあった。

四方のかべは四方とも天井まである書棚で、竹をけずって文字をきざんだ何千巻もの竹簡〈ちくかん〉であふれていた。

「すごいや。これをみんな読んだの」

「読んだとも。だが、わしの知りたいことは何ひとつ教えてくれなんだ」

「知りたいことって？」

「過去のこと。未来のこと。少しでも頭を使う者なら、だれもが知りたいことだ。人はどこから来て、どこへ行く。せめて、どこへ行くかぐらい、教えてくれても良さそうなものなのに」

「それって、人間が死んだ後どうなるか、ということだね」

「おお、それそれ。わしは死んだらどこに行く？　それを知りたくても、ここにあるガラクタはだまっているか、ウソを教えるだけだ」

老人は腹立たしげに竹簡を手でかきまわした。

「そこには、不老不死の薬についても書かれたものもあるの？」

ヤンが聞くと、老人はズルそうに目を細めた。「なぜ、そんなことを聞く？」

「ぼくの父が始皇帝さまに、〈不老不死の霊薬を持ち帰る〉とお約束したんだ。だからそういう薬が本当にあるか知りたいんだ」

「すると、おまえの父親というのはウソつきなのか」老人はあざけるように聞いた。

「始皇帝が仙人の島に送った例の若者のように、ありもしない霊薬で皇帝をだまそうと思っているのか」

「ちがうよ。あの人はウソつきなんかじゃない」

ヤンはチェン・ハイポーの顔を思いうかべながら、ウソつきとホラフキはちがう。たぶんね、と自分に言い聞かせた。

「ぼくは学者たちが不老不死の薬のことをどう書いているか、知りたいだけだ」

「そんなのはイヤというほどあるぞ」老人は竹簡の中からいくつか選んだ。

「たとえば、ここにはこう記されておる。東海に三つの島があり、金と銀の宮殿で仙人たちが不老不死の霊薬をこしらえている。この薬を飲めば年をとらず、死ぬこともない。だが、島に近づこうとしても大風が吹き、船は遠ざけられて上陸できない。ふん、島を見つけられなかった者の言いわけだな」

老人はさもニクらしそうに竹簡を床に投げすてた。

「かわって、これにはこうある。海神に不老不死の霊薬を願ったところ、銅色に光る龍のすがたをした使者があらわれた。そして言うには、霊薬が欲しければ男の子を五〇〇人、女の子を五〇〇人。それぞれの技にすぐれた職人を五〇〇人、連れてこい、と。デタラメだ。すべてがデタラメ。学者どもはみんな、とんだウソつきばかりだ」

老人は竹簡を床に落として、ふみにじった。

「では、不老不死の薬があるとは信じていないんだね」

「そうは言ってないぞ。あれば、と願っておるよ。行き先も知らないまま死ぬなんてイヤなことだからな。それではまるで、行き先も分からずに船出をするのと同じだ」

老人がそう言ったので、ヤンはチェン・ハイポーに初めて会ったときに彼が言った言葉を思い出した。〈大帆に風を受けて未知の海に乗り出し、未知の陸地に足をふみ入れる。そのことに喜びを見い出す〉

「そんなことを言うやつは、よほどのバカだぞ」ヤンが話すと、老人は腹を立てた。

「海図もなしに船出する者がどこにおるんだ」

「でも地図も海図も、最初からあるわけじゃないよ。だれかがそこに行ったから、地図も海図も作ることができたんだ」

「ふん、リクツを言いよる。では聞くが、たとえば死刑囚を死後の世界に使者として送れば、その死刑囚はあの世の地図を作ることができる、ということになるな」

「そんなのムリだよ」

「ムリ……か？」老人は顔をしかめ、それから、ゆっくり笑った。

奇妙な、そして、どこか恐ろしい笑いだった。

それに気を取られ、ヤンは、「だって、死んだ人がどうやって地図を作れるのか？」という当り前の疑問をぶつけそこねた。

この老人は頭がおかしくなりかけているのだ。こんな洞窟に一人で暮らし、ランプだけが話し相手なら、だれだって少しはおかしくなっても不思議ではないだろう。

「人はなぜ死なねばならぬのか」やがて、老人は深いため息とともに言った。

「それがさけられぬことにしても、天はせめて二百、三百年の命をあたえぬものかい。わしの仕事は、たとえ千年生きても終わりそうもないのに」

「ここには、そんなにたくさんランプがあるってこと？」ヤンはおどろいて聞いた。

それには答えず老人は図書室からヤンを連れ出して暗い通路を長い間進んでから、やっと足を止めた。

「これからおまえに見せるのは、この宮殿を守る帝国一の勇士たちだ」

老人は言うと階段の手すりからランプを突き出し、下の大広間を照らした。

ヤンは息をのんだ。そこには何千という兵士たちがズラリとならんでいた。

あざやかな朱色のよろい、かぶとに身を固めた歩兵たちが矛〈ほこ〉をかまえている。その向こうには緑色の短い上着にズボン、皮のぼうしをかぶった騎兵たちが長剣を抜いて馬にまたがっている。さらにその奥には四頭の馬をつけた戦車がならび、ソデなしのよろいをつけた御者がたづなをにぎって前方をにらんでいた。

「これはほんの一部でな」老人は誇らしげに言った。「主力の部隊はここよりさらに東を守っておる。この者どもは、決して食べない、飲まない、眠らない。何千というこのような勇士たちが地下宮殿の守りについているのだ」

土をこねて作った兵隊なら、食べず飲まず眠らず、があたりまえだ。

ヤンは、兵隊たちが陶製の人形と気がついてガッカリした。

でも老人がじまんするのも分かるほど、兵隊たちは身体の大きさといい肌の色ツヤといいイキイキとした目といい、ホンモノの人間そっくりだった。

しかもこんなに大勢いるのに、兵士たちの顔、体型、動作も一人一人ちがえてある。

感心しながら見ているうち、ヤンは息が止まるほどビックリした。

兵士の人形の中に、タオそっくりの顔を見つけたのだ。

いや、タオだけじゃない。チェン・ハイポーもティエンもいる。

ヤンが近ずきマジマジ見ていると、タオはソワソワし始めた。

「ヤン、無事でよかったよ」タオは変なふうに上げていた右手を下ろして言った。

「おまえがもどらないので心配して探しているうち、ここにマヨイこんだんだ」

「そしたら、そのジイさまが下りてきたんで、人形どもの間にかくれたのさ」

ありもしない剣をかまえるのをやめて、チェン・ハイポーがつづけた。

「ところで、このガラクタどもは一体なんだい？」

「シッ、だまって」とつぜんティエンが悲痛な声を上げた。「たのむから、だまって」

言うと同時に、ティエンは老人の前にころがり出た。

「おゆるしください、陛下。おゆるしを！」地面に頭をこすりつけて、彼は叫んだ。

陛下だって？　ヤンはポカンとした。それは他の二人も同じだった。

「ティエン、これはどうしたことだ」老人は苦りきったようすで言った。「おまえには、この者どもを地下宮殿に連れて行くようにと命じたはず。一緒になって遊びまわれとは命じていないぞ」

「陛下、これにはわけがございます」ティエンは必死に言いわけした。「陛下のご命令どおり、彼らを地下宮殿に引きわたすつもりで来たところ、いきなり覆面の男どもに襲撃され、やむなく地下の迷路を逃げまわることになったのでございます」

こんなに始皇帝を恐れているのに、ティエンが地下宮殿に入ったいきさつをうまくゴマカして話したので、ヤンは彼を少し見直した。

もし正直に話そうものなら、シャオ・シェンズーたち墓泥棒一味は、始皇帝の命令で、たちまち皆殺しにされただろうから。

「一体、だれがおまえたちを襲撃したと申すのだ」始皇帝は顔をしかめて聞いた。

「毛なしミミズ、でございますよ」老人をたしかに始皇帝、と見て、チェン・ハイポーは出しゃばった。「毛なしミミズ殿が手下どもを使い、わたしがここに来るのをジャマさせたのでございますよ」

始皇帝はますます顔をしかめた。「毛なしミミズとは何者だ」

「もちろんザオ・ガオ殿のことです。あの宦官は、陛下のために不老不死の霊薬を求めようとするわたしの計画をなんとかしてジャマしたいようです」

始皇帝はニコリともしなかった。「ザオ・ガオがジャマするなどと、何をバカなことを申しておるのだ。ここは神聖な場所で、おまえたちが遊ぶところではないぞ。すぐにおまえたちを連れて王宮にもどることにする」

この間、ヤンは信じられない思いで始皇帝をながめていた。

何よりもヤンがおどろいたのは、世間から悪鬼のように恐れられている始皇帝がこんなにヨボヨボの老人だったことだ。ランヤの離宮で声だけの対面をしたとき、たれ幕の奥から聞こえてくる始皇帝の声は聞きとれないほど弱々しかった。

しかし、まさかこんな老人とは。始皇帝はまだ四〇代半ばのはずだ。

でも目の前にいる老人は、どう見てもその倍の年齢に見える。

それでも彼が皇帝らしさを見せたのは、チェン・ハイポーが陶製の兵隊たちの間からヌッとあらわれたときだった。そのとき始皇帝はすばやく腰の短剣に手をやったが、それは恐れたからではなく戦うためだった。

「死ぬのがこわさに不死の薬を求めている男にしては、まあ、りっぱだったな」

後になって、タオはシブシブほめた。「だれだってあんな地の底の暗がりでチェン・ハイポーみたいな顔つきの男に出くわしたら、腰をぬかしても不思議はないものなあ」

始皇帝は、「ついてまいれ」と命じると、先に立って歩き始めた。

地下宮殿のあまりの広さに、ヤンはあきれるばかりだった。これでは三〇年間に七〇万人のかわいそうな囚人を働かせているのに、まだ工事が終わっていないのも分かる。

部屋は何百もあり、天井には宝石で形どった太陽と月、星が輝いていた。

強力なランプに照らされた庭園には色とりどりの宝玉でこしらえたホンモノそっくりの花や果樹があり、ヒスイの葉かげでバネじかけの小鳥たちがはばたいていた。

水銀が流れる川には金属製の水鳥がつどい、銀の魚が泳いでいた。

ほとんどの部屋はまだ空っぽだが、やがては金銀の食器や巨大な象牙の寝台など、始皇帝がいつも使っているぜいたくな品々が運びこまれるのだ。

「なるほど。これでは墓泥棒がねらうわけだ」

チェン・ハイポーがうっかり声に出して言うと、始皇帝はピタリと足を止めた。

「では、おまえは知らぬのか」始皇帝はチェン・ハイポーに向きなおり冷たく聞いた。「ここに無断で入って生きて出た者はいない、ということを」

ティエンはふるえ上がり、タオもちょっぴり顔色を変えた。

しかし、チェン・ハイポーは大声で笑いとばした。「ですから陛下。わたしに船をおあたえください。ただちにわたしは不老不死の霊薬を求めて船出いたしましょう。これで陛下の神聖なお墓をねらうようなケシカラぬ者を、ヤッカイばらい出来ようというものではありませんか」

始皇帝は何も言わず、長い間、チェン・ハイポーを見つめていた。

やがて、薄い笑みが始皇帝の口もとをかすめた。

始皇帝は何事もなかったように歩き出した。

「なあ、ヤン」タオはささやいた。「チェン・ハイポーというのは、おれの知るかぎり、世界一こわいもの知らずのズウズウしい男だぞ」

ようやく地下宮殿の役所に着くと、役所前の広場で待機していた役人や護衛兵たちは始皇帝の顔を見ないようにあわてて頭を地面にこすりつけた。

地下宮殿からは、シエンヤンの王宮に通じる秘密の通路がのびていた。直線で王宮につながっているので距離は大幅に短縮され、戦車を飛ばせば一日で王宮を往復できた。もちろんこの通路を使えるのは始皇帝だけだ。

視察旅行からもどるとすぐにここに来たように、始皇帝はお気に入りの地下宮殿の行き帰りに少数の護衛を連れただけで、みずから戦車を走らせていた。

始皇帝はヤンを自分の戦車に乗せ、他の三人はティエンが操縦する別の戦車で後につづくように命じた。

四頭の白馬が引く戦車が走り出すと、すぐに始皇帝はヤンにたずねた。

「ザオ・ガオがおまえたちを襲撃させた、という話は本当なのか」

「その人が命令したかどうかは分かりませんが、覆面の男たちがぼくらを追い払おうとしたことは本当です」

「あの宦官は、だれのことでもうたがってかかるのだ」始皇帝は腹立たしげに言った。「シュイ・フーのことにしてもそうだ。ザオはシュイ・フーにだまされた、使者にしたのはまちがいだ、とサワグが、本当にそうなのか」

始皇帝はそう思いたくないようだった。もちろん、自分がだまされたことをみとめたくないからだ、とヤンは思った。

なぜならこの後、始皇帝はそこにいもしない男に向かって、こう語りかけたのだ。

「シュイ・フーよ。六年前おまえは皇帝の前に立ち、恐れるようすもなく、不老不死の霊薬を持ち帰ってみせると約束してみせたな。大胆で自信に満ちたその態度は、皇帝に若き日の自分のすがたを思い出させた。そして、おまえが持ち帰る霊薬によってその日々をとりもどせたら、という、はかない望みを持たせたのだ。だが、もし、おまえが最初から皇帝をだますつもりでいたのなら、覚悟するがよい。たとえ世界の果てまで逃げようと、皇帝はかならず追うぞ。それをおまえは思い知ることになろう」

チェン・ハイポーが言ったとおりだ。不死の霊薬が得られなければ、始皇帝はそれを求めるのと同じくらい、いや、それ以上の努力をはらってシュイ・フーを追い、残酷な死をあたえるだろう。

人々がこの皇帝を恐れるわけを、ヤンはあらためて知った。

ヤンの気持ちは始皇帝に伝わった。そして山犬に似た顔にムリに笑いをうかべた。

「ヤン、おまえが恐れることは何もないぞ。おまえが話した、東海の仙人と美しい娘のことは信じているのだ」

いきなり始皇帝は身を乗り出し、馬たちの背中にムチをふり下ろした。

四頭の白馬は飛び上がって走り始めた。

石を敷きつめた通路に車輪が火花を散らし、左右の景色が後ろに飛び去った。

それでもまだ足りないとばかりに、始皇帝は何度もムチをふり下ろした。

四頭は狂ったように走り、ティエンの戦車をはるか後ろに置きざりにした。

ヤンはこわくなって叫んだ。「どうして、そんなに急ぐのです」

「知れたこと。追いつくためだ」そう答え、始皇帝はもうひとつムチをくれた。

「追いつくって、何に?」

「人生に、だ」始皇帝は叫びかえした。「おまえもそのうち分かる。人の一生など、泣きたくなるほど短いぞ。急がないと、追いつく前に勝手に終わってしまうのだ」

ようやく始皇帝はたづなを引いた。そして言った。「ヤン、よく聞け。シエンヤンにもどってすぐ、新しい大船を造るようにランヤの造船所に命じた。大船が完成しだい、おまえたちは不死の霊薬を求めて船出するのだ。だが、忘れてはならぬぞ。シュイ・フーのときは六年待った。

が、もう待たぬ」

始皇帝は歯をくいしばった。「さきほどの死刑囚の話はおぼえておろうな。〈死後の世界〉に使者として送る死刑囚のことだ。おまえは知らぬが、あれは以前からザオ・ガオに命じて、実際に行っていることだ。そして、もしおまえたちが船出から一年たってももどらなければ、ホァン将軍とその妻は使者として、〈死後の世界〉に送られる。そして、そこで見聞きしたすべてを皇帝に報告しにもどるのだ」

あまりのことに、ヤンはどもってしまった。

「も、もどるって……でも、どうやって？」

始皇帝は低く笑った。「死後の世界に行く方法がいろいろあるのは、子供のおまえも知っておろう。たしかに問題は、この世にもどる方法だ。ザオ・ガオに命じ、死刑囚どもを使って実験させているが、まだ、もどってきた者はおらぬ。しかしザオ・ガオのことだ。そのうち、あの宦官にピッタリの、うまいやり方を見つけることだろうて」

一〇　死後の世界へ行く使者

「たしかに問題は、〈帰り道〉でございますな」

ザオ・ガオは言った。このイヤらしい宦官はハシャいでいた。

「それにくらべて、〈行き道〉はヨリドリミドリ。首きり、ハリツケ、カマユデとお好み次第でして……」

「だまらぬか。ザオ」

たれ幕の奥から、始皇帝はしかった。「ホァン将軍と妻、そしてそこにひかえておるチェン・ハイポーは、これまで使者として死後の世界へ送った死刑囚どもとはちがう。彼らが罪人ではないことを忘れてはならぬぞ」

「これはザオが悪うございました」

宦官はつま先に頭がとどくほど、おじぎをした。「そこで陛下。その、〈帰り道〉のことでございます。学者どもと星占い師どもにいろいろ研究させておりますが、これというものはまだ見つかっておりません。今のところ有力なのは例のアレでございまして、満月の夜、使者の肉体をはなれた霊が月の照らす海上の〈光道〉を通って死後の世界に行く。そして次の満月の夜、光道をぎゃくにたどってこの世にもどり、あの世で見聞きしたことを陛下にご報告するという、アレでございます」

〈満月〉とか〈霊〉、〈光道〉と聞いたとたん、何かはずかしいことでも耳にしたようにティエンはモジモジし、たれ幕の中からは始皇帝の玉座が腹立たしげにギイッときしむ音が聞こえた。

「もちろん、この前の実験が失敗したことは陛下もご存じのとおりでございます」

ザオ・ガオはあわてて、つづけた。「まさかあのケシからぬ死刑囚どもが直前になって毒酒を飲むのを拒否し、死後の世界に行くのも断り、あのようにさわぎ立て、すべてをブチこわすとは、まったく予想もしないことでした。ですが陛下、あれは実験に失敗したというより、むしろ実験は全然行われなかったと言うべきでして……」

「もう、よい」始皇帝はさえぎった。「おまえからキビシク学者どもに伝えよ。アレとかコレとか言いのがれを聞くのは、もうたくさんだ。それよりも、自分たちの仕事をちゃんとせよ。さもなくば、自分の首がいつまでも自分にくっついていると思うな、とな」

ヤンは始皇帝が地下宮殿の図書室で竹簡〈ちくかん〉を地面に投げつけ、「学者どもはみんなウソつきばかりだ」と叫んだ場面を思い出した。

もし学者たちが、〈満月の光道〉のようなことを本気で考えているなら、やがては始皇帝にひどい目に遭わされるのは、もう決まったようなものだ。

始皇帝がヤンたちを連れて地下宮殿からもどるとすぐたれ幕の中に入ったのも、以前から学者どもにこんなことを吹きこまれていたからだった。

「不老不死になるには、陛下ご自身が神仙になられることです。神仙はできるだけ自分のすがたを人に見られないようにするものです」

天下を統一し中国最初の巨大帝国をきずいた始皇帝ともあろう人が、こんなことを信じて実行していたのだ。

「一方、ホァン将軍にはよく言って聞かせよ」始皇帝の声はヤンがランヤの離宮で初めて耳にしたときのように、くたびれてしわがれていた。「この使者の役目がどれほど名誉あるものか、また、皇帝にする報告がどれほど重要であるかを、将軍に分からせよ。死後の世界がどういうところで、だれがそこをおさめているのか。また、そこでは地上の皇帝はどういう身分をあたえられるのか。知っておくべきことはいくらでもある」

しばらくだまってから、始皇帝はつづけた。「だが、そこにひかえるチェン・ハイポーが約束どおり不死の霊薬を持ち帰れば、もはや死後の世界を知る必要もなくなるわけだ。したがって、ホァン将軍を使者を送る件はとりやめとなろう」

みんなの視線がチェン・ハイポーに集まった。

「霊薬を持ち帰るとお約束したのはそのとおりです」チェン・ハイポーは落ち着いて言った。「しかし、わたしは陛下にお約束したのであって、アカの他人のホァン将軍には何も約束などしていない、このことは、ここでハッキリさせておきたいと思います」

「アレ、陛下。今チェン・ハイポーが言ったことをお聞きあそばしましたか」

ザオ・ガオはキイキイ声を張り上げた。「この男が今言ったようにホァン将軍がアカの他人であれば、ホァン将軍がどうなろうと知ったことじゃなく、海に出たのを幸い、帆を上げてスタコラ逃げ出すのはもう決まったようなものではございませんか」

「そのようなことが起きないようにするのが、おまえの役目だ」

始皇帝はいかめしく答えた。「ランヤの造船所には船を二隻造るように命じた。一隻にはチェン・ハイポー。そして一隻にはザオ、おまえが乗るのだ。チェンが逃げぬよう、しっかり見張るのだぞ」

〈毛なしミミズ〉は真っ青になった。「し、しかし陛下。わたしは船が大の苦手でございます。いつか陛下のお供をして河舟で運河を下りましたとき、わたしは気分が悪くなり、それは大変でございました」

「おぼえておるぞ。あのとき、おまえは皇帝のくつをゲロでよごした。もう少しで首をチョン切ってやるところであった」

「で、でも、陛下」ザオはねばった。「第一、わたしは船を動かすことができません」

「船を動かすのは、楚の国で水軍を指揮していたシュハイ将軍だ。その腕を見こんで殺さずに将軍の地位にとどめたほどの船乗り。おまえはただ見張っておればよいのだ」

ここで始皇帝はきびしくザオ・ガオを見すえた。

「ところで、ザオ。おまえは聞いておらぬか？　チェン・ハイポーらが地下宮殿に着く前に彼らを襲撃した悪者どもがいたそうだな。皇帝の使者がジャマされるようなことがあっては決してならぬぞ。おまえは航海の間、彼らを見張るだけではなく、守ることも仕事のひとつと思え」

〈毛なしミミズ〉はガックリうなだれた。

始皇帝はたれ幕の中で立ち上がった。

「チェン・ハイポー、よく聞け」始皇帝は言った。「おまえとは来年の九月、満月の夜にランヤの離宮で会うこととする。それまでにかならず不死の霊薬を得てもどれ」

この言葉が相手にしっかり伝わったか確かめるように、始皇帝は少し間をおいた。

「では、なぜ九月の満月なのか？　西域の名高い星占い師が、この満月の夜が、〈死後の世界〉との交流が一番活発になる日、と報告したからだ。それゆえ、この日に決めた。その日までにおまえが不死の霊薬を持ち帰れば、ホァン将軍夫妻の使者の役目はなくなろう。よいな。みずからの命、将軍夫妻の命を守りたければ、役目を果たせ。来年の九月、満月の夜、かならずもどれ。一日のおくれもあってはならぬ。先の使者、シュイ・フーの失敗は、決してくり返してはならぬぞ」

ザオ・ガオはエサ箱の底でひからびたミミズみたいに弱っていたが、こんなときでも性格の悪さを発揮して聞いた。

「では陛下、もしこのチェン・ハイポーめが霊薬を持ち帰るのに失敗しましたら、どうなさるおつもりです」

「そのときは霊薬の代わりに、シュイ・フーの首でも持ち帰ることだな」

はきすてるように言うと、始皇帝は去った。

ザオ・ガオはあわてて後を追った。

入れかわりに武器を持った兵隊たちが入ってきて、チェン・ハイポー、ヤン、タオ、ティエンの四人をとりかこんだ。

「どういうことだ」タオは大きな身体で立ちはだかった。「陛下は、われわれは罪人ではない、と言われたぞ」

「そのとおり。罪人ではないとも」隊長はなまいきな口調で答えた。「これから、おまえたちを宿に案内するのだ」

「宿とはどこだ」

「シエンヤンの地下牢だ」隊長は答えたが、大男の顔を見て、あわてて態度を変えた。「いや、陛下がそのように命令されたのですよ。おまえさん方がランヤに向けて出発するまでのほんの短い間です。それまでにおまえさん方が逃げてしまったら、こっちの首が飛んでしまいますからね。地下牢といっても身分の高い者だけが入る特別室で、おとなりにはホァン・カイ将軍とその奥方が入っています」

その間、タオの大きな両手はジリジリと隊長の首にしのび寄っていたが、ホァン将軍の名前が出たとたん、その動きはピタリと止まった。

「では、よけいな口はきかずにサッサと案内しろ」タオは隊長をにらみつけて言った。「だが、おぼえておけ。ホァン将軍とリーホワ奥さまがお元気でいらっしゃればよし。そうでなければ、この手でおまえの首をネジ切ってやるからな」

シエンヤンの地下牢は秦の牢獄の中でも、特に警備が厳重なことで知られていた。それはこれまでに何度も企てられた脱獄の試み……すべて失敗に終わったが……のせいだった。

つい最近も、とらえられた悪名高い盗賊を逃がそうとして一味の者が牢番にネムリ薬を飲ませる事件が起き、それから警備はいっそうきびしくなっていた。

大きなカギたばをぶらさげた牢番の後についてヤンたちが暗いヒンヤリした階段を下りていくと、アリの巣のように分かれた土牢から囚人たちが口々にうったえ始めた。

それは、たとえばこんなふうだった。

「おい、牢番。いつまでわたしをこんなところに入れておくつもりだ。せめて裁判がいつ始まるかぐらいは教えろ」

「陛下に申し上げてください。このわたし、タア・スイにかぎって絶対に役所の金を使いこんだりしていません」

「それなら、ついでに伝えておけ。おれさま、ユアンがバオのやつをブッスリやったのは完全に正当防衛だったとな」

そうかと思えば、みょうに気取った声がこんなことを言った。

「わたしが詩の中で陛下の悪口を言った、というのはまったくのゴカイですよ。あの詩はむしろ陛下を誉めたたえているのです。もう一度、発表会を開かせてください。そうしたらお分かりいただけるでしょう」

ヤンを一番ギョッとさせたのは、だれもいないと思った牢の暗がりからシワガレ声が、「ふん、男の子が来たかい。その年でこんなところに入れられるとは、どんな悪さを働いたんだ」と問いかけたときだった。

真っ暗な中、どうして男の子と分かったんだろう？

「一〇年もここにいれば、夜目がきくようになるのさ」その声は言った。「今じゃ暗やみの中でもネズミと同じくらい見える。だから、やつらと勝負できる。ネズミどもがこっちを食うか、こっちがネズミどもを食うか。で、今のところ、こっちが勝っている」

とうとう地下牢の底に着いた。

「おまえさん方はここだ」牢番は土牢のとびらを開けて告げた。

タオはキッとして言った。「ホァン・カイ将軍ご夫妻はどこだ。将軍ご夫妻のとなりにわれわれの部屋を用意させたと聞いているぞ」

「だから、そのとおりにしましたとも」牢番は答えた。「将軍夫妻はおまえさん方のおとなりで、今はお昼寝の最中でしょうよ」

四人が目をこらすと、となりに鉄ごうしがはめてある洞くつのような土牢がぼんやり浮かび上がったが、中までは見えなかった。

「では、あなたもこんな暗い中でも見えるんだ」すっかり感心して、ヤンは言った。

「二〇年もこんなところで仕事をしてりゃ、イヤでもそうなりますのさ」

自慢するふうでもなく牢番は答えた。「おまえさん方をここにご案内したとき、わしが明かりを持たないことに気がつきなさったかね」

「あいにく、わたしたちはそんな長くここにいるつもりはないのさ」

チェン・ハイポーは言った。「だから明かりがいるし、おいしい食べ物、飲み物が必要だ。それにあたたかい布団も」

牢番はアングリ口を開いた。

その様子を見ると、シエンヤンの地下牢でこんなズウズウしい要求が出されたのはこれが初めてのことのようだった。

　だが、何か言い返そうとした牢番の口は、チェン・ハイポーが取り出したものを見てピタリと閉じられた。

「おまえさんなら、こんな暗がりでもこれが何か分かるだろう」

　チェン・ハイポーは兵士たちに聞かれないように牢番にささやいた。

「ヒスイ。それもデッカイやつ」牢番はささやき返した。

「そのとおり。これをおまえさんにやろう。わたしが望んだものは分かっているな」

「明かりに食べ物に飲み物。それに布団」

「それも上等なもの」

「はい、上等なもの。それを四人分」欲に目のくらんだ牢番はシャガレ声で言った。

「いや、六人分だよ」チェン・ハイポーは優しくしかった。「ホァン将軍ご夫妻の分を忘れては困るな。おまえさんがちゃんとそれを果たしたら、もうひとつヒスイをやろう」

「お引き受けいたしやすとも」牢番はホクホク顔で約束した。「自慢じゃないが、二〇年もこんなところで働けば、利くのは夜目だけじゃありませんや。大抵のことに勝手が利くようになるんでさ。今おっしゃったものは、すぐに用意させてもらいますよ」

四人を牢の中に入れると、それでもカギをかけることは忘れず、牢番は兵隊たちを連れて立ち去った。

彼らの足音が遠のくのを待っていたように、となりの土牢から年老いた女の声が静かに呼びかけた。

「シュイ・フー。わたしの大事な息子。牢番と何をヒソヒソ話していたの？　おまえはどうしてもどってきたの。始皇帝に約束した不老不死の霊薬を持ち帰ったのかい」

シュイ・フー！　みんなは立ちすくんだ。

一一　将軍夫妻と再会、そしてシュイ・フーが話したこと

だれよりもはげしく心をゆさぶられたのは、〈シュイ・フー〉と呼びかけられたチェン・ハイポーで、まるでカミナリに打たれたように立ちすくんでいた。

最初に動いたのはタオだった。彼は土牢のかべにかけより、大きな手で力いっぱいたたきながら叫んだ。

「ああ、リーホワ奥さま。やっと、お声を聞くことができました。どれだけこのときを待ったことか！　将軍はお元気でしょうか。それが何よりの心配です」

「タオ、夫の忠実な部下」リーホワ夫人は答えた。「あなたがきっとここに来てくれると、夫といつも話していましたよ。ええ、将軍はお元気です。強い身体も強い心も昔のままです。今はお昼寝中ですが」

「かならず、お二人をこんなところからお出ししますとも」タオは叫んだ。

「ここにはヤンも来ているのですよ」

「ヤン。もう一人の大事なわたしたちの息子」リーホワ夫人は優しく言った。「おまえも一緒とはなんとうれしいことでしょう。では、おまえはフー兄さんとわざわざこんなところに会いに来てくれたのかい」

「リーホワ叔母さん。フー兄さんはここにはいません」ヤンは悲しい気持ちで答えた。リーホワ叔母さんは少しボケてしまったんだ。「フー兄さんは、まだ海からもどってこないんです」

かべの向こうから、リーホワ夫人が笑うのが聞こえた。

ヤンが大好きな上品な笑い方は、こんな地下牢の中でも少しも変わっていなかった。

「このイタズラ坊や。からかおうとしてもダメ。こういう暗いところで暮らしていると、耳だけはよく聞こえるようになるのよ。わざと下品なガラガラ声に変えていたけど、ヤン、おまえが大好きなフー兄さんの声ということはすぐに分かりましたよ。ところで、フー兄さんや。牢番と何を話していたの？　ヒスイがどうかしたと、言っていたようだけど」

「牢番と話していたのは兄さんではなく、チェン・ハイポー船長です」

ヤンはますます悲しくなった。「船長。リーホワ叔母さんに話して上げてください」

おどろいたことに、チェン・ハイポーはいきなり床に頭をこすりつけて叫んだ。

「大切な叔母上。どうかこの親不孝者をお許しください。シュイ・フーはもどってきました。お二人をお助けするために」

ヤンもタオもこれで二度、あっけにとられた。シュイ・フーだって？

「あなたは昔からムチャをする子だったけど、わたしたちを助けにもどるなんて本当のおバカさんね」リーホワ夫人はしかった。「わたしたちのことは心配しなくていいと、船出する前にちゃんと言ったはずですよ」

「なぜ、あのとき無理にでも、わたしを止めてくださらなかったのです」

チェン・ハイポー、いや、シュイ・フーは叫んだ。「そのおかげで、わたしは世界一の親不孝者になってしまったのです」

「やれやれ、せっかくの昼寝をジャマされてしまったわい」ブツブツ言うホァン将軍の声が聞こえてきた。「シュイ・フー、おまえなのか。おまえの声はこんな地下牢ではひびき過ぎるぞ。しかし元気なのは何よりだ。使者の役目はどうなったのかね」

「ああ、叔父上」シュイ・フーは涙ながらに言った。「始皇帝がお二人にひどいことをするかも知れない、という心配が本当になってしまうとは。でも、お約束します。かならずこんなところから、お二人をお救いすることを」

「シッ、静かに！」みんなの中では一番おどろきが少なかった……というよりも、何が起きたかサッパリ分からないでいる……ティエンがささやいた。

「牢番がランプを持ってもどってきたようですよ」

明かりがゆれながら近ずいてきた。

「お約束のものを持ってきましたぜ」牢番は格子の間からランプをシュイ・フーに、次にとなりの牢の将軍にわたした。「それからこれが布団です。格子から入るように小さくたたんでありますが、上等なものでさあ。食事のほうは後のお楽しみにしてもらいます」

「明かりが目にこたえるぞ」牢番が立ち去ると、ホァン将軍はこぼした。

「長年いそがしく戦場を行き来していたせいか、わたしはここの静けさと暗やみが好きになりかけていたのだ。だが、リーホワにはまた別の考えもあるだろうよ」

「そうですとも」リーホワ夫人は言った。「明かりのおかげで、心まで明るくなったわ。大切なわたしの子、シュイ・フー。この暗やみの中で何度、夫とあなたのことを語りあったことか。すぐにあなたの顔を見たいわ。さあ、こちらから明かりを向けるから、格子の間から顔を出して」

シュイ・フーはだまってしまった。

「叔母上、せっかくのお言葉なのでそのようにはいたしますが……」

やがて彼は困ったように答えた。「どうかあまりビックリなさらないように願います。というのは、叔母上がご存じのシュイ・フーの顔はすっかり変わってしまったのです」

「あなたの顔がどう変わっていようと……」リーホワ夫人は言った。「わたしのじまんの息子であることに変わりはないわ。いくら声を変えてもそうなようにね。ついでに言っておきますけど、おまえのあの作り声はあまり感じがよくありませんでしたよ」

「あいにく声よりも……」チェン・ハイポーのガラガラ声は、もうシュイ・フーの若々しい声に変わっていた。「顔のほうはもっと変える必要があったのです。どうかそのつもりで見てくださると助かります」

そしてシュイ・フーは、さきほどからボンヤリ立っているタオに命じた。

「タオ。こちらからもランプをわたしの顔に向けて照らしておくれ。こうなったら叔父上、叔母上に何もかくさず見ていただきたいのだ」

タオはランプを受け取ったが、手がブルブルふるえているので、明かりはシュイ・フーの顔からそれて土牢のあちらこちらを行ったり来たりした。

シュイ・フーは笑い出した。「おやおや、力じまんのタオが小さなランプひとつ持てあますとはね」

それでようやくヤンは、大好きないとこのなつかしい笑い声を聞きとることができた。

「ティエン、たのむ。おれに代わってこれを持ってくれ」

タオはなみだで顔をビショビショにぬらしながら、ランプをティエンにわたした。

「そして、シュイ・フーさまを照らしてくれ。おれはバカだ。不忠者だ。これほど一緒にいて、大好きな若君を見分けることができなかったとは」

「おまえに見破られるくらいなら、わたしはとっくに始皇帝の釜で煮られていただろうよ」

シュイ・フーは陽気に応じ、顔を格子の間からつき出した。

「さあ、叔父上、叔母上。よく、ごらんください。お二人が大事に思ってくださった、これが今のシュイ・フーです」

リーホワ夫人がハッと息を飲むのが伝わってきた。

しかし、ホァン将軍は落ちついて言った。

「これ、タオ。シュイ・フーを見分けられなかったといって、自分を責めることはないぞ。だれだって無理だ。戦場を百度かけめぐっても、これだけの勇ましい顔にはなかなかなれまい。リーホワがシュイ・フーと分かったのは、声だけ聞いたからだ。まったくこんな暗いところにいると、耳はよく聞こえるようになるものだ。さて、一体どんなムチャをして、おまえの顔はそうなったのかね」

ヤンはもう少しで、〈これはフー兄さんのせいではありません。お腹をすかせたネズミたちのせいです〉と口を出すところだった。

幸い、その前にシュイ・フーは答えた。「これには長い長い話があるのです。お望みとあればできるだけ短くお話ししますが、それはとてもむずかしいことです。なぜならこの話には、わたしが心から愛しているフーリという女が登場するからです」

これには、一三才のヤンも思わず身を乗り出した。

シュイ・フーがそれを見逃さなかったので、ヤンは赤くなった。

「そう、この中でヤンだけはもうフーリを知っています。といっても、彼女の声だけですが。わたしがチェン・ハイポーを名乗っていたとき、始皇帝に、〈ヤンとは親子だ〉とつまらないウソをついて困ったことになりましたが、そのときフーリは不思議な力でヤンの心に呼びかけ、わたしたちを窮地から救ってくれたのです」

そして彼は、ランヤの離宮でヤンが聞いた、〈声〉のことを説明した。

「ところで、それより三月ほど前のことです」シュイ・フーはつづけた。「フーリは彼女が持つ力で叔父上、叔母上に不幸が起きたことを知ったのです。それを聞き、どれほどわたしが申し訳なく思ったことか！　どれほどお二人を残して船出した自分を責めたことか。それは分かってくださいますね。さて、叔父上は、わたしがどうしてこんな顔になったか知りたい、とお望みです。そこで六年前、一〇〇隻の大船をひきいてランヤの港を船出した後、わたしの身に何が起きたか、最初からご報告することにしましょう」

シュイ・フーは一息入れてから話し始めた。

「船出した後、わたしの一番の心配は、始皇帝が心変わりして船団を追ってくることでした。そこでランヤの港が水平線の向こうに見えなくなると、わたしは東海に向けた針路をいったん南に変えさせたのです。そして沿岸にそって二日進んでから、今度こそ船団を東に向かわせました。わたしと副官のルオ・ビンワンは、そこに船団を東へ運んでくれる強い海流があるのを知っていました。思ったとおり、あざやかな紺色をしたその海流は東へ東へとわたしたちをみちびいてくれたのです。航海につきものの事故や病気はありましたが、船団は順調に進みました。一度、大きな島で水を補給しましたが、その島の北西で海流は本流と北に向かう二手に分かれていました。わたしは本流を選んで航海をつづけました。そのうち前方にもっと大きな陸地が見えてきました。白い砂、青々とした松林がつづく美しい海岸線がのびていました。それは乾いた茶色の大地がどこまでも広がるわたしたちの国とはまるでちがう景色でした。人家が見えたので、水と食料を得るため上陸しました。住民たちはちがう言葉を話し、大船を見るのも初めてのようで最初は警戒していましたが、わたしたちが悪いことをしないと分かると歓迎してくれました。いたるところにきれいな川が流れ、水はゆたかでした。でも、稲作をしているようすはありませんでした。一二個所で水田らしきものを見かけましたが、もしそうだとしても規模は小さいものでした。そのためか、行く先々で住民たちは親切でしたが、われわれ三千人が上陸すると食料不足になるのを心配しているように思えました。そこでわたしたちは補給を終えるとすぐにそこをはなれ、さらに東に進んだのです。とちゅうで嵐に会い半数の船が被害を受けましたが、幸い人員を失うことはなく、ある大きな湾に入りました。わたしがそこを選んで上陸したのは、これまでもたびたび見かけた青い松林と白い砂浜が広がる美しい海岸だったからです。しかしもっと大きな理由は、北東の方角にマボロシのようにうかんで見える神々しい山に、わたしがたちまち心をひかれてしまったからです」

そのときの感動がよみがえったように、シュイ・フーはしばらくだまった。

「そう、それは本当に神々しいとしか言いようのない山でした」

やがて彼はつづけた。「すっくと立ち上がった威厳ある天女のようで、山頂は夏も近いというのに雪を残し、天女の服のスソのように広がる平原も見えました。わたしは自分でも不思議なくらい、その山が好きになったのです。わたしたちは上陸し、家を建て田畑をたがやして暮らし始めました。用心のために周囲に土を盛って高いかべを造り、砦を築きました。人手が足りないので仕事は大変でした。嵐でこわれた船を解体して家を建てる木材に使い、残りの船も陸に上げて帆柱を外しました。そういういそがしい歳月の間もわたしの頭からはなれなかったのは、あの山です。斉の国が始皇帝に征服される前、わたしは三度航海していろいろな土地で山を見ました。どの山にも山頂には神か、でなければ鬼が住むと伝えられ、住民たちは恐れていました。しかし、わたしのその山にかぎり、もしその頂きにだれかが住むとすれば、それは美しい天女のほかは考えられません。と同時に、わたしの頭にふとこんな考えがうかんだのです」

シュイ・フーの声にかすかな興奮がまじるのが、みんなに分かった。

「それは、この世に不老不死の薬があるとするなら、それが見つかるところはあの神秘の山しかない、ということです。叔父上はおぼえていらっしゃいますか。航海に出る前、わたしに、不老不死の薬が本当にあると信じているのか、と質問されましたね。わたしは、ないとは言えない、そして、もしあるならば自分が見つけたい、とお答えしました。毎日のいそがしい暮らしでそのことはすっかり忘れていましたが、あの山を見て一度その思いにとりつかれると、一日も早くあの山に行きたい、そして不死の霊薬を見つけたい、ということしか考えられなくなってしまったのです。わたしはその山を不老不死からとって、ひそかに、〈不死山〉と呼ぶことにしました。しかし、わたしには新しい土地で生活を始めたばかりの三千人の生命に責任があります。そこである日、わたしは副官のルオ・ビンワンを呼びました。ルオ・ビンワンはわたしの航海仲間で、始皇帝から逃れる計画を打ち明けた一人ですが、なぜか心から信頼する気持ちにはなれない男です。わたしは彼に聞きました。〈当分の間ここの指揮をおまえにまかせたいが、どう思うか〉。〈あなたはどうなさるおつもりです〉。ルオ・ビンワンはさぐるようにわたしを見て聞きました。わたしは、遠くに美しいすがたを見せている不死山を指さしました。〈あの山に行き、いろいろ調べてみたいのだ。もしそのふもとが住みよさそうであれば、引っ越すことも考えよう。こんな海の近くにいつまでもいると、始皇帝が追ってくればたちまち見つかってしまうから〉。ルオ・ビンワンはうたがい深い男です。でも、わたしが話した理由は、われながらいいものでした。始皇帝が大軍をひきいて海をこえて追ってくる恐怖は、わたしにもルオ・ビンワンにも、ほかのだれにもありましたから。〈お一人で行かれるのですか〉。〈そうだ。みんなが心配しないように、おまえからうまく言っておいてくれ〉。〈分かりました。お引きうけしましょう〉。そこでわたしはイシ弓、長剣など、どんな危険が待っているか分からない旅にそなえて武器を持ち、ある秋の明け方、ルオ・ビンワン以外にはだれにも知らせずにヒッソリと出発したのです」

一二　フーリ

秋のさわやかな早朝だった。

シュイ・フーは不死山に向かって足どりも軽く歩いて行った。

森に入ると、ドングリを食べている母熊と二頭の子熊に出会った。

首に白い三日月もようがある母熊はシュイ・フーを見てうなり声を上げたが、じっと見返すと子供たちを連れてアタフタと茂みにかけこんだ。

森を進む間、シュイ・フーはずっと何かに見られているように感じた。

彼はそのたびにキョロキョロするのをやめて、知らん顔をしてからサッとそっちを見るようにした。すると、いそいで茂みに引っこむスベスベした茶色の毛皮や、枝わかれした立派な角、葉の間からイタズラっぽく光る小さな動物の目などが見えるようになった。

シュイ・フーはすっかり楽しい気分で先へ進んだ。

昼になると、腰を下ろして弁当を食べた。

食べ終わって顔を上げると、枝から身を乗り出してマジマジとこちらを見ている真っ赤な顔をしたサルたちと目が会った。

手をふり「おーい」と叫ぶと、サルたちは信じられない早さで葉の中に飛んで消えた。枝や葉がゆれながらどんどん遠ざかっていくのを、彼は笑いながら見送った。

日が暮れるころ、ようやく森から出た。

すると、正面に不死山が見えた。山頂を夕日が照らしていた。

この世にこれほど美しく、気高い山があるだろうか。

赤く染まった山の斜面は日が落ちるにしたがい、黒ずんだ金属のようになった。

星が山の上で光り始めた。

シュイ・フーはたき火をして、最後の弁当を食べた。

この後の食料は、行く先々で見つければいい。

若者らしいノンキさで、彼は少しも心配しなかった。たき火に枝を足すと、シュイ・フーはイシ弓と長剣をいつでも使えるようにそばに引き寄せた。

一度オオカミの遠吠えが聞こえてきたが、気にもしないでグッスリ眠った。

翌朝、目をさまし、不死山が正面にあるのをたしかめると、シュイ・フーは出発した。やがて昨日よりももっと深い森に入った。

後ろから追ってくる足音を聞いて、彼はふり返った。

ルオ・ビンワンの部下が三名、木立をぬって急ぎ足でやって来た。

「ありがたい。追いついたぞ」一人が叫んだ
「ルオ・ビンワン殿からあなたに伝言があります」

男がそう言う間、他の二人はシュイ・フーの左右に回った。

シュイ・フーはスラリと剣をぬいた。

三人はあとずさりした。「何をなさいます」

「ルオ・ビンワンの伝言とはなんだ」

「では、剣でお伝えしましょう」

最初の男が言い、三人は同時に剣をぬいた。

シュイ・フーは思いきりよく正面の男にふみこみ、ふせぐ間もあたえず斬った。

次に左の男を斬った。三人目、シュイ・フーに声をかけた男は強敵だった。

剣と剣が斬りむすぶ音が森に高くひびいた。

相手の剣がシュイ・フーの左の腕をかすめ、血が流れた。

「しめたぞ」男は叫んだ。

「何が?」シュイ・フーは聞き、身体ごと男にぶつけて深々とさした。

「ルオ・ビンワンの伝言はこれだけか」

「勝手につけ加えさせていただければ……」相手は苦しい息の下で言った。

「ルオ・ビンワン殿はあなたに代わり、みんなの指揮をとる、とか」

「バカなことを」

「たぶん。だが、あなたの命も長くはない。わたしの剣には毒がぬってあります」

シュイ・フーは勇敢な若者だったが、このときは恐怖を感じた。

地面に落ちている相手の剣をとりあげて見た。刃先の色が変わっていた。

毒はもう彼の血管に流れこんでいた。

シュイ・フーは走り始めた。不死山を目ざして走った。

どうして自分が不死山を目ざしたのか分からなかった。ただ、少しでもあの山に近づきたいという思いで茂みもよけず、枝や葉をまき散らし走った。

いつの間にか、イシ弓も剣もすてていた。

毒が回り始め、ノドが焼けつくようにかわいた。

谷川が流れる音が聞こえてきた。

シュイ・フーは岩で身体をささえ、よろめきながら川に降りた。

冷たい水に口をつけてゴクゴク飲んだ。そのまま気を失った。


シュイ・フーが気がついたとき、自分が星空の下に横たわっているように感じた。

彼の目の前には無数のきらめきが広がっていた。

それはたえず角度を変えて、そのたびにちがう光を放っていた。

「星はあんなに動かないはずだぞ」

シュイ・フーはつぶやき、そして思った。そうか、自分は死んだのだ、と。

痛みも感じず、彼は平和でおだやかな気分で横たわっていた。死がこんなにすばらしいことなら、不老不死の霊薬をさがし求めるのはなんとムダなことだろう。

空気は気持ちよくあたためられ、いい香りがただよっていた。

軽やかな足音が近づき、シュイ・フーの前に一人の少女があらわれた。

この清らかな美しさは、地上にはないものだ。

だから彼女は天女にちがいない、と彼は思った。

澄んだ目がじっと彼にそそがれ、銀のコップが口に当てられた。

シュイ・フーは、はらいのけた。

いくら天女でも、なかみの分からないものを飲まされるのはイヤだった。

少女はじれったそうに首をふった。

またコップが口に当てられ、彼は思い切って飲んだ。

さわやかな気分が全身に広がった。

少女はうれしそうにうなずき、彼のひたいに手を当てた。

身体の毒も熱も、すべてがその白い手にすいこまれていくようだった。

シュイ・フーは深い眠りに落ちた。

次に目をさましたときには、軽くて気持ちのいい服に着がえさせられていた。

目にはあいかわらず星のきらめきがあったが、よく見るとそれは彼がいる洞くつの岩にふくまれる鉱石が炉の火のゆらめきに合わせてさまざまに反射しているからだった。

足音がして、少女が入ってきた。

「あなたはどういう方ですか」シュイ・フーは身を起こしてたずねた。

少女は答えず、銀のコップを彼の口に当てた。

今度はすなおに飲むと、すがすがしい気分がいっぱいに広がった。

「これはどういう薬でしょうか」シュイ・フーは聞いた。

少女はだまって彼を見つめていた。こんなきれいな目は見たことがなかった。

「わたしは医学を学んでいる者でして……」シュイ・フーは言った。

「ですから、こういうすばらしい薬のことは、ぜひ知っておきたいのです」

それでも、少女はただ彼を見つめてだまっている。

「とにかくお礼を言いますよ。おかげで命が助かった」

少女はニッコリとうなずいた。輝くような笑顔だった。

シュイ・フーは自分の言葉が少女に通じたらしいのが分かり、安心した。

何日かすると、彼は洞くつの外に出るまでに回復した。

そこは深い林の中で、切り立った崖に松が枝を張り、下を流れる谷川に向かってかたむいていた。谷川には石橋がかかり、対岸にはこういう場所で目にするのが信じられないような立派な土塀をめぐらせた広々とした屋敷があった。

門の前には、ヤナギの大木が黄色くなりかけた長い葉をたれていた。

美しい庭園があり、その奥にはよく手入れがされた薬草園が広がっていた。

命を助けてくれた少女は、きっとあの屋敷に住んでいるのだろう。

シュイ・フーは橋をわたり屋敷の門をたたいた。

門が開き、召使たちをしたがえた白いヒゲの上品な老人が立っていた。

「わたしはお嬢さまに命を助けていただいたシュイ・フーという者です」

老人を父親と見て、彼はていねいにあいさつをした。「お嬢さまにお目にかかり、お礼を申し上げたいのですが」

「あいにく娘のフーリは薬草をとりに出ていますが、まもなくもどるでしょう。あなたのことはフーリから聞いています」

老人の言葉はなめらかで、その上、異国のなまりらしいものはまったくなかった。

シュイ・フーは屋敷に通され、すぐに召使たちが酒と料理を運んできた。

どれもすばらしい味だった。

老人の話では、フーリが谷川のほとりでたおれている彼を見つけて召使たちに洞くつに運ばせたという。

「フーリは、あの洞くつには病人の治療に役立つ〈力〉がある、と言っています」

老人は言った。「たぶん岩にふくまれる鉱石にその力があるのでしょう」

「すると、お嬢さまはこんなところでお医者をなさっているのですか」

「とんでもない」老人は笑った。「このあたりに住む者はわたしたちだけです。医者を開業しても患者はだれも来てくれませんよ。ところで最初におことわりしておきますが、わたしたちは自分たちのことについてはこれからお話することをのぞいて、たとえ質問されてもお答えしないと決めていますので、そこはお許しください。わたしたちは別のところから来て、わざわざ人目につかないここを住み家として選んだのです。あなたはこの近くにそびえる美しい山をごらんになったと思いますが」

「もちろんです。わたしはあの山をめざして、ここまで来たのです」

「しかし、あれは本当に美しい山ですが、危険な山でもあるのですよ」

「と、おっしゃいますと？」

「大昔、あの山は何度も火を噴いたことがあるのです。そしてそれはいつまた起きるか、だれも知りません。フーリは、〈あの山は生きている。いつも低くつぶやいている〉と言います。ですから人々は恐れて近づきません。だからこそ、わたしたちはここに住むことを決めたのです。あなたもここでは敵を心配することはないはずです。あなたには毒剣を使うような卑きょうな敵がいるようですからね。さて、わたしの妻はここでフーリを生むと、すぐに亡くなりました。幸いフーリは元気に育ち、幼い頃から医学に興味を持ち始めました。そこで手持ちの医学書を読ませるなどして、ある程度の知識はさずけました。フーリはすぐに何でもおぼえてしまい、成長するにしたがいそれだけでは物足りなくなったのでしょう。山を歩きまわり新しい薬草を見つけては自分のやり方で調合し、信じられないほどききめがある薬を作るようになりました。あなたを毒から回復させた薬も、フーリが自分で見つけた薬草をせんじてこしらえたものです。フーリは骨折したシカの足をつなぎ、つばさをケガしたタカを飛べるようにしてやります。岩場から落ちて死にかけた召使を奇跡としか思えないような大手術で救ったこともあります。そのうちフーリは不思議な力まで持つようになったのです。たとえば声などとてもとどかない遠い場所から、自分の思いを相手に伝えます。遠くはなれたところで起きたことを知り、わたしたちに教えます。あの山が火を噴くことがないように、なだめたりもします。天がさずけてくれた力、と思うしかありません。親といたしましては、その力をもっと世のために役立てたいと思いますが、このように静かな自然の中で育ったフーリは、どうしてもここから出ようとしません。血なまぐさいことが多い外の世界がよほど恐ろしいらしく、ときには何のマボロシを見たのかひどくおびえて、わたしにしがみつくこともあります」

「しかし、こんな平和なところに暮らしていて、お嬢さまは何を見るというのです」

「聞いても、娘は答えません。天がさずけてくれた力も、いいことばかりではないようです。遠いところで起きたことも知る、とお話ししましたが、そればかりかこれから起きることをあらかじめ知る力まで持ったようです。あなたが負傷してここに来ることも前日に知り、最初はひどくおびえていましたが、急に毒消しの薬草をせんじなければ、と召使たちをせかして大きな釜に湯をわかすなど、別人のように張りきって準備を始めたのです」

ただ、おどろいて聞いているシュイ・フーに、老人はたずねた。

「ところで、フーリが態度を変えた理由はお分かりですか」

「いいえ、分かりませんが」

「フーリは負傷した人のすがたをマボロシに見て、態度を変えたようです。その人とは、シュイ・フー殿、あなたのことですよ」

シュイ・フーがあんまりおどろいた顔をしたので、老人はさもおかしそうにカラカラと笑った。

薬草を入れたカゴをせおった召使を連れて、フーリが部屋に入ってきた。

父親と一緒にシュイ・フーがいるのを見て、フーリは顔を赤らめておじぎをした。

「この方におまえのことをお話ししていたところだよ」老人は言った。

「せっかくの機会だから、おまえの薬草園をお見せしたらどうかね」

フーリはすなおにうなずき、先に立って屋敷のうらにある薬草園に彼を案内した。

何百種もの薬草が育てられ、空気には不思議な香りがただよっていた。

入口近くに、背の高い黒紫色の竹が何本も伸びていた。

「これは紫竹〈しちく〉といって、根をせんじて飲むと毒消しによくききます」

初めて聞くフーリの澄んだ声には、大切に育てた薬草園を客に見せる誇らしい気持ちがあふれていた。「それからこれは黄精〈おおせい〉といい、ユリの一種です。やはり根に栄養があり、病人に飲ませると元気が出ます。そこにあるのは菖蒲〈しょうぶ〉で、心の病気にききます。これはゼンソクに効くマオウで、となりのこれは……」

「それなら知っていますとも」シュイ・フーは勢いこんで言った。「それはダイオウで、便秘をふせぐ薬になる。長い航海には絶対必要なものだ」

フーリは笑い出した。

「わたしは貿易船の船長をしている者ですが」シュイ・フーはつづけた。

「最初にお話ししたように医学も学び、こういう薬草にはとても興味があるのです」

「そういう方にわたしの薬草園を見ていただくのは、本当にうれしいことだわ」

フーリは生き生きした声で言った。「ではいつか森や山にもご案内して、めずらしい野生の薬草を見ていただくことにしましょう」

ふと、シュイ・フーに、不老不死の霊薬のことをフーリに聞いてみようという欲ばった考えがうかんだ。

「なぜ、そのようなことをお聞きになるの」しかし、フーリは首をふった。

「こんなに恐ろしい今の世で、人を死なせない不死の薬など、ただ苦しみを長引かせるものでしかありませんのに」

少女の大人びた言い方に、シュイ・フーは思わず微笑した。

「今の世のことなど、どうやって、あなたは知ることができるのですか」

「それが目にうかんできます。願いもしないのに。恐ろしい光景。真っ赤な炎と川のように流れる血。人々が武器を手にして殺しあっている。獣のような顔と声をして」

フーリはふるえ始めた。「あなたはそこにもどるつもりでいる。もどってはいけない。ここにいて。わたしと一緒に」

フーリは気を失い、シュイ・フーの腕にたおれかかった。彼はあっけにとられた。

老人が現れた。「フーリは今のようなことを、簡単には口にしない娘です」

老人は言った。「さぞおどろかれたと思いますが、娘はあなたがここに来ると知ったときから何か運命のようなものを感じていたようです。いや、だからといって……」

シュイ・フーの表情を見て、彼はすばやく言い足した。「あなたにどうしていただきたい、などと申すつもりはありませんよ」

召使が呼ばれ、フーリを屋敷に運ぶように命じられた。

その日からシュイ・フーは洞くつを出て、老人の屋敷で暮らすようになった。

フーリは毎日たずねて来たが、薬草園での出来事は口にしなかったし、そのことでキマリ悪い思いもしていないようだった。

フーリは大切に育てているすべての薬草を見せてくれた。

シュイ・フーは薬草の知識については自信があったが、これまでまったく知らなかった薬草が数多くあることにおどろいた。そこであらためて不老不死の薬の話をもち出してみたが、フーリはだまって首をふるだけだった。

それでも聞こうとすると、フーリは言った。「人間に不死などありえませんわ。でも、シュイ・フーさま。命にかぎりがあるからこそ、人は自分の生き方を考えるのではないかしら。より気高い生き方を願うのではないでしょうか」

　老人もこう言って、彼をいさめた。「不老不死などマボロシに過ぎません。人間はかならず自分が年をとり、死ぬことを知っている。それが人と獣を分けていることですぞ」

「でも、どうしてあきらめなければいけないのでしょう」シュイ・フーは言い返した。「人と獣を分けているのは、人は決してあきらめずに永遠に生きる道を探そうとする。獣とのちがいは、そこではないでしょうか」

　言いながら、シュイ・フーは、始皇帝を思った。

　シエンヤンの宮殿で、「かならず不老不死の薬を手に入れる」と語る若者に、食いいるような視線を向けた、老いた男。

　彼の生きつづけようとする意思、気力。それは理解できる。自分も同じだから。

　薬草園を全部見てしまうと、フーリはシュイ・フーを森に案内し、さまざまな病気にききめがある草や木々の根や皮などを教えた。

　彼がとくに感心したのは青い色のキノコで、これを薬草とまぜあわせると強力な麻酔剤になった。フーリは岩から落ちて大けがをした召使の手術に、このキノコを使ったのだ。

　別の日、フーリは彼を霧深い岩場にさそい、岩にふくまれる鉱物や岩のさけめに生えたコケを示し、どういう病気の治療に役立つか話した。

けわしい岩を軽々と飛びこえて進むフーリに、シュイ・フーは冷や汗をかいた。こんなに大胆な娘がどうして外の世界には憶病なのだろう。

「そこが恐ろしいところとしか思えませんもの」彼の問いに、フーリは答えた。

「目の前にうかんでくるのは、何千何万という人々が殺しあっている世界」

「だが、今あなたの前にいる男は、そこから来たのだ」シュイ・フーは言った。

「では、そこにもどらないで」フーリはささやいた。「ずっとここにいて。ここには他にも美しい場所がたくさんあるわ。あの岩場の向こうには、あなたが不死山と名づけた神々しい山がそびえ、春になればさまざまな花が咲く草原が広がっている。きれいな声で歌っている小鳥たちの森があり、そこには水晶よりも澄んだ冷たい泉がわいている。二人でそういうところを見て歩きましょう」

しかしある日、やって来たフーリは表情もかたくヨソヨソしかった。

シュイ・フーがわけを聞いても答えなかったが、やっと口を開いた。

「シュイ・フーさまには、叔父さまと叔母さまがいらっしゃいますね」

「いるとも。亡くなった父母に代わってわたしを育ててくれた恩人だ」

彼は不安になった。「まさか、お二人に悪いことが起きたのではないだろうね」

フーリはため息をついた。「昨夜、夢を見たの。シュイ・フーさまの叔父さまと叔母さまのお屋敷の門に太いクサリが何重にもかけられていた。それだけの夢でしたけれど、いいことではないことは分かるわ」

シュイ・フーは一声叫んで立ち上がった。「急いで国にもどらなければならない。それなのにわたしの船は裏ぎり者のルオ・ビンワンに奪われたままだ。フーリ、お願いだ。どんな小舟でもいいから、わたしのために用意しておくれ」

「では、あなたは行くつもりなのね」フーリはつぶやいた。

フーリがあんまり青ざめているので、シュイ・フーはかわいそうになった。

「約束するよ、フーリ。叔父上たちをお助けしたら、わたしはかならずもどってくる」

「いいえ、あなたはもどらない。たくさんの危険があなたの行く手に見える。あなたはもどってこない」

フーリは顔をおおって泣き始めた。

老人も娘の味方をした。「始皇帝のことはわたしも聞いていますぞ。残忍な魔王ということだ。不死の霊薬を持たずに帰国すれば、あの男はかならずあなたを殺すでしょう」

それでもシュイ・フーが帰国すると言い張ると、老人は気を悪くして小舟を用意することをことわった。

次第にシュイ・フーの気持ちはゆれてきた。

フーリの夢だけで、叔父上、叔母上に悪いことが起きたと言えるだろうか？

それも屋敷の門にクサリがかけられていた、というだけの夢で。

こんなことは全部忘れ、すべてをすて、ここでフーリと暮らしたい。

そういう思いが日に日に強くなり、シュイ・フーは苦しくなった。

ある日、彼はひとりで屋敷を出て、それまで行ったことのない高い峰に上って行った。何時間もかけて、けわしい峰の頂上に立った。

すると風に吹かれて雲が去り、目の前いっぱいに雪におおわれた不死山があらわれた。不死山のことを彼は忘れていた。山の代わりに、彼にはフーリがいたのだ。

シュイ・フーは山から目をそらし、ソワソワと歩きまわった。

ノドがかわいた。シュイ・フーは岩のくぼみにたまった水に顔をつけて飲んだ。

顔を上げると、水に自分のすがたが写っている。

この男は……と、それを見ながら彼は思った。自分のせいで叔父上、叔母上に悪いことが起きたことを知ったのに、何もせずにここにいる。この男は、ここで何をしているのだ。恩義も名誉も忘れて、一体この男はここで何をしているのだ？

すぐにでも、ここを去ろう。叔父上、叔母上をお助けしよう。

だが、フーリ。かわいそうなフーリ！

水がゆれ、フーリの顔があらわれた。願いをこめた目が、じっと彼にそそがれている。シュイ・フーは水をかきまわした。短剣をぬいて顔に当てた。

フーリ。おまえの知っているシュイ・フーはもういない。

彼は短剣を動かした。血が水に広がった。

シュイ・フーがもどらないのでさがしに出た召使たちが、血まみれになってたおれている彼を見つけて山頂から運びおろした。

シュイ・フーが意識をとりもどすと、あの洞くつに寝かされていた。

そばに、フーリがうなだれて座っていた。

「そういう顔になって、わたしにあきらめさせようと思ったの」フーリは聞いた。

「ちがう」シュイ・フーはつぶやいた。「始皇帝に見やぶられないように顔を変えたのだ。フーリ、わたしはどうしても国にもどらなければならない」

「傷の手当がすんだら、召使に小舟に案内させます」フーリは力なく言った。

翌日、シュイ・フーは小舟に乗りこみ、ランヤをめざした。


「まったく感心できないやり方ね」シュイ・フーが話し終えると、リーホワ夫人はズケズケと言った。「第一、それではフーリというお嬢さんがかわいそうですよ。それに、あんなにきれいだった顔を自分でこんなふうにするなんて、まったくまちがっているわ」

「まあ、そう言うな」ホァン将軍はなだめた。「彼はわたしたちを助けようとして、もどってきたのだ。なんとも乱暴なやり方だが、昔からそういう子だったことは、リーホワ、おまえもおぼえていよう」

シュイ・フーはうなだれていた顔を上げて言った。「どうか聞いてください。チェン・ハイポーと名を変えて帰国してからずっと、シエンヤンに護送される間中、お二人をお助けする計画が頭からはなれた日は一日もありませんでした。ところがシエンヤンに着く少し前、兵士たちが都から伝わってきたウワサを話しているのを聞いてしまったのです。それは、〈シエンヤンの牢獄にとらえられていた盗賊を脱獄させるため、牢番にネムリ薬を飲ませる計画が失敗した〉というものでした。わたしは天をうらみました。そのことで牢獄の警備がさらにきびしくなり、わたしの計画もダメになったことが分かったからです。というのも、わたしはフーリが調合した強力なネムリ薬をもらっていて、それを牢番たちに飲ませてお二人を牢獄からお逃がししよう、と考えていたのです。しかしこんな事件が起きた以上、特にネムリ薬に対する警戒が強まるのはたしかです。なやんだ末、わたしは結局は始皇帝に不老不死の薬をわたし、叔父上、叔母上を釈放させるしかない、と決心しました。幸いなことに始皇帝は、もう一人のわたし、チェン・ハイポーに船をあたえる気になっています。わたしはその船でフーリのもとにもどり、不老不死の薬を作るようにたのみます。これまでフーリは、そういう話はするのもイヤがっていました。でもこうなったら、彼女にたのむしかありません。フーリは心の優しい女です。きっと分かってくれるでしょう」


「でも、フーリという方がたとえ本当の天女としても……」ティエンは聞いた。

「そのような霊薬を作る力は持っていなければ、どうされますか」

「そのときは、始皇帝に別のおみやげを持ち帰るさ」シュイ・フーは答えた。

「始皇帝が言ったことをおぼえているかい？　不死の薬を得るのに失敗したら別のモノを持ち帰れ、と。別のモノ。それなら実にカンタン……いや、タオ、これは冗談だよ」シュイ・フーはすばやく言い、こわい顔で何か言いかけたタオをだまらせた。

気まずい空気を変えるように、シュイ・フーはヤンに聞いた。「前の航海のときは、おまえはまだ幼くて連れて行くことができなかった。だが、ヤン、今はおまえは一人前の男の子だ。わたしと一緒に航海をする気持ちはあるかい」

「あります！」ヤンは叫んだ。「どんなことがあっても、あります」

「では、決まりだ」シュイ・フーは言った。「叔父上、叔母上、本当に申し訳ないことですが、もう少しガマンしていただかなければなりません。一年後の九月、満月の夜までにわたしはかならずもどり、お二人をこんなところからお出しすることを誓います」

「わたしたちのことより、フーリというお嬢さんのことを考えなさい」

リーホワ夫人は言った。「そのお嬢さんにはどうしても会わなくてはいけませんよ。不老不死のお薬のことなど、どうでもいいから」

「ええ、もちろん、フーリには会いますとも」シュイ・フーはきっぱり答えた。

「そして、この国に連れてもどり、叔父上、叔母上にお引き合わせします」

第二部

一三　ヤン、海へ

空には小さな雲がちらばり、海にまだら模様の影を落としていた。

青龍丸が雲の下にさしかかると、あたりは暗くなり、パラパラと雨が降りそそいだ。

雲をぬけると秋のおだやかな日がさし、ふたたび明るくなった。

力強い波のうねりが、青龍丸の左舷を進む赤龍丸の高くそり上がった船首をさらに持ち上げた。船首の赤い龍がカッと目をむいて空をにらみつける。

でも波のてっぺんから船がすべり落ちると、赤龍はかなり情けないようすで顔を波に突っこみ、とたんにザアッとしぶきが上がり、きれいな虹が立った。

船はギイギイきしみ、二枚の大帆が風にバタバタ鳴る。

ヤンは青龍丸の帆柱によりかかり、そういう光景をワクワクしながら見ていた。

かつてチェン・ハイポー、つまりシュイ・フーは、大船のことをこう説明した。

「長さ、二七メートル。幅は四メートル。二枚の大帆に加えて、五〇のカイを五〇人がこぐ。百人を乗せて千里の海を航海するのだ」

始皇帝の命令でランヤの造船所で建造された二隻は、まさにそういう船だった。

二隻はそれぞれの船首をかざる龍の色から、〈青龍丸〉、〈赤龍丸〉と呼ばれていた。一度だけヤンはその赤龍丸に、毛なしミミズのザオ・ガオのひょろ高いすががよろめき歩くのを見た。ランヤを船出してすぐ、ザオ・ガオがひどい船酔いになった、という知らせが青龍丸にとどいた。

「毛なしミミズ殿。うんと海にエサをくれてやればいいのさ」

シュイ・フーはクスリと笑って言った。

みんなも笑ったが、かわいそうにティエンだけは別だった。

海にエサをやると言えば、ティエンも毎日セッセとそれをしていたのだ。

食事をうすいスープだけですませ、少しでも船がゆれるとコッソリ船尾にすがたを消すティエンにみんな同情していたが、どうしてやることもできなかった。

すっかりヤツれて目の下を黒くしたティエンを見ると、タオは地下宮殿の岩壁をふるえながら降りた彼にかけた言葉をくり返さずにはいられなかった。

「かわいそうにな、ティエン。おれたちといると、さぞいろんな目に遭うと思っているんだろうな」

「ご一緒するのは楽しいです」ティエンはかたくるしく答えた。

「なれるしかないよ。ティエン」シュイ・フーはなぐさめた。

「でも、だいじょうぶ。ゲロで死んだやつはいない。もっとも、ヘビにはそういうのがいるけど」

「どんなヘビ？」うっかり、ヤンは聞いてしまった。

「南の森にいるヘビさ。そいつは怒ると首をふくらませて毒をはきかけるんだ。それが目に入ると失明する。だが、そいつをやっつける面白い方法があるんだ。ヘビの前に人形を置くと、ヘビは人形に向かって毒を飛ばす。人形は知らん顔だ。ヘビはムキになって何度も毒をはきかける。そのうちハラワタが飛び出て死んじゃうのさ」

ティエンはいきなり口をおさえ、船尾に向かってかけ出した。

「船酔いしてる人に聞かせる話じゃないと思うな」ヤンは同情して言った。

「たしかに」シュイ・フーもみとめた。「どうせならザオ・ガオに聞かしてやるんだった。そうしたら宦官め、ハラワタまでゲーゲーはき出して、ホレ、このとおり、おれの腹は真っ黒だ、とエバったかも」

「なにを、ノンキなことばかり」タオはムッツリして言った。

「そんなことより、若君はどうやってあの腹黒の宦官から逃れるつもりですか。始皇帝はあちらの赤龍丸だけに兵隊を乗せたんです。われわれが逃げようとしたら攻撃させるつもりで。おまけに赤龍丸のシュハイ将軍は、楚の水軍をひきいた人です。武器もろくにないわれわれに勝ち目はありませんよ」

「心配するな。天候さえ変われば、逃げる機会はいくらでもあるさ」

好天がつづいていた。

太陽はのぼってからしずむまですがたを消すことはなかったし、夜になると北の空に北極星が光り、太陽にかわって船が進む方向を教えてくれた。

シュイ・フーは三時間ごとに空に向けて、船の位置を計る円盤を動かしていた。

「でも、ヤン。これは人間が頭でこしらえたものなんだ」

ある夜、円盤を使いながらシュイ・フーは言った。「本当にたよりになるのは、天がこしらえてくれた太陽と北極星だよ。太陽は東から上がり西にしずむ。そして北極星は今見ているようにかならず真北にあり、一年を通して位置を変えない。空にこの二つが見えるかぎり、海の上でまよわずにすむのさ」

天測を終えると、シュイ・フーはゴロリとあおむけに寝そべった。

「こうすると、星がもっと近くになるんだ」

空のはしからはしまで、陸で見るよりもずっと大きい星がキラキラ光っていた。

星明かりが、シュイ・フーの顔を照らした。

チェン・ハイポーを名乗っていたときの、モジャモジャヒゲはきれいに剃られていた。といって、彼の見かけがマシになったとは、とても言えない。

ヒゲがないせいで、傷がいっそう目立つのだ。

リーホワ叔母さんが、「あんなにきれいだった顔を自分でこんなにするなんて、本当にまちがっていますよ」と嘆いたのは、まったくそのとおりだ、とヤンも思った。

今のシュイ・フーを見ていると、どうしても落ちつかない気持ちになってしまう。

ヤンの今の一番の心配は、〈こんな顔になったフー兄さんを、フーリという人はいつまでも好きでいてくれるだろうか〉ということだった。

「今夜は星が多いな」ヤンが何を考えているかも知らずに、シュイ・フーはあくびまじりに話しかけてきた。「なあ、ヤン、想像してみろよ。こんなにたくさんの星たちが、天から自分の正しいところや勇ましいところを見てくれている、と。想像しただけで、ワクワクしてこないか」
ヤンは安心した。ヤンのいとこの自信マンマンな性格は、少しも変わっていなかった。

ヤンはくぐもったラッパの音で目をさました。ラッパは長く尾を引いて消えた。
船のゆれ方がいつもとちがっていた。
船底に当る波や、船体がきしむ音がしない。青龍丸は停船していた。
ふたたびラッパが鳴った。遠くから別のラッパがそれに答えた。
青龍丸と赤龍丸。二隻の船がそれぞれの位置を教えあっているのだ。
ヤンは急いで船首に行った。
海全体が、羊の乳のような白い霧にスッポリおおわれていた。
〈常に青龍丸の左舷にいること〉と決められた赤龍丸も、今は見えない。
船首では、シュイ・フーとタオが小声で話していた。
二人のほかはティエンと料理人のホウ、主だった乗組員たち数人がいた。
ヤンの足音に、みんなふり返った。

シュイ・フーは口に指を当て、静かに、とあいずした。

それから彼は向きなおって、話をつづけた。

「こんな機会はメッタにあるもんじゃないぞ。霧を利用して赤龍丸をおいてきぼりにできるし、もし失敗したら、霧でそっちを見失った、と言いわけすればいいいんだから」

計画に反対したのは、デブの料理人、ホウだけだった。

乗組員たちは全員シュイ・フーが選んだ者ばかりだが、ホウはそうではない。

ホウは、「そんな危険なことをする必要がどこにあるんです」というようなことをブツブツ言い始めた。

しかし、「必要があるとも」シュイ・フーはピシャリとさえぎった。「この青龍丸は来年九月の満月までにランヤの港に帰らなければならないんだぞ。これは絶対に破ることができない始皇帝との約束だ。だから、いつまでも赤龍丸とザオ・ガオのお守りをしているわけにはいかないのだ」

シュイ・フーのきびしい口調に、ホウはしぶしぶ引き下がった。

「では、まずラッパを止めさせろ」シュイ・フーは命じた。

「この先は音を立ててはダメだ。漕ぎ手たちを静かに席につかせろ」

五〇人の漕ぎ手が左右に分かれ、座席についた。長いカイが船外に突き出された。

「舵取りは用意。本船はまもなく右旋回する」

シュイ・フーのあいずでカイは波を分け、青龍丸はゆっくり右に方向を変え始めた。

「そう、そのままだ」シュイ・フーはささやいた。「絶対、音を立てるなよ」

青龍丸が方向を変えるにしたがい、赤龍丸のラッパの音は遠ざかった。

いきなり、だれかが後ろからヤンの口をふさいだ。

そいつの汗でヌルついた手は、強い香辛料の匂いがした。

ヤンはもがきながら船べりに引きずられた。

そいつの足を思いきりけとばすと、痛そうにうなった。

次の瞬間、ヤンは船べりをこえて海に投げ出された。

何か固いものがヤンの頭にぶつかった。青龍丸のカイだ。

ヤンは石ころのようにしずんでいった。

冷たい海水で意識がもどり、あわててうかび上がると、行き足のついた青龍丸はもう深い霧の中に消えていた。

だれかがさわいでいた。「船長の子供が落ちた。船長の子供が海に落ちたぞ」

船長の子供ってだれだ？　ヤンは思い、それから気がついた。ぼくのことだ！

「漕ぎ方、止め」霧の中からシュイ・フーがどなる声が聞こえた。

「船を止め、ヤンを探せ。計画は中止だ」

「船を逆走させましょうか」水夫頭のリーが聞いていた。

「ダメだ。霧で何も見えないのに、船体がヤンにぶつかったらどうするんだ」

「そのとおりです」タオの声がひびいた。「ラッパ手、ラッパ吹け。ヤンに本船の位置を教えてやるんだ。早く！」

ラッパが鳴り始めたがよほどあわてたらしく調子外れで、こんなときでなければヤンはふき出すところだった。

「ええい、情けない音を出しおって。ヤン、聞こえるか」タオはどなった。

「たのむから返事をしてくれ。ヤン、ヤン！」

ヤンはラッパの音をめざして泳いだ。霧でしめっぽい日なので、ヤンはシュエホンが長旅用に作ってくれた綿入りの上着を着ていた。

綿は水を吸い、すぐに重くなった。上着をぬごうとしたが、うまくいかない。

青龍丸ではドラまで鳴り始めたが、いくら泳いでも音はむしろ遠ざかっていった。

ヤンは叫んだが、返事はない。海水を飲み、身体がしずみ始めた。

かすかに、「舟を下ろせ」という命令が聞こえたような気がした。

どのくらいたっただろう。しずんでは浮き、またしずむ、をくり返していたヤンの身体をだれかがしっかりつかんだ。

次に気がついたときには、ヤンはあおむけにされていた。

ありがたいことに、背骨にあたるのはゴツゴツした船底の板だ。

ヤンが最初にしたのは、シュエホンのお守りがちゃんと首に下がっているか、服の上からさわってみることだった。

それが無事なのをたしかめてから、ヤンは目を開いた。

霧は去り、広がり始めた青空を背景にたくさんの顔がヤンをのぞきこんでいた。

兵隊ばかりだ。なんだか変だ。青龍丸には兵隊は乗っていないはずなのに。

おまけに、知っている顔が一人もない……いや、いた。

毛が一本もない死人のようにやつれた顔がヌッとあらわれ、ヤンを見下ろした。

フー兄さんがザオ・ガオを、〈毛なしミミズ〉と呼ぶのはもっともだ。

でも、どうして毛なしミミズがここにいるんだろう？

うっかり声に出してそれを言うと、宦官の顔が怒りにゆがんだ。

「すると小僧、おまえだな。ろくでもない、あだ名を広めたやつは」

ザオ・ガオは、自分につけられたアダナを知っていた。

そして、そのアダナをイジワルく彼に教えたのは、他ならぬ始皇帝だった。

「ナマイキな小僧め。いっそこのまま海にもどしてくれようか」

「それよりも本船に置いたほうが役に立ちますよ」

うしろからシュハイ将軍が言ったが、なんだかウンザリしている口調だった。

「この子をあずかっていれば、この後、青龍丸もカクレンボするのはやめるでしょう」

「では、そのことをチェン・ハイポーに言ってやろう」

青龍丸はすぐ近くにとまっていた。

シュイ・フー、タオ、ティエンが船べりにならんで、心配そうにこちらを見ている。

「チェン・ハイポー、聞こえるか」ザオ・ガオはどなった。

「聞こえるとも。毛なしミミ……」言いかけて、シュイ・フーは思いとどまった。「聞こえていますぞ。ザオ殿。ヤンを助けてくださったお礼を言わなければなりませんな。その子を引き取りに、すぐに小舟を下ろしましょう」

ザオ・ガオはニンマリした。

「おたがい陛下のご命令て、先を急ぐ身だ。この子は当分こちらであずかっておこう。おまえの大事な息子だ。せいぜい大切にあずからせてもらうぞ。今後は自分の息子がこちらの船にいることをよくよく考えて行動するがよい」

シュイ・フーの顔にサッと血が上った。

「では、ヤンの無事な顔を見せてほしい」彼はくちびるをかんで言った。

ザオ・ガオが命じると、だれかが乱暴にヤンを立たせて船べりまで歩かせた。

「ヤン、心配するな」シュイ・フーは叫んだ。「かならず、むかえに行くぞ。そこにシュハイ将軍はおられるか」

「おりますぞ」シュハイ将軍は前に進み出て応じた。

「将軍、船乗り同士のお願いです。ヤンのこと、くれぐれもよろしく」

「承知した。どういうイキサツがあるか知らないが、わたしがこの船の指揮をとっているかぎり、この子の安全は約束しよう」

将軍が宦官をきらっていることが、なんとなく伝わる言い方だった。

「感謝します。将軍のご恩は決して忘れません」

あいにく、ヤンはこういうやりとりを聞いていなかった。

青龍丸からこちらを見ている人々のうち、ヤンはただ一人に注目していた。

職業がら、彼の両手はいつも香辛料の強い匂いを放っていた。

料理人のホウ！　ホウこそがヤンを海に投げこみ、「船長の子が落ちた」とさわいで、青龍丸が逃げるのをジャマした男だった。

こちらに向けられたホウの太った赤ら顔は、どこか満足そうだった。

ホウは、ザオ・ガオに命じられて青龍丸に乗りこんだスパイなのだ。

ヤンはそれをフー兄さんに伝えようとした。

だがその前にヤンを押さえていた男が、彼を船べりから引きはなした。

「本船にようこそ」男は言った。

ヤンは首を回し、相手を見た。片耳が欠けた、ムサ苦しい男だった。

「おれの名は、ウー。ザオ・ガオさまの用心棒だ。おぼえておけ」

「よろしく」と言いかけて、ヤンはやめた。

そうあいさつしても、「こちらこそ」と返ってきそうもない相手だった。

一四　消えた青龍丸

ヤンが赤龍丸に移ったことをのぞけば、何事もなかったように航海はつづけられた。

ヤンはシュイ・フーやタオ、ティエンを青龍丸の船上に見ることはできたが、裏ぎり者のホウに用心するように呼びかけるには、二隻の船ははなれすぎていた。

一度だけ、ヤンはそのホウがのんびりヒナタぼっこしているのを見かけた。

ヤンに気がつくと、ホウは笑って手をふった。

ホウというのは、まったくたいした悪党だった。

でも料理の腕前で言えば、ホウは赤龍丸の料理人、ノッポのツァオよりもダンゼン上、というより、ツァオがダンゼン下、ということを、ヤンは最初の食事で思い知らされた。

ツァオが自信なさそうに運んできたニンニク・ミソで煮た干し肉料理は信じられないほどひどい味で、シュハイ将軍は口に入れたとたんギョッとした顔をし、ザオ・ガオは料理を皿ごとツァオに投げつけた。

ツァオは長い顔にニンニク・ミソをダラダラたらして引き上げていった。

このときばかりはヤンはホウのじまん料理、ヒラメやハタをショウガで蒸した一品や、同じ干し肉でも脂身を加え香料でコッテリ煮こんだ一皿を思ってヨダレを流した。

ザオ・ガオが三度三度の食事ごとに歯ぎしりして、ホウを青龍丸に送りこんだことを後悔しているのはまちがいなかった。

一方、ホウの料理が気に入りモリモリお代わりをしているタオがこれを知ったら、さぞ大笑いしたことだろう。

ヤンはシュハイ将軍の身の回りを世話する役を命じられた。

ヤンは将軍にザオ・ガオとのこれまでのいきさつや、この宦官が自分をよくは思っていないことを話さなかった。

話してもシュハイ将軍にはどうすることも出来ないし、そんなことで将軍に自分が憶病者と思われるのがイヤだった。

それでも将軍に仕え、常にそばにいられることは、ヤンには心強かった。

ザオ・ガオはヤンを自分の召使にするつもりでいたので文句を言ったが、シュハイ将軍は相手にしなかった。

「船の上では、わたしが指揮をとることになっている」

将軍はそう言って、ヤンを安心させた。「わたしが始皇帝に命じられたのは、チェン・ハイポー殿の船からはなれるな、ということだ。これが何を意味するかは、わたしの知るところではない。ザオ・ガオ殿はいろいろ言うが、それもわたしの知ったことではない」

シュハイ将軍はあまりよけいなことは言わない人だったが、あるときヤンに聞いた。

「毛なしミミズ、とか言ったな。あれは何のことだ」

ヤンが説明すると、将軍は急いで夜空に目を向けて北極星を探すふりをした。

「行ってよし」彼は妙なハナ声で言い、ヤンがその場からはなれるのを許した。


何日かすると、天気が悪くなった。

空も海も鉛色になり、西風が強くなった。

波は小山のように盛り上がり、赤龍丸は波の底から一気にてっぺんにかけ上がった……と思う間もなく急降下した。

赤龍丸は今にもバラバラになりそうな音を立ててゆれ動いた。

青龍丸はどうか？　と見れば、波しぶきにかすんだ青龍丸は恐ろしいほどかたむいて波間に消え、もうダメかと思うころ船体から滝のように海水を流してポッカリすがたをあらわすのだった。

もちろん青龍丸から赤龍丸を見ても、同じ光景を目にすることになるだろう。

ザオ・ガオはシュハイ将軍にうるさくつきまとい、船がこの嵐でしずむ心配はないのかと聞いていた。

「そもそも、これは嵐ではありません」しまいにシュハイ将軍は答えた。

「本当の嵐はこんなものじゃない。やがて、それがお分かりいただけるはずです」

船酔いがブリ返していたザオはそれを聞くと、うなりながら寝床に這いもどった。

次の日、さらに風が強くなると、将軍は自分の身体を帆柱にしばりつけさせた。

こうやって波にさらわれるのをふせいで、シュハイ将軍は一晩中ズブぬれになって指揮を取りつづけた。

シュハイ将軍が一番警戒したのは、赤龍丸が横波を受けてひっくり返ることだった。

常にへさきを押し寄せる波に向けていることが大切だった。

青龍丸ではシュイ・フーが、同じように指揮を取っているだろう。

荒海に立ち向かう二人の船長を、ヤンは心から尊敬した。

西風は一週間、吹き荒れた。

そしてシュハイ将軍でさえ、「あれは嵐だった」とみとめた長い夜が明けると、まだ波の高い海から青龍丸は消えていた。

最初にヤンが感じたのは、絶望だった。

フー兄さん、タオ、ティエンを乗せたまま、青龍丸はしずんでしまったのだ。

「心配するな。ヤン」シュハイ将軍はなぐさめた。

「船がしずめば、何か浮いているはずだ。水や食料のタルのようなものだ。おまえの父上、チェン・ハイポー殿はりっぱな船乗りだ。青龍丸は嵐を乗り切っただろうよ」

だが次にヤンをおそったのは、「見すてられた」という感情だった。

フー兄さんは嵐をいいことに、ぼくを赤龍丸に残したまま逃げてしまったのだ。

幸いヤンはそんな情けない考えを、シュハイ将軍の前で口に出さずにすんだ。

なぜなら、文字通りヒカラびたミミズみたいになって用心棒のウーにかかえられて現れたザオ・ガオが、海に目を向けるなりカナキリ声を上げたのだ。

「シュハイ将軍、これはどうしたことだ。やつらにまんまと逃げられたのか」

「そうは思いませんね」将軍は冷静に答えた。

「昨夜の強風では、どんな船でも航路をたもつのはムリでした。われわれと同じように、彼らも流されたのでしょう。それにチェン・ハイポーほどの男が、自分の子供を残して逃げるなど、ありえないことです」

そのとおりだった！　ヤンは将軍に感謝した。

たとえ短い間でも、あんなふうに思った自分がはずかしかった。

だが船酔いで弱っているくせに、ザオ・ガオは強情だった。

「海図を見てくれ。将軍。わたしはチェン・ハイポーがこの嵐を利用して近くの島の入江に逃げこんで隠れている、という気がしてならないのだ」

「しかし、どこの海図に、どこの島ですか」シュハイ将軍は冷たく聞き返した。

「昨夜の強風でわれわれは流され、今、本船は海図にない未知の海にいるのですぞ。島とおっしゃるが、もしもこの先、水や食料が手に入る島が見つかれば、わたしはその島にあなたのお名前をつけてもいい、というぐらいの気持ちでいます」

宦官は、〈ザオ・ガオ島〉が新しく海図に乗ることには興味を示さなかった。

それよりも自分がどういう状況に置かれているか知るにしたがい、彼の顔はだんだん長くなり、とうとう何かが外れたように口のところでパクンと開いてしまった。

「では、将軍。この先どうするつもりだ」

「彼らの船をさがさなければなりません。陛下のご命令は、チェン・ハイポーの船からはなれるな、というものです」

「しかし、チェンの船は昨夜のうちにしずんだとは思わないか」

「そうは思いません」

「このまま引き返すべきだ、将軍。陛下の大切なお船をあてもなく未知の海をさまよわせる危険など、絶対におかすべきではない」

まわりに集まってきた兵隊たちは、いっせいにうなずいた。

これまでは、青龍丸の後について行けばいい、ぐらいに考えていた彼らが案内役を見失い、不安にかられるのはムリもなかった。

「どうするかは、船を指揮するわたしが決めます」シュハイ将軍はキッパリと答えた。

ザオ・ガオは陰険な目で将軍をにらんで立ち去った。

みんなもブツブツ言いながらはなれていった。

秦の兵隊たちは、楚の国出身のシュハイ将軍よりも、始皇帝お気に入りの宦官、ザオ・ガオに味方しているのだ。

シュハイ将軍は無言で海を見つめていた。

やがて海に目を向けたまま、ヤンに聞いた。

「おまえにこんなことを答えさせるのは気が進まないが、おまえは父上のチェン・ハイポー殿がめざしている陸地を知っているのか」

「いいえ、知りません」

「チェン・ハイポー殿は行き先のことで、おまえに何か話したか」

「いいえ」

「そうか。行ってよし」

しばらくしてヤンが見ると、シュハイ将軍はシュイ・フーが使っていたのと同じ円盤を手にして、雲にかくれた太陽を探していた。

ヤンはシュハイ将軍が好きになっていたから、役に立てないことが悲しかった。

次の日、夜が明ける前にヤンは寝床を出て、青龍丸を探した。

日の出前の海は灰色に静かに広がっていた。

ヤンは白い塩が一面にこびりついた船べりによりかかり、水平線を見わたした。

青龍丸のすがたはどこにもなかった。

ヤンの思いは青龍丸をはなれて漂いはじめた。

この海はだれが造ったのだろう？

そして、今こうして海を見ている、〈ぼく〉は、だれが造ったんだろう。

「みんな天がこさえた」とタオなら言うだろうが、では、天がせっかく〈こさえた〉人間はなぜ死ななければならないのだろう。

海はこの先ずっとつづくのに、人は死んでいくのだ。

たぶん、始皇帝はそのことがガマンできないのだ。

あたたかい風がヤンの顔をなでた。

一週間ぶりの日の出が始まり、海と空の境目が指一本ほどの幅で明るくなった。

それは、指二本、三本と、ゆっくり開いていった。

五本、六本……八本、九本、そして、一〇本！

手のひらが完全に開き、まぶしい光があふれた。

上空でくすぶっていた雲のひとつひとつが輝きはじめた。

一頭のイルカが海面から高くはね上がった。
つづいて仲間のイルカたちが次々に飛んだ。
イルカたちは、太陽が海に伸ばした金色の帯を楽しそうに進んで行った。
それを見ているうちに、ヤンの気持ちは晴れた。
この世界をこしらえたのがだれにしても、悪意でこしらえたわけではないのだ。

一五　赤龍丸の料理人

太陽が完全に上がったころ、ヤンは鳥の群れが海面すれすれに飛ぶのを見て目をみはった。鳥がいることは、陸地が近いということだ。

早くこのことをシュハイ将軍に報告しなければ。

そう思って身体の向きを変えると、ザオ・ガオの用心棒、ウーが立っていた。

ちぎれた片耳のつけ根がウスキミ悪くテラテラと光っている。

「小僧。ザオ・ガオさまが船室に来るように言っておられる」

「では、シュハイ将軍にことわってくるよ」

「必要ない。すぐに終わる。おまえしだいで」

ザオの船室は船尾にあった。ヤンたち乗組員が船底でゴロ寝しているなか、ザオとシュハイ将軍だけは船尾と船首に分かれ、板で仕切られた船室を持っているのだ。

悪天候がおさまり船酔いがなおったザオ・ガオはめずらしくキゲンがよかった。

ただしキゲンがいいからといって感じがいいことにはならないのが、この毛なしミミズのザオ・ガオだった。

「ヤン、正直に答えなければ痛い目に遭うぞ。おまえの父、チェン・ハイポーが行こうとしているところはどこだ」

「陛下に申し上げたとおりです。ぼくは知りません」

ザオ・ガオがあいずをすると、ウーは短剣をぬいてヤンにつきつけた。

料理人のツァオが、湯気を立てた肉マンジュウを皿に山盛りにして入ってきた。

「朝食です。サオ・ガオさま」ツァオは皿を置いてサッサと立ち去った。

船酔いから回復して腹が空いたらしく、ザオ・ガオは肉マンジュウにかぶりつきゴクンと飲みこんだ。とたんに目玉がクワッとむかれた。ノドをかきむしって何か言った。

「ショッパイ、ショッパイ、と言っている。それから、ミズ、ヨコセ、ハヤク、バカ、と言った。なんだか、ウー。きみのことを怒っているみたいだよ」

それだけ教えると、ヤンはオロオロするウーを残してシュハイ将軍の船室に急いだ。

ヤンはまず、鳥の群れのことを将軍に報告した。

シュハイ将軍は喜んで聞いていたが、そのあとヤンがザオ・ガオとのモメゴトを話しはじめると、みるみるこわい顔になった。

「そういうのは、何よりも最初に報告すべきことだぞ」聞き終わると、将軍は言った。「だが、ほおっておくわけにもいくまい。ザオ殿と話してくるから、ここで待て」

シュハイ将軍はすぐにもどってきた。

「ザオ殿は病気のようだ。少なくともそう見える。強く言っておいたから、当分はおまえに手出しはしないはずだ。また、そんな元気も残っていないだろう」

将軍は少しためらってから聞いた。「ザオ殿はしきりに、塩マンジュウがどうのこうの、と訴えていた。一体、何のことだ」

ヤンが説明すると、とちゅうから将軍はあきれたように首をふり始めた。

「たぶん、ツァオはマンジュウの中に塩のかたまりを入れたんだと思います。もちろん、まちがえて、です。それしか考えられません」

ヤンがそう報告をしめくくると、将軍はうなった。「ツァオの料理はひどい。ひどすぎる。たとえそのおかげて、おまえが助かったにしてもだ。こうなると、なぜあの男が本船に、それも料理人として乗りこんだのか、調べる必要があるな」

そのとき、帆柱に上っていた見張りの叫び声が聞こえてきた。
「おーい、陸だ！　陸が見えるぞお！」
たちまち、どなり声や走りまわる足音で、赤龍丸は大さわぎになった。
シュハイ将軍でさえ、ヤンをつれて船室を出る足どりが、いつもより早かった。
乗組員全員が左舷に集まり、熱心に水平線を見つめていた。
最初、それはただの雲のかたまりのように思えた。
しかし赤龍丸が近づくと、その下で何かがキラリと光った。
日の光が白い砂浜に反射したのだ。
だれかがそう言うと、あらためて大歓声が上がった。
「くだけ波がないか、よく見張れ」シュハイ将軍の声がひびいた。
「くだけ波があれば、岩があるということだ。船が乗り上げたらおしまいだぞ」
近づくにつれて、松の木が多い美しい海岸が見えてきた。
そのうしろには小高い砂丘があった。人がいるようすはなかった。
シュハイ将軍はそれが気に入らないようだった。
「さっきまでは、あそこに煙が上がっていた」将軍は砂丘の後ろを指さして言った。

「われわれの船を見て、急いで火を消したのだ」

将軍はみんなに聞こえるように、声を大きくした。「ゆだんするな。煙が上がったのは人が住んでいるからだ。火を消したのは、だれも住んでないように見せかけて、われわれを襲撃するつもりかも知れない」

赤龍丸のお祭りさわぎはピタリとおさまった。

シュハイ将軍の言葉どおりだった。赤龍丸が海岸に近づくと、武器をふりまわす大勢の男たちが砂丘の上にあらわれた。

砂丘のうしろにかくされていた一〇隻ほどの小舟がナワに引かれて勢いよく砂をすべり下り、しぶきを上げて海に乗り入れられた。

男たちが小舟に飛び乗り、勇敢に赤龍丸に向かって来た。

弓矢を持っている者たちは、炭火を入れたツボを肩にかけていた。

赤龍丸に近づき、火矢を射かけるつもりだ。

シュハイ将軍はすぐに海岸からはなれるように命じた。

「あんなチッポケな舟を恐れて逃げ出すのですか」

兵隊たちは叫んだが、将軍は相手にしなかった。

木造の船が何よりも船火事に弱いことを知っていたからだ。

赤龍丸が海岸をはなれると、彼らはすぐに追跡をやめて引き返していった。

ヤンは遠ざかる海岸を見ながら考えこんだ。

白い砂と松が多い海岸は、シュイ・フーが話した美しい海岸にそっくりだった。

「言葉はわれわれとちがうが、住民たちは親切でした」とフー兄さんは言った。

だとすると、ここが同じ海岸であるはずはない。

住民たちは赤龍丸が近ずくのを見て、最初から戦うつもりでいたのだから。

赤龍丸は海岸にそって、さらに東に進んだ。陸地にはなだらかな山並みが続いている。いくつもある入江には、清らかな川が流れこんでいた。

深い森があり、野原には鹿の群れがのんびり草を食べていた。

ときどき村が見えた。住民たちは赤龍丸が近づくと、とても届きそうもないところから矢を射たり石を投げたりした後、森に逃げこんだ。

ますますヤンは、ここはフー兄さんが話したところではない、と思った。

しかし、その日の午後だった。

ヤンはふと視線を陸地に向けて、もう少しで声を上げそうになった。

北東の方角に、てっぺんに白い雪をかぶった山が見える！

それは陸地にかかり始めた霧の上にマボロシのようにうかんでいた。

「神々しい、としか言いようがない。もしその頂きに何かが住むとすれば、それは美しい天女としか考えられません」

シュイ・フーはそう話した。まちがいなく彼が、〈不死山〉と名づけたあの山だ。

そしてフーリという女は、山のふもとに住んでいる。

青龍丸が無事ならば、フー兄さんは真っ先にフーリに会いに行くはずだ。

だからヤンが〈不死山〉をめざせば、かならずフー兄さんに再会できるだろう。

陸地が間近に近づいたとき、ウーが来てシュハイ将軍に言った。

「将軍。ザオ・ガオさまが、船室に来てほしい、とお望みです」

シュハイ将軍はふり向いて、ウーをにらみつけた。

「料理人のツァオのことです」ウーは目を伏せて言った。「ザオ・ガオさまは、ツァオを罰する場に将軍も立ち会ってほしい、と望んでおられます」

シュハイ将軍が返事をしないので、ウーはコソコソと引き下がった。

「ツァオを罰したりはさせませんよね」ヤンは心配になって聞いた。

「おまえならどうする」シュハイ将軍はフキゲンに聞き返した。

「始皇帝お気に入りの宦官に塩マンジュウを食べさせた罪でツァオを罰するか、そのおかげで一人の子供が助かったことをほめてやるべきか」

シュハイ将軍は船べりを指でコツコツたたいた。

「ええいっ、やっかいな」将軍は言うと、ヤンをしたがえザオの船室に向かった。

船室の前で番兵たちが見張りをしていた。

番兵たちは敬礼しようとしなかったが、将軍がジロッと見ると頭を下げて通した。

船室にはザオ・ガオとウーがいて、真向かいにツァオが座らされていた。

「将軍、よく来てくれたな」ザオ・ガオは言ったが、まだ体調が悪そうだった。

「ツァオの処罰には、船を指揮する者も立ち会うべきと思い、来てもらったのだ」

「お言葉ですが、ザオ・ガオ殿」シュハイ将軍はいかめしく応じた。「船を指揮する者は処罰に立ち会う以前に、裁判をとり行う立場にあるのですぞ」

「だが、裁判は終わったのだ」ザオ・ガオは言った。「判決はこうだ」

二人の兵隊が大きな皿を運んできて、ツァオの前に置いた。

シュハイ将軍もヤンも目を丸くした。大皿には塩が山盛りにしてある。

「この悪党がわたしに食べさせた塩のかたまりに、少しばかり足した」

ザオ・ガオは説明した。「これからこいつに、これを全部食べさせる」

シュハイ将軍は何か言いかけたが、ザオ・ガオは無視してツァオに皿をおしつけた。

「さあ、食べろ。全部食べないと承知しないぞ」宦官は怒りにふるえる声で叫んだ。

「おい、ウー。こいつが少しでも残したら、舌を切り落とせ」

ウーはニヤリとうなずき、短剣をギラリと引きぬいた。

ツァオは長い顔をノンビリ大皿に向け、次にザオ・ガオに向けた。

それはまるで、「こんなに上等な塩を、わたしのようなものが頂いてもいいのでしょうか」と聞いているみたいだった。

それからツァオは手で塩をすくい、ノロノロと口に入れた。

ツァオは長いことモグモグかんで、ゴクリと飲みこんだ。

「ああ」満足そうに言うと、新しくタップリ取って口に運んだ。

「ふむ、ふむ」ツァオは専門家らしくうなずき、三杯目に手をのばした。

ザオ・ガオは信じられないというように細い目をカッと開き、身を乗り出していた。

「おまえさまも食べなさるか」

ツァオはオットリたずね、宦官の頭をつかんで塩の山におしこんだ。

「おまえさまは、オラの心づくしの料理を三度もオラにぶつけなさった」

死にものぐるいであばれ出したザオ・ガオの頭をおさえながら、ツァオは言った。

「その三度分を、オラは一度ですませて上げますだ」

将軍もヤンも、そしてウーも、おどろきのあまり身動きすることもできなかった。

「やめろ」ようやくシュハイ将軍は叫んだ。

それでわれに返ったように、ウーは短剣でツァオに斬りかかった。

ツァオはザオを押さえたまま楽にかわし、もう一方の手で短剣をうばいとった。

「おまえさまも、オラの上等の塩を味わいたいかね」

うばった短剣を帯にはさみながら、ツァオは聞いた。そして、「ちがう、ちがう」と夢中でふるウーの頭をつかんでザオ・ガオのとなりの塩山におしこんだ。

ザオとウーは二人ならんで足をバタバタさせ始めた。

シュハイ将軍は剣をぬいた。「やめろ。死んでしまうぞ」

ようやくツァオは二人の顔を塩の山から引きはがした。

顔を真っ白にした二人はウーウーゲーゲーしながら、そこらじゅうをハネ回った。

あまりのさわぎに番兵たちがのぞきこみ、ビックリして立ちすくんだ。

「連れて行き、目を洗ってやれ」将軍は命じた。「水もたっぷり飲ませてやるんだぞ」

兵隊たちがあばれる二人を連れ去ると、シュハイ将軍は慎重にとびらを閉めた。

それから、剣先をピタリとツァオに向けた。「さて、おまえは何者だ?」

「毛なしメメズのようすを探るため、この船に送りこまれた者なんでさ」

料理人はうって変わってキビキビと答えた。「ご説明いたしますと、ランヤの港で出航の準備中、シュイ……いや、チェン・ハイポー船長はおれを呼ばれて、こう命じられたんでさ。〈ノッポのツァオよ、よく聞け。毛なしメメズのザオが、青龍丸にスパイさせるため手下を送りこんできたぞ。その男はザオのおかかえの料理人、ホウだ。だから今、赤龍丸には料理人のアキがある。そこで、おまえは料理人として赤龍丸に乗りこむんだ。そして毛なしメメズの動きを探り、何かにつけジャマしてやれ。いずれシュハイ将軍にはワビを入れるつもりだ。なぜなら将軍はりっぱな船乗りで、わたしは心から尊敬しているのだ〉と、簡単に言えばこういうことなんでして」

シュハイ将軍はあんまりビックリしたので、ツァオが最後につけ加えたおせじも耳に入らないようすだった。

「おまえを料理人として、だと。よりによって料理人として、わたしの船に……」シュハイ将軍はそればかりくり返した。

「本当を言えば、料理はそれほど得意でもないんでさ」ツァオはケンソンした。

「それでも毎回メズに、〈マズイ〉と皿ごとぶつけられりゃ、腹も立ちますよ。だから本船をずらかる前に、塩マンジュウをこさえて食わせてやったんだ。そのことでヤン、おまえが助かったんだとしたら、言うことないやね。さて将軍、あの宦官のことだ。じきに兵隊をここによこしますぜ。ですから失礼して、あっしは逃げさせてもらいます。陸はすぐそこだし、この先のアテもちゃんとあるからご心配はいりません」

ツァオはゲンコツの一撃で船室のかべをこわして外に出た。

「待て！」将軍は船べりをまたいだツァオに向かって叫んだ。

「おまえは本船に乗る前、料理をしたことはあるのか」

海に飛びこむ前に、ツァオは少し考えた。「ないですな」

ツァオのすがたが消えた。海がドボンと鳴った。

「やっぱりだ」シュハイ将軍はうなった。

一六　置き去り

シュハイ将軍はいつまでもグズグズしなかった。

将軍はヤンを連れて船室を飛び出した。

兵隊たちが船べりから身を乗り出し、イシ弓をかまえていた。

「やめろ」将軍はどなったが間に合わず、何人かが矢を発射した。

強力な矢は鋭い音を立て飛んだ。

ツァオは矢音を聞きつけ、イルカのように海にもぐった。

シュハイ将軍は剣を兵隊たちに向けた。「今度イシ弓を射た者は斬る」

「なぜジャマをする。将軍」ザオ・ガオがうしろからシャガレ声を上げた。

ザオ・ガオはタライの水で顔を冷やしていたが、その顔はドロから掘り出されたばかりのミミズのように真っ赤にふくれていた。

「ツァオを無事に上陸させたほうがいいからです」シュハイ将軍は答えた。

「ここの住民はわれわれに敵意を持っています。だからツァオを上陸させて、何が起きるか見ましょう。彼が無事なら、われわれも水を補給するために上陸します」

将軍がツァオを助けるためにそう言ったのが、ヤンには分かった。

この間もツァオは泳ぎつづけ、砂浜に上がると赤龍丸に手をふった。

それから松林に向かって歩き出したが、何も起こらないまま林の奥にすがたを消した。

「これから水をさがしに上陸するぞ」シュハイ将軍は言った。「わたしを入れて六名が行く。志願者は武器を用意しろ。タルに水モレがないか確かめてから海に落とせ。小舟で引っ張ることにする」

ところが志願する兵隊は一人もいなかった。将軍は顔をしかめた。

「この先の航海を考えれば、水の補給が必要なことがおまえたちには分からないのか」

兵隊たちの一人が言った。「この先の航海、とはどういうことですか。ザオ・ガオさまが言われるように、われわれはここらで国に引き返すべきだ」

「そのとおりだ」という声がいっせいに起きた。

「船のことは、わたしが決める」シュハイ将軍はそっけなく答えた。

「たとえ引き返すにしても、水が必要なことは変わりはないんだ」

それでも志願する者はいない。

シュハイ将軍は軽べつするように、みんなを見回した。

「おまえたちは、あのソマツな武器をふり回す連中を恐れているのか。われわれは剣とイシ弓で武装しているのだぞ」

ヤンは勢いよく手を上げた。「ぼくは行きます」

「こんな小さな子供が、行く、と言っている」すかさず、シュハイ将軍は声を高めた。「それなのに、おまえたちはただ黙って見ているだけか」

四人の男たちが前に進み出た。四人ともシュハイ将軍と同じ楚国の出身で、商船には乗っていたが、戦闘の経験はない。

「よろしい」シュハイ将軍は言った。「おまえたちは、よろい、かぶと、武器を兵隊どもから借りろ。彼らには用がないものだ。それからヤン。ここに来い」

将軍が自分を赤龍丸に残そうとしていると分かり、ヤンは先回りした。

「ぼくは、〈こんな小さな子供〉じゃありません。役に立ちます」

シュハイ将軍は少し考えた。「まあ、いいだろう。子供だって、いないよりはいたほうがマシだろうからな」

志願した四人の男たちは、借りたよろいをきまり悪そうに身につけていた。でもそれを見ている兵隊たちは、もっと恥ずかしい気持ちでいたことだろう。

一人の若い兵隊が自分の短剣を外して、ヤンにわたした。

「ありがとう」ヤンは受け取り、大人にマネて指で刃の切れ味を確かめた。

「シュハイ将軍」その兵隊は言った。「おれも連れて行ってください」

「よろしい。おまえの名は」

「リーボクです。将軍」

「イシ弓は使えるか」

「上手なほうと思います」

「それなら矢をたくさん用意しておけ」

シュハイ将軍はそれだけしか言わなかったが、心強く思ったはずだ。

ヤンを入れて、七名が小舟に乗りこんだ。

「おい、リーボクと言ったな」将軍は若い兵隊に声をかけた。

「おまえはへさきに移れ。だれかが攻撃してきたら遠慮なくイシ弓を使え」

リーボクはうなずき、イシ弓を手にへさきに立った。
小舟が砂浜に着くと、シュハイ将軍はヤンに言った。
「おまえは舟に残るんだ。用心のため岸から少しはなれ、われわれの帰りを待て」
ガッカリしているヤンをのぞき、六名はタルを運んで上陸した。
ヤンは命じられたとおり小舟を海岸から遠ざけ、安全な距離をとった。
将軍を先頭にみんなが松林に入って行くのを、心細く見送った。
それからふり向いて、赤龍丸の位置をたしかめた。
赤龍丸はノンビリゆれながら停泊している。
ヤンは陸に注意をもどした。
六名が入った松林から、枝がおれたり落ちたりする音が聞こえてきた。
そのたびにヤンはビクッとして、波で海岸に寄せられる舟を漕ぎもどした。
時間が過ぎていった。海はおだやかにポチャリポチャリと波音を立てている。
ヤンはウトウトしかけた。
ふいに何かの物音が、うしろから聞こえてきた。
頭にドッと血が上がり、ヤンはふり向いた。

自分の目が信じられなかった。赤龍丸が帆を上げて遠ざかって行く！

ヤンたちを置き去りにするつもりだ。

赤龍丸の船べりに、兵隊や船員たちが立っていた。

ほとんどの者が恥じて目を伏せている中、そうしていない二人組がいた。

ザオ・ガオとウー。二人はこちらを見て、あざ笑っている。

シュハイ将軍は……いや、将軍にかぎらず、だれでも……まさか彼らがこんな卑きょうなことをするとは考えもしなかっただろう。

早くこのことを将軍に知らせなくては！

ヤンは海岸に向かって小舟を漕ぎ始めたが、すぐに思い直した。

将軍の居場所も分からないまま上陸して、その間に舟を失うことになったら大変だ。

ヤンは舟をもどし、シュハイ将軍の帰りを待った。

ザオ・ガオが気を変えないかとむなしく期待して、何度も沖をふり向いた。

しかし、赤龍丸はますます遠ざかっていく。ヤンは必死になみだをこらえた。

シュハイ将軍たちが松林に入ってから長い時間が過ぎた。日がかたむきつつあった。

ヤンはもう一度、赤龍丸に目を向けた。

西に向かう赤龍丸が逆光で黒い点のように見えた。

やがて日が落ち、赤龍丸は水平線に広がるウス闇の中に消えていった。

こらえきれず、ヤンは泣いた。

将軍たちがこんなに暗くなってももどらないのは、何か悪いことが起きたからだ。

日が完全に落ちてしまう前に、小舟を安全なところにかくさなければならない。

ヤンは海岸にそって小舟を漕いだ。

やがて入りくんだ岩のうらに、海水が流れ込む洞窟を見つけた。

ヤンはへさきをそこに向けて漕いだ。

洞窟に乗り入れると、水路が奥につづいていた。

舟をかくすには最高の場所だ。

奥に進むにつれて暗くなり、まわりはボンヤリとしか見えなくなった。

やがて行き止まりになり、小舟は砂地に乗り上げた。

ヤンは舟から下りて見回した。

その日の最後の光が洞窟にさしこみ、海草でおおわれた五つか六つのものを弱々しく照らしていた。

ヤンはそのひとつから海草を取りのけた。
下から、みすぼらしい小舟があらわれた。
ヤンは立ちすくんだ。急いで海草をどかして回った。
全部で六隻。それぞれに、木をけずって作ったカイが四本そなえてある。
この洞窟は……ヤンは気がついた。
ここの住民たちが舟をかくしておく場所だ。
そして、彼らは外国船と、その乗組員に敵意を持っている。

一七　ルオ・ビンワンの砦

舟にかぶせてある海草はまだぬれていた。

住民たちは沖に赤龍丸の帆を見ると急いで大切な舟をこの洞窟に移し、念のために海草をかぶせて隠したのだろう。

海草は波で運ばれ、砂地に大量に打ち上げられていた。

その下からは、たえずガサガサという音が聞こえてきた。

それはヤンがここに来たときに始まり、今や洞窟全体に広がっていた。

ヤンはこわごわ見回した。

最初ヤンは、床が動いている、と思った。

しかし、それはカニの大群だった。

人間におどろいて海草からはい出した何千何万匹というカニどもが動き回っている。

洞窟の奥に人の手で岩をきざんだ階段が見えたので、ヤンは少しでもカニどもからはなれたい一心でそこを上がっていった。

上がりきると短い通路があり、前方に岩のさけ目が開いていた。

そこから一歩外に出ると、ヤンは巨大な岩の上に立ち、目の前には日が落ちたばかりの暗い赤色にそまった海が広がっていた。

海風が長く伸びたヤンの髪の毛をなびかせた。

ヤンは身体の向きを変えた。

するとヤンは、澄み切った夜空に浮かんだ高い山と向きあっていた。

山は鋼鉄のかたまりのようにヒエビエとしていた。

しかし山頂の雪には、まだ夕日のうすい紅が残っている。

「もし、あの山頂にだれかが住むとすれば、それは美しい天女だ」

シュイ・フーがそう話した不死山だ。フー兄さんはまっ先に、あの山のふもとに住んでいるというフーリに会いに行くだろう。

明日、そこに行ってみよう。かならずフー兄さんに会えるはずだ。

しかし、シュハイ将軍たちは？

目に入るのは樹林の広がりで、将軍たちの居場所を教えるものは何もない。聞こえてくるのも、はるか下の岩に打ち寄せる重々しい波音だけだ。

ヤンはシュエホンの貝がらのお守りをギュッとにぎりしめた。

まもなく来る夜をどこで過ごすか、決めなければならない。

洞窟はカニの大群はガマンしても、もし舟の持ち主たちが来たらと思うと恐ろしい。

それくらいなら、どこかの岩かげで夜明けを待つほうがマシ……いや、ダメだ！

小舟をあのままにしておくことはできない。住民たちが洞窟に来れば、彼らの舟とは形がちがう赤龍丸の小舟をすぐに見つけ、持ち主をつかまえようとするだろう。

しかも舟はヘサキしか砂地に上げていないので流される心配がある。

ヤンはイヤイヤ洞窟にもどることにした。

手さぐりで岩の階段を下りると、もう真っ暗だった。

岩のさけめからさしこむわずかな月明かりをたよりに、ヤンは腰まで海水につかって小舟をおした。舟は少しづつ動きはじめ、ようやく砂地に上がった。

ヤンは海草を集めて舟にかぶせ、砂についたあとを消した。

すべてをやり終えると、ヤンはくたびれ果て、その場にひっくり返った。

小舟には非常食の干し米と干肉がそなえてあるが、食べる元気もない。

どのくらいたっただろう。ウトウトしていたヤンはハッと目をさました。

暗やみの中、小さな生物どもがとがった足をせわしく動かし、ヤンの顔と体を乗りこえて行く。ポチャンポチャンという奇妙な音がたえまなく聞こえていた。

カニたちが海にもどって行くのだ。でも、どうしてこんなにあわてているんだろう？

ヤンは起き上がった。階段の上に、ボオと明かりがさしていた。

最初は月の光、と思った。でも、それは動いていた。タイマツの明かりだ！

ヤンはちぢみ上がった。だれかが階段の上にいる。

ヤンは必死で舟を手探りした。指先が舟にかぶせた海草にふれた。

海草をどけて舟にもぐりこみ、息を殺した。

カニどもが立てる物音は終わっていた。

シンと静まり返った洞窟に、階段を下りる足音がヒタヒタと聞こえてきた。

岩天井にタイマツの明かりがゆれていた。

小舟の中で、ヤンはこれ以上できないくらい身体をちぢめた。

タイマツのゆれが止まった。階段を下りきったのだ。

男が一人、階段の下で呼吸をととのえている気配が伝わってくる。

やがて、タイマツの明かりが岩かべにそってゆっくり動き始めた。

一瞬、それがヤンがかくれている小舟を照らした。

しかし明かりはそのまま通りすぎ、たぶん水路に向けられたのだろう。

海草をかぶって小さくなっているヤンの目に、洞窟の天井に水がユラユラ反射するのが見えた。明かりはかなり長い間、そこにとどまっていた。

それから、ささやき声が呼びかけた。「ヤン。ヤン」

ヤンはいっそう体をちぢめた。

「ヤン、そんなにかたまらなくていい。わたしだ」

「フー兄さん！」思わずヤンは叫んだ。

「シッ、大きな声を出すな」急いでシュイ・フーは言った。「ここの住民たちに聞かれたら、まずい。連中は今ではわたしたちを敵と思い、憎んでいるのだから」

シュイ・フーはもう一度タイマツで水路を照らし、次に用心深く階段の上を照らした。それからタイマツを下ろし、小舟からはい出したヤンにうなずいてみせた。

しばらく見ないうちに彼はゲッソリやつれ、顔の傷あとがいっそう目だっていた。

「ヤン、無事でよかったよ」シュイ・フーは言った。「でも、せっかく会えたのに悪いことばかり伝えなければならない。シュハイ将軍たちはつかまってしまったぞ」

「ここの住民たちに?」

「そのほうが、まだよかったかも知れないな。将軍たちはルオ・ビンワンの手下どもにつかまったんだ。川で水をくんでいるところをふいに襲われ、抵抗もできなかった。わたしは彼らの砦の偵察に向かうとちゅう、それを目撃したんだ。砦はおまえも知っているように、今やルオ・ビンワンのものだ。たぶん将軍たちは、そこに連れて行かれたのだと思う。そして、ルオという男は思った以上の悪党だよ。あいつはわたしを殺そうとしただけじゃない。砦を乗っ取った後、この地方の住民の村を襲って大勢を殺し、生きのこった者たちはドレイにして田畑でコキ使っているのだ」

赤龍丸の行く先々で住民たちが弓矢や石で攻撃してきたわけが、これで分かった。大船で海をこえてやって来た外国人たちが、住民を殺したりドレイにしている、というウワサはアッという間に地方全体に広まったことだろう。

住民たちから見れば、赤龍丸も青龍丸も同じ外国の悪い船に変わりはないのだ。

「今の話は、フーリの召使が教えてくれたことなんだ」シュイ・フーはつづけた。

「でも、その話の前に彼が報告したことは、わたしにとってもっと悪いことだったよ」

シュイ・フーはこみ上げてくる怒りをおさえるように、くちびるをかんだ。

「最初から話そう。あの嵐で別れ別れになった後、われわれは必死になって赤龍丸をさがした。だが、いつまでも捜索に時間を取られることはできない。〈不死の霊薬を得て、一年後にかならずもどれ〉と始皇帝に命じられているからだ。あとはシュハイ将軍の腕を信じて、おまえたちが無事に航海をつづけていると思うしかなかった。そしてヤン、おまえはわたしが何度も不死山の話をするのを聞いている。だから、かならず不死山をめざすだろう。そこで再会できれば、と天に祈ったよ。何日か航海をつづけ、見おぼえのある陸地に近づくと、ルオ・ビンワンに見つからないように砦からはなれた小さな入江に青龍丸のイカリを下ろした。もちろん、わたしは真っ先にフーリの屋敷に向かったとも。フーリに事情を説明して、不死の霊薬を作るようにたのむつもりだった。それに、あんなふうに彼女のもとを去ったことをわびる気持ちもあった。ところが行ってみると、フーリの屋敷は無残に焼け落ちていたんだ。わたしは狂ったように走りまわってフーリの名を呼んだ。すると、どこかにかくれていたフーリの召使の一人があらわれた。彼の話では、ルオ・ビンワンがさし向けた手下どもが屋敷を焼き、フーリと父親をムリヤリ砦に連れて行った。フーリの不思議な力の評判がルオ・ビンワンに伝わり、あの男はそれを自分に役立たせようと考えたのだ。今、ルオはフーリに不死の霊薬を作らせようとしている。作らないと父親を殺すと脅して。ヤン、こんな悪党をほおっておいていいと思うか」

「思いません。絶対に」ヤンは言った。

言っただけでは足りないような気がして、リーボクからもらった短剣の柄をたたいた。

「よし」シュイ・フーはうなずき、自分も腰に下げた長剣に手をそえた。

「タオとティエン、青龍丸の仲間たちとは、明日の夕方、砦の近くの川で待ち合わすことにしている。わたしは砦を偵察するために一日早く出発したんだ。フーリが砦のどこに閉じこめられているか、そしてわたしに味方する者がどのくらいいるか探るためだ。ルオは、わたしがみんなを見捨てて砦を去った後、住民たちに殺された、と言いふらしているらしいが、わたしが生きていると知れば、味方をする者がかならずいるはずだ。また、そうでなければ数の上からも、とてもルオ・ビンワンに勝てっこないしね」

「この洞窟のことは、どうして知ったの?」

「住民たちが赤龍丸を見て、あわてて舟をここにかくすのを見ていたのさ。それで、いい考えが浮かんだ。砦は川に面して川口はこの近くにある。だから彼らの舟で川を上がれば、陸地を進んでルオの見張りに見つかる心配が減る。だから暗くなるまで待つことにした。シュハイ将軍たちがつかまるのを見たのは、そのときのことだ。ようやく日が落ちたので森を出ると、ヤン、おまえが洞窟の岩の上に立っていた。あれにはビックリしたぞ。シュハイ将軍たちがルオの手下どもにつかまった中におまえはいなかったから、赤龍丸に残ったもの、と安心していたんだ。ところが今度は海をいくら見ても、赤龍丸のすがたがないじゃないか。これで二度ビックリさ。一体、どうなっているのか教えてくれるかい」

ヤンは、ザオ・ガオが自分たちが置き去りにして赤龍丸で逃げた話をした。

「ふん、毛なしミミズらしいやり方だな」シュイ・フーは言った。

「だが、自分だけで帰国したことを始皇帝にどう説明するか、このさき頭をなやますことになるぞ。それにシュハイ将軍もいないで、赤龍丸がランヤに簡単にもどれると考えているなら大まちがいだ」

不安と怒りをヤンにぶちまけたことで、シュイ・フーは元気を取りもどしていた。

「ヤン、すぐにここを出て、砦の偵察に向かおう。おまえの小舟があってよかったよ。住民たちの舟を断りなしで借りずにすんだもの。ただでさえ悪い外国人の評判に、もうひとつ足すところだった」

二人は小舟に乗りこみ、洞窟の水路を通って海に出た。

月が出て、波間に明るい銀色の道を作っていた。

それでヤンは思い出した。

始皇帝の使者は満月の夜、この光の道を通って死後の世界に行く？

学者や星占い師たちなんて、本当にデタラメな連中ばかりだ！

二人は岩かべにそって小舟を進めた。

やがて岩かべが切れて、月に照らされた不死山が夜空にスッキリと見えた。

シュイ・フーは手を休めて山を見たが、何も言わずにまた漕ぎはじめた。

海から川口に入ると、シュイ・フーは木々が茂る岸に舟をよせて進むようにした。

月の光が明るく照らす川の真ん中を進めば、ルオの手下に見つかる恐れがあるからだ。やがて彼は、葉先を川にひたしたヤナギの大木の茂みに小舟を乗り入れた。

「このヤナギを目印に、タオたちと待ち合わせることにしたんだ。砦はもう遠くない。ここで朝を待とう」

二人は非常食の干し米と干し肉を食べた。干し米は水にもどさず、そのままかじった。お腹がいっぱいになると、二人はぐっすり眠った。

目がさめたときには、もう太陽は高く上がっていた。

日の光が川をすべり、あたりは小鳥のさえずりでいっぱいだった。

二人は小舟をヤナギの茂みにかくして岸に上がり、川にそって用心深く進んだ。

やがて開けた土地に出て、川から水を引いた水田が見えてきた。

「ヤン、頭を低くしろ」シュイ・フーはささやいた。

二人は茂みにかくれながらジリジリ前進した。

小さな丘に上がると、下に広がる田んぼで大勢の人々が稲刈りをさせられている光景が目に飛びこんできた。

着ているものや姿からいって、半数がこの地方の住民たちだった。

ほとんどの人が稲刈りをするのは初めてのようで、少しでもモタモタすると、ルオ・ビンワンの手下どもがムチでたたいていた。

残りの半数はヤンの同国人で、同じひどいあつかいを受けている。

「わたしに忠実な部下たちだ」シュイ・フーはささやいた。「ルオにつくのを断り、ドレイにされたんだ。彼らは全員、わたしに味方するぞ」

田んぼの向こうには畑や果樹園が広がり、その先に村があった。

村の周囲は高い土かべがめぐらせてあった。

土かべが完成していない場所では、田んぼよりももっと大勢がコキ使われていた。土を手押し車で運ぶ者、その土を積み上げ、つき固める人々……この作業をやらされているのも土地の住民とシュイ・フーに忠実な者たちで、彼らの間からはしょっちゅうムチで打たれる悲鳴が上がっていた。

そのうちヤンは、とくに張り切ってムチをふり回している一人の男に注目した。

まさか、と思うけど、ヤンが知っている人物に似ている。

まさか、まさか……でも、そうだ！　料理人のツァオ！

赤龍丸の料理人、ノッポのツァオがいつの間にこんなところにいて、口ぎたなくののしりながら飛びまわり、人々の背中に盛大にムチをふり下ろしている。

ついにたまりかねて、一人の若者がツァオに飛びかかった。

ヤンは二度ビックリした。ヤンに短剣をくれたイシ弓の使い手、リーボクだ。

しかも、そのリーボクを止めようとしているのは、シュハイ将軍その人だった。

ツァオは素早くリーボクの攻撃をかわし、ムチの柄を相手の頭にガツンとくらわした。リーボクは目を回して、ひっくり返った。

ヤンのわきで、クスクス笑うのが聞こえた。シュイ・フーが笑ったのだ。

「どうして笑うの。今やられたのは、シュハイ将軍の部下のリーボクだよ」

ヤンは怒ってささやいた。

「やったほうは、のっぽのツァオだ。わたしの古い船乗り仲間だよ」

まだクックと笑いながら、シュイ・フーはささやき返した。

「笑ったのは悪かったが、あの男がいつの間にちゃっかりルオの手下におさまっているのを見たら、つい、おかしくなったんだ。痛い目にあった若者は気の毒だったが、ああでもしなければ、ツァオはルオ・ビンワンの信用を得られないし、わたしのために情報も集められない、ということだ」

シュハイ将軍に命じられて、将軍の部下たちがリーボクをわきに運んで行った。

とつぜん、シュイ・フーがささやいた。「ルオ・ビンワンがいるぞ」

少しはなれた土かべの上に、一人の男が立っていた。

三〇才くらいの暗い感じの男だった。背は高く、がっしりして強そうだった。

秦の将軍のように山鳥の尾でかざったカブトをかぶり、腰には長剣を下げている。

黄金をちりばめたよろいの胸当てが、日に輝いた。

かたわらにひかえる部下が持つ黒い旗が風にひるがえった。

「まるで、始皇帝きどりだ」

シュイ・フーは言ったが、その声は悲しそうだった。

「この砦の土かべがルオの、〈万里の長城〉か。なんてことだ。わたしたちが逃れてきたものを、あの男はここに築こうとしているんだ」

一八　決闘

二人は川辺のヤナギの大木まで引き返し、タオたちが来るのを待った。

シュイ・フーが話したとおり夕日が川を赤く照らすころ、タオ、ティエン、そして青龍丸の乗組員たちが陸路を通ってやって来た。

ヤンを見るとタオは大声を上げ、だきしめた。

「ヤン。エラいぞ」大男はささやいた。「おまえのことだから無事でいると信じていた。だが、ここでこうして会えるとは！」

「タオ、あれからどのくらい色んなことが起きたか、早く話したいよ」

ヤンは待ちきれずしゃべり始めたが、あまりにもたくさんのことを一度に話そうとしたので、とちゅうでコングラかってしまった。

シュイ・フーはみんなを集合させた。人数は三〇人にも足りなかった。

その上、彼らはシュイ・フーの船乗り仲間たちで、兵士ではなかった。

「だが、砦にはノッポのツァオがもぐりこみ、味方を集めているだろう。ルオ・ビンワンを憎み、わたしたちに味方する者は大勢いるはずだ」

シュイ・フーはそう言って、みんなを安心させた。

「日が落ちた後、わたしは砦にしのびこみ、ツァオと連絡を取る。みんなは砦のそばの丘で待っていてくれ。砦の大門が内側から開いたときが、攻撃開始のあいずだ。それまでは何があっても動くなよ。タオ、おまえがみんなの指揮をとってくれ」

たった一人で砦にしのびこむというシュイ・フーの計画におどろくこともなく、全員がうなずいた。

ヤンは見回して、みんなの中に料理人のホウがいるのに気がついた。

ズウズウしいことに、ヤンに親しげに笑いかけている。

「ホウ、ここに来い」ヤンの視線に気がつくと、タオは料理人にどなった。

「ホウは今はこっちの味方なんだ」

ホウがノソノソやって来ると、タオは少し言いにくそうに説明した。

「どうしてそういうことになったのか、ホウ、自分の口からヤンにお話ししてみろ」

「その前に、ヤンさんが無事もどられたお祝いを言わせてもらいますぜ」

悪党の料理人は平然と言った。「さぁて、何からお話したもんかな。とにかくあの嵐の次の朝だ。海を見てもどこにも赤龍丸がいないんで、あっしは自分に言ったよ。おい、ホウ、こいつはマズイことになったぞ。おまえの親分のザオ・ガオは赤龍丸と一緒にしずんじゃったぜ、って。で、こうなったら船長さんに何もかも正直にお話ししちゃえと、覚悟を決めたんだ。その後がサア大変で、こっちの話も終わらないうちにシュイ・フーさまは剣をぬいてあっしを斬ろうとされるし、タオ兄ィは本当にあっしの首をシメなさったよ。お二人とも、ヤンに何かあってみろ。生かしてはおかないぞ、とエライお怒りようだ。あっしはジッとしてた。そんときは、もう真人間になっていたからね。で、それからというもの、あっしはシュイ・フーさまとタオ兄ィのために、おいしい料理を三度三度作りつづけている。かんたんに言うと、そういうことだね」

「もちろん、ヤン。こいつのせいで、あの時おまえがおぼれでもしていたら……」タオは言い足した。「間違いなく、こいつは海の底で魚のエサになっていたとも。それだけはたしかだ。だが幸いおまえは無事だった。そこで、おれたちはこの男を料理人として使いつづけることにしたんだ」

「それで思い出したけど、タオ兄ィ」ホウはなれなれしく話しかけた。

「昨夜のトビ魚のハラを出して、ブタ脂でカリッと揚げたやつ。あれは成功でしたな。取り合わせが心配だったが、兄ィが七匹もお代わりしてくれたんでホッとしましたぜ」

「あっちに行って仕事してろ」タオは気まずそうに言った。

ティエンはヤンと再会を喜びあった後、ホウについてこう話した。

「わたしはホウのことは今でも信用していないよ。シュイ・フー殿もタオ殿も、それは同じなんだ。でも、あいつの白身魚を香草で蒸した料理に、今はお二人とも夢中なのさ」

航海が始まったときのみじめなようすは、ティエンから消えていた。

ゲッソリしていた顔には肉がつき、日焼けしてたくましく見えた。

「あの嵐からなぜか船酔いしなくなったんだ。毎朝、腹をすかせて目をさます」

ティエンは言い、少しすまなそうにつけ加えた。

「ホウは悪党だ。だが料理人としては最高だよ」

シュイ・フーは日が落ちると、みんなに話したとおり、たった一人で砦に向かった。

それから一時間がたち、二時間がたった。

虫の鳴く声とフクロウの陰気な声がひっそり聞こえてきた。

そのほかは何の物音もしないまま、時間が過ぎていった。

タオは砦に顔を向けて、岩のように動かなかった。

雲が広がり、月がかくれた。

ボッと赤い炎が雲に反射した。丘の上がどよめいた。

「静かに」タオは言い、耳をすました。

「斬り合う音が聞こえるぞ」だれかが叫んだ。

「シュイ・フーさまとノッポのツァオが、敵と戦っているんだ。助けに行こうぜ」

「静かにしてろ」タオはきびしく命じた。「みんな、大門に注意していろ。門が開いたら攻撃だ。それまでは動くんじゃないぞ」

砦の真ん中に火柱が上がった。

風に乗って、今度はハッキリとさわがしい音が聞こえてきた。

砦の見張りが打ち鳴らす急調子のドラだ。

「タオ、行こうよ」ヤンは叫んだ。「早く行かないと、フー兄さんもツァオも殺されてしまうよ」

「門が開くのを待つんだ」タオはくり返し、立ち上がって砦の大門を見つめた。

今度は砦の別の場所から、火の手が上がった。大勢の叫び声が伝わってきた。

「タオ、お願い。助けなくちゃ」ヤンは声をふりしぼった。

砦の大門が内側からゆっくり開き始めた。

タオは叫んだ。「よし、みんな、攻撃だ」

全員が武器をふりまわして丘をかけおり、砦に向かって突撃した。

門は大きく開き、燃えさかえる炎であたりは真昼のように明るかった。

門の前で、ヤンとおない年くらいの少年たちが武器をふり回して歌っていた。

「シュイ・フーさまが帰ってきた。ぼくらを助けるために帰ってきた。シュイ・フー、ばんざい、勝利、ばんざい！」

シュイ・フーが期待したように、たよりになるツァオは前もってルオ・ビンワンに反対している人たちにシュイ・フーが生きていることを知らせていた。

そこに本人があらわれて、ルオがしたことを話したので、みんなはすぐにシュイ・フーの味方をすることを決めた。

ドレイにされていたこの地方の住民たちも加え、何百という人々が武器を持ち、ルオの手下どもを砦のかたすみに追いつめていた。

手下どもはもう戦う気持ちも失い、おびえきっていた。

その中でルオ・ビンワンだけは長剣をにぎりしめ、ビクともせずに立っていた。

「ルオ・ビンワン！」シュイ・フーは叫んで、歩み出た。

同時にルオ・ビンワンも前に出た。抜き身の剣の刃に炎が赤く反射した。

「これはこれは、シュイ・フー殿」ルオ・ビンワンはジロジロ相手を見て言った。

「お声を聞かなければ、もう少しで、〈バケモノ、さがれ〉と言うところでしたぞ。ご自慢のキレイなお顔をどうなさいました？　どうやら砦を去られたあと、ひどい災難に遭われたようですな」

「その間、おまえはここで何をしたのだ」シュイ・フーはきびしくたずねた。

「国造りをしていましたよ」ルオ・ビンワンは炎に目をきらめかして答えた。

「あなたが砦と仲間を見すてて去った後、田畑を広げることから始めたんです。食料をふやさないことには生きてはいかれませんからね。家も足りないし、砦のかべも高くしないと安心して暮らせない。だが、ご存じのような人手不足だ。そこでボロを着てソマツな武器をふり回す原住民どもをかり集めて働かせることにした。それには少しばかり血を流す必要がありましたがね。でも流れた血はあっちで、こちらではない。で、田畑は広がり、食料の心配をすることもなくなった。家も足り、砦のかべは高くなった。もちろん、わたしはこれで満足するつもりはありませんがね」

「それは、始皇帝のやり方ではないか。わたしたちがそこから逃れてきたことを、おまえは忘れたのか」シュイ・フーはやりきれなさそうに叫んだ。「ルオ。おまえはチッポケな始皇帝だぞ。チッポケな始皇帝のチッポケな権力だが、人々を苦しめていることではまったく同じなんだ」

「口であなたと勝負をするつもりはありませんよ。始皇帝までだましたお方だもの」

ルオ・ビンワンはモノやわらかに言った。「ここらで、剣の勝負はいかがです」

「いいだろう。一騎打ちだ」シュイ・フーは応じた。「みんな、手出しはするなよ」

「その前に、一言だけ」ルオ・ビンワンは言った。「あなたがお好きでいらっしゃるある女がわたしのために不老不死の霊薬を調合し、わたしが日夜それを飲んでいることを言っておかなければ、不公平というものでしょうな。今、彼女はかべの上に立ち、ほら、あのように薬のききめをたしかめようと、興味深げにこちらに身を乗り出していますよ」

そこにいた全員が、ルオがさした方角に目を向けた。

タイマツに照らされ、青ざめてはいるが天女のように美しい女が立っていた。

ヤンはすぐに、彼女こそフーリ、と思った。
シュイ・フーは無言でいた。無言のままルオに目をもどし、剣をかまえた。
ルオ・ビンワンはいきなり刃を顔に当てて引いた。血が流れ出した。
彼は異様な声で叫んだ。「このとおり、剣に毒はぬってないぞ！」
「たしかに」シュイ・フーはうなずいた。「それでこそ、正々堂々の勝負だ」
ルオ・ビンワンは斬りかかった。剣と剣がふれ、青白い火花が散った。
二人がくり出す剣先が、稲妻のようにひらめいた。
彼らは互角だった。
ヤンは二人の刃が相手の身体にふれるのを、一度も見なかった。
それなのに、いつの間にか彼らの衣服は血でベットリよごれていた。
だが、流れる血はルオ・ビンワンのほうが多かった。
彼の足元に血が広がり始めた。
ついにルオは、フーリが立たされている砦のかべに向かってあいずを送った。
手下の一人が進み出て、フーリの頭上に剣をふりかざした。
「リーボク！」シュハイ将軍の声がビシリとひびいた。

同時にリーボクのイシ弓が鳴り、男はかべからころげ落ちた。
次の男が剣をかまえ、フーリにせまった。
「リーボク！」
ふたたび矢が放たれ、男はまっさかさまに落ちた。
この後につづく者はもういなかった。
ルオ・ビンワンの顔に絶望が広がった。彼はキョロキョロまわりを見まわした。
だが、そこには彼の助けになるものは、何も見あたらなかった。
シュイ・フーは一歩ふみこみ、相手の胸を剣でつらぬいた。
ルオ・ビンワンは大声を上げてたおれた。
シュイ・フーはゼイゼイ息を切らして、かけ寄ったタオによりかかった。
自分の血と返り血で、全身が真っ赤にそまっている。
タオは上から下まで、手早く若君の傷を調べた。ひどい傷が数ケ所あった。
「すぐにフーリさまが手当して下さいますよ」タオは優しく言った。
「フーリが言ったとおりだ！」
タオの言葉も聞こえなかったように、シュイ・フーは荒々しく言った。

「人に、不死などない。不死の霊薬など、この世にないのだ」

「何も今、そんなことを決めなくてもいいでしょう」

剣の柄にくいこんでいる若殿の指を一本一本はがしながら、タオはなだめた。

「決めこむのはまだ早いですよ」

シュイ・フーはなんとか呼吸をととのえようとした。

「そうじゃないんだよ、タオ」彼はずっとおだやかな口調になって言った。

「フーリは言ったんだ。不老不死の霊薬など、この世に存在しないと。ルオ・ビンワンと戦っているとき、突然そのとおりだと分かった。この左肩の傷を見ろよ。そしてルオの剣先がほんの少し下にずれていたら、と想像してごらんよ。そうしたら不死の霊薬など、一体何の役に立つんだ？　始皇帝はナイモノねだりをしているんだ。不死の霊薬はない。あの男にそれを教えてやりたいよ」

「ですから、決めこむのはまだ早い、と申し上げたでしょう」タオは言い張った。

「第一、そんな説明で始皇帝がナットクするとは思えませんね。始皇帝は若君の話を半分も聞かないうちに、大釜を火をかけろ、と命令するに決まってますよ」

タオは不安だったのだ。

不死の霊薬など存在しない、とシュイ・フーが確信すれば、次に若君がすることは決まっている。国にもどり、霊薬のかわりに自分の首をさし出し、ホァン将軍夫妻の釈放を願うつもりなのだ。

タオはやっと、若君の最後の指を長剣の柄からはがした。

一〇本の指は残らず血でネバネバしていた。

タオはいたわるように、そっと剣を彼からとり上げた。

シュイ・フーの身体がガクリと折れ、力なくタオの腕からすべり落ちた。

一九　シュイ・フーとフーリ

タオは若君をだき起こし、「フーリさまをお呼びしろ」と叫んだが、そのときはもうフーリはシュイ・フーに走り寄っていた。

フーリはシュイ・フーの傷を調べ、家の中に運ぶように命じた。

タオは軽々と若君をだき上げ、砦の中で一番大きいルオ・ビンワンの家に運びこんだ。フーリは薬草をせんじる湯を用意させ、シュイ・フーの傷の手当にとりかかった。

家の前には、ティエンやシュハイ将軍たちが心配して集まっている。

ヤンもその中にまじって待ちつづけた。

夜が明けるころ、やっとタオが出てきてみんなに告げた。

若君は命はとりとめたが、回復には時間がかかる。

フーリさまは若君を動かしても危険はないと判断すれば、以前若君が毒剣で傷ついたときに看病した洞窟にうつして治療をつづけると、おっしゃっている。

みんなはやっと安心して解散した。

砦でやらなければならないことは山ほどあった。

シュイ・フーがタオを通して最初に出した命令は、ムリヤリ働かされていた土地の住民たちを解放することだった。

砦を出ていくとき、彼らには日用品や衣服があたえられた。

最高の贈り物となったのは、鉄製の農具と米作の技術そのものだった。

住民たちは喜び、この後は好きなときに砦の仕事も手伝うことになった。

ルオ・ビンワンに味方した者たちをどうするか、という問題もあった。

結局シュイ・フーはだれも罰せず、平等に働かせることにした。

傷が少し良くなると、フーリは最初に決めたとおり、彼を洞窟にうつすことにした。

そこでしばらく療養した後、フーリはシュイ・フーを不死山のふもとにわいている湯に連れて行くつもりだった。

それは不死山の地下深く何十万年も燃えつづけている炎がつくる湯で、フーリはクマやカモシカなどの動物がそこに入って傷をなおすことも知っていた。

洞窟に行く前日、シュハイ将軍がシュイ・フーをたずねてきた。

「さて、チェン・ハイポー殿」お見舞いを述べた後、将軍は重々しく言い出した。

「これからもこの名前であなたをお呼びできたら、どんなによかったか、と思わずにはいられませんぞ。あなたが実はシュイ・フー殿、ということは、知りたくなかった。わたしがこうしてあなたをおたずねしたのは、ルオ・ビンワンからわれわれを助けていただいた上に、さらにお願いすることがあるからです。ですが正直な気持ちをかくし、願いごとだけするのは、卑きょうです。そこでまず、わたしが今思っていることを言います。あなたには不愉快な話になりますが、ガマンして聞いていただきたい。ご存じのようにわたしは楚の国で水軍を指揮していたが、武運つたなく始皇帝に敗れました。ところが始皇帝はあなたの叔父上、ホァン・カイ将軍と同様に敵将であるわたしを殺さず、新しい船まであたえてくれたのです。その船、赤龍丸は卑劣な宦官、ザオ・ガオにうばわれてしまったが、始皇帝に恩を感じているわたしの気持ちに変わりはありません。そこでハッキリ申し上げるが、あなたがしたことは理由はともかく、始皇帝をだましたことになります。これを始皇帝が知れば、〈シュイ・フー〉という名前は、始皇帝の誇りをもっとも傷つけ、もっとも憎む敵の名になることでしょう。わたしはチェン・ハイポーという人が好きだった。彼がすぐれた船乗りであり、何よりも勇敢だったからです。だが、そのチェン・ハイポーが実はシュイ・フー殿、と分かった以上、この後、あなたと行動を共にすることは出来ません。それは始皇帝を裏切ることになるからです。もちろん二人が同一人物、ということを始皇帝に告げたりはしないことは、お約束します」

「よく正直に、また大胆におっしゃった」

シュイ・フーは半分感心し、半分は腹を立てて答えた。

でもヤンが見るところ、腹立ちのほうがずっと大きかった。

〈なあ、ヤン。あんなにたくさんの星たちが天から自分の正しいところや勇ましいところを見てくれていると想像すると、ワクワクしてこないか〉

星空のもと、青龍丸でそうヤンに話しかけた自信家のフー兄さんが、面と向かってこれほど非難されたことがこれまでにあっただろうか？

自分の大胆な行動が始皇帝の側からならともかく、尊敬するシュハイ将軍から、〈だました〉などと表現されることを、少しでも予想しただろうか？

「それで、将軍がわたしに頼みたいこととは何でしょうか」

明らかに冷たい口調になって、シュイ・フーは聞いた。

「わたしには帰国するための船がいるのです」将軍は少しも悪びれずに答えた。

「帰国するのは、もちろん始皇帝の前でザオ・ガオと対決するためです。それをしなければ、ムザムザ宦官に船をうばわれたわたしの名誉は永遠に失われてしまうでしょう」

「あなたはヤンに親切にして下さった。ですから、船は用意させましょう」

あいかわらずヨソヨソしい口調でシュイ・フーは言った。「しかし、将軍。理由はともかく、赤龍丸を失ったあなたを始皇帝は許すでしょうか。ザオ・ガオと対決するとおっしゃるが、始皇帝がお気に入りの宦官に味方する心配はないでしょうか」

「そのとおりです」シュハイ将軍はみとめた。「だが、たとえ始皇帝がわたしを死刑にしようと、名誉だけは守りたいのです。あなたに話したことを取り消すつもりはないが、船をあたえてくだされば、そのご恩は一生忘れません」

「ザオ・ガオは、あなたを始皇帝に会わせないためには何でもするでしょうね」

シュイ・フーは早くも怒りを忘れて言った。「あいつはあなたよりずっと早くランヤにもどるはずです。あなたがいない赤龍丸でぶじ帰国できたとすれば、ですが。そうなったら、あの陰険な宦官は自分の悪事をかくすために、あなたが始皇帝に会う前に暗殺しようとするでしょう」

シュハイ将軍はうなずいた。「ですから、わたしはランヤの港はさけ、ずっと南のホイチ〈会稽〉の河港に入ろうと思っています。ホイチはもともと楚の国で、港のそばにはわたしの忠実な部下だったレンという男が住んでいます。彼がわたしをいろいろ助けてくれるはずです」

「そういう危険をおかしてまでも、名誉を守ろうとなさるお気持ちは立派です。わたしもこの傷がなおりしだい帰国しますが……」

ここでシュイ・フーは、次の一言を言わずにはいられなかった。

「わたしが何故帰国するかと言えば、名誉を守るためです。名誉は、わたしが何よりも大切にしているものなのです」

タオは先ほどから若君をズケズケ非難するシュハイ将軍に腹を立てていたが、今の言葉を聞くと、それどころではなくなった。

将軍が去るや、タオはシュイ・フーにくってかかった。

「では、若君はどうしても帰国なさるおつもりですか。どうしてフーリさまにお願いして、不老不死の霊薬を作ってもらわないのです。どんな霊薬でも、フーリさまにお作りになれないものはないでしょうに。そうすればムザムザ始皇帝に首をさし出すこともないし、あんな石頭のシュハイ将軍にガミガミ言われることもないはずです」

「でもタオ。ルオとの決闘の後、わたしが言ったことを覚えているだろう。人間に不死などない、と。そして、ないものをあるようにするのは、いくらフーリでもムリだ」

ムッツリだまりこんだタオを、シュイ・フーはからかった。

「それにおまえは、フーリならどんな薬でも作ることができる、と言うが、ではルオ・ビンワンが毎日飲んでいた薬のことはどう思うんだ？　わたしの剣がルオに負わした傷がすぐにふさがり、斬り落とした手足がニョキニョキ生えてくるとでも思っていたのかい」

「では、ルオ・ビンワンが飲んでいた薬は何だったの？」

その薬に本当に不死の力があるならフー兄さんに勝ち目はない、と決闘の間中、ヤキモキしていたヤンは聞いた。

シュイ・フーは笑った。「なんと、ただの栄養剤、だったとさ」

「いっそ、毒薬だったらよかったでしょうに」ティエンは思わず口を出した。

「フーリはそんなことはしないよ」シュイ・フーは首をふった。「フーリほど気持ちの優しい女はいないんだ。ルオ・ビンワンもそれが分かっていたから、彼女の薬をうたがわずに飲んだ。そのことでフーリは気がとがめていたけど、父親の命を救うために仕方がなく、栄養剤を不死の霊薬としてルオに与えるしかなかったのだ」

それから彼は表情を少しきびしくして、みんなを見回した。

「さて、これから言うことをよく聞いてほしい。始皇帝が帰国を命じた九月の満月までに不老不死の霊薬を持ち帰らなければ、大切な叔父上、叔母上は死後の世界に使者として行かされてしまう。そしてタオ、おまえは賛成しないが、不老不死の霊薬はこの世に存在しない。いいか、存在しないんだ。だから、わたしは別のものを始皇帝にさし出し、お二人をお助けするしかないのだ」

タオはうなだれた。ホァン将軍夫妻を思う気持ちは、タオも同じだった。

「そこで、頼みたいことがある」シュイ・フーはつづけた。

「タオ、ティエン、ヤン。おまえたち三人は、シュハイ将軍のために用意させる船で、わたしより一足早く帰国してもらいたい。わたしのこの体では航海はまだムリだ。もちろん、約束の満月の夜までにはもどるとも。たとえ傷がなおっていなくても。これは約束する。だが、長い航海だ。もし嵐などで船が少しでもおくれたら、取りかえしのつかないことになる。だから、おまえたちは一日でも早く帰国し、始皇帝に、〈シュイ・フーは名誉にかけてかならずもどります〉、と伝えてほしいのだ」

「では、フーリさまはどうするの」ヤンは聞いた。「フー兄さんが連れて帰るの」

「いや、ここに残すよ」シュイ・フーはため息をついた。

「いろいろ考えたが、フーリまで始皇帝に殺させることはないからね」

「いいえ、わたしもご一緒に行きます」

フーリは部屋に入りながら言った。フーリの顔は輝いていた。

フーリはまっすぐシュイ・フーの寝台に歩みより、ひざまずいた。

「シュイ・フーさま。たった今、父の許しを得てきました。わたしがあなたの妻になることを、父は喜んで許してくださいました」

シュイ・フーはしばらくだまっていた。

「だけど、大切なフーリ。まさか、忘れたのではないだろうね」

ようやく、彼は言った。「わたしの顔をもう一度見てごらん。こわい夢に出てくるようなこの顔が、目がさめたら本当にとなりにいた、と考えてごらんよ」

フーリは何も言わずに、シュイ・フーを見つめていた。

毒剣で傷ついた自分を治療してくれた彼女を、シュイ・フーは思った。

「正直に言うと、こんなにうれしいことはないのだ」

シュイ・フーは声をつまらせて言った。「でも、フーリ。おまえはすぐに夫を失うことになるかも知れない。わたしはおまえをそんな目には決して遭わせたくないのだ」

「夫を失う女に、わたしがなると思う?」フーリは誇らしげに聞いた。

「あなたが死ぬとき、わたしも死ぬのよ。始皇帝の前には二人で出ましょう」

二〇　難破船

夜明け前、ヤンはティエンにゆり起こされた。

「ヤン、あの音は何だと思う?」

ヤンは起き上がり、耳をすました。

不死山のふもとでシュイ・フーに別れを告げ、ホイチ〈会稽〉の港をめざして船出したヤン、シュハイ将軍、タオ、ティエンの長い航海はようやく終わりに近ずいていた。

これまでのところ、航海は順調だった。しかし……

青龍丸の船底を打つ波音にまじって、すぐにヤンの耳にそれが聞こえてきた。

遠い雷鳴に似ていたが、もっと深くて重苦しい音だ。

「いつから始まったんだろう」

「目をさましたら聞こえたんだ。もしかすると、あの音で目がさめたのかもしれない」

「船首に行ってみよう」

まだ暗いなか、生あたたかい風が吹いていた。

二枚の白帆がふくらみ、バタバタ音を立てていた。

話し声が聞こえてきたので、そこに向かった。

だが、すぐに二人は立ちすくんだ。東の空が真っ赤に光っている。

その光が暗い空にそびえる巨大なキノコ雲を照らしていた。

キノコ雲は怪物のようにグングンふくらんでいる。

シュハイ将軍とタオが、それを見ながら話していた。

当直の乗組員がそばにひかえていたが、ひどくおびえているのが分かった。

ヤンたちが近づいても、将軍とタオはふり向きもせずに話を続けた。

タオが聞いた。「すると将軍は、その〈火を吹く山〉を実際に目撃されたのですか？」

シュハイ将軍は首をふった。「わたしが見たわけではない。以前、異国の船員が漂流しているのを助けたことがあるが、その男から聞いた話だ。彼が言うには、ある島の山が煙と火を上げて爆発するのを船の上から見た。山の斜面から真っ赤な火の川が何本も流れ落ち、そのうちもっとすごい爆発が起こり、島全体が木の葉のようにゆれて裂けた。そこで彼は、〈大変だ。世界全体がこわれかけている〉と思ったそうだ」

「今、見ているのがそれと同じ現象なら、何か用心することはありますか」

「いや、近づきさえしなければ、とくに心配することはないだろう。男の話では吹き飛ばされた石が空から降ってきたが、ひとつひとつが船のイカリぐらい大きかったらしい。だが、これだけはなれていれば、本船に石がとどく心配はないだろう。ただし、その後にドロがいっぱいまじった雨が降り出して、船をそうじするのが大変だったらしいが」

「将軍から、みんなに説明されたほうがいいですね。でないとあれを見て、それこそ、〈世界がこわれかけている〉とさわぎ出すトンチキがいるかも知れませんよ」

「そうだな」シュハイ将軍はふり返った。「そろそろ夜明けだ。ヤン、全員を起こして集まるように伝えてくれ」

眠っているところを起こされた乗組員たちは、ブツブツ言いながら集合した。

朝ねぼうの料理人、ホウはとくにムクれていた。「ヤンのガキにだまされたぞ。夜明けだなんて、まだ真っ暗じゃないか」

しかしそのホウも、東の空に目を向けたとたん口を閉じた。

巨大な煙が空をおおい、日の出をかくしている。

煙はいくつにも分かれ、空から長いツメで青龍丸につかみかかるように見えた。

遠雷のような響きがずっとつづいていた。

シュハイ将軍はみんなに、〈火を吹く山〉の説明を始めた。

その最中、全員が目に見えない大きな手が青龍丸をゆさぶったように感じた。

ゆれはすぐにおさまったが、これが火を吹く山と関係あると思った者は大勢いた。

経験豊かな船員たちの間では、〈陸地に近ければ大波が立ち、船はひっくり返ったところだ〉

というささやきが交わされた。

シュハイ将軍は、「あれが火を吹く山としても、距離があるから心配はない。ただし、あの雲が降らす雨にはドロや灰がまじっているから、用心するように」と話した。

ちょうどそのとき、だれかが、「将軍、雲がどんどんこちらに向かってやって来ます」

真っ黒に広がった雲が、まるで青龍丸をめざしているように近づいてきた。

「やれやれ、言ってるそばから来たか。急いで帆を下ろせ。灰やドロでよごされるのはゴメンだぞ。みんなグズグズするな」

船員たちが帆を下ろす間、シュハイ将軍はイライラしたようすで歩き回った。

いきなり将軍は足を止めて耳をすました。「あの音はなんだ?」

真っ黒な雲が飛ぶような速さでやって来た。同時に、嵐のような音がせまってきた。みんなが作業の手を休めてコワゴワ空を見上げると、一人だけ何も手伝わずに船首でブラブラしていた料理人のホウがエラそうに言い出した。

「将軍。あっしが思うに、あれは雲なんかじゃないですぜ。あれは……」

「鳥だ」シュハイ将軍は引き取り、サッサと船室に逃げこんだ。

何百羽というアジサシやカツオ鳥の大群だった。

ただでさえ暗い空が真っ暗になり、海鳥たちの鳴き声と羽音で何も聞こえなくなった。

ヤンたち全員があわてて帆布の下にもぐりこんだ後、ホウは一人グズグズしてブツブツこぼしていた。

「だから、それを言うつもりだったんだよ。あれは鳥だぞ、となって。雲はあんなに早く動かねえ。第一、鳴きやしねえや。それを教えてやろうとして……」

ホウはそれ以上つづけられなかった。そのときはもう海鳥どもが落とすフンで、頭のテッペンから足のつま先まで真っ白になっていた。

「鳥どもは、火を吹く山におどろいて逃げてきたのでしょうね」

要領よくシュハイ将軍の船室に避難していたタオは、将軍に話しかけた。

「本船に寄ったのは、こんな海の真ん中では他に休むところもないからでしょう」

「休むのはいいが、フンはやめてもらいたいな」将軍はうなった。「ひどい匂いだ」

帆柱や帆げたにとまった海鳥たちがフンを落とす音が、たえまなく聞こえてくる。

大音響とともに、だれかが船首の階段をフンと共にすべり落ちてきた。

「だれだ。あれは?」シュハイ将軍は聞いた。

「たぶん、ホウでしょう」何度も見なおしてから、タオは言った。「きっと逃げおくれたんだ。さっきから、すべったり転んだりする音が聞こえてきましたからね」

「よおし、ホウ」シュハイ将軍はどなった。「そのまま、そこでジッとしていろ。こっちに来たら許さないからな」

幸いホウは立ち上がる元気もなく、階段の下でノビていた。

海鳥たちは三〇分も船にいつづけた。その間、ずっとフンを落としていた。

追いはらおうとして大声を出しても、手をふり回したりしてもムダだった。

ようやく海鳥たちが次の休憩所をさがして飛び立つと、今度はホンモノの雲が上空に広がり、はげしい雨を降らし始めた。

「みんな、何でもいいから洗うものを持て」シュハイ将軍は大声で命令した。

「この機会を逃がすんじゃないぞ。海鳥のフンをこすり落とすには最高の雨だ」

灰とドロでザラザラした雨は、たしかにフンそうじに向いていた。

ホウは長い間あおむけになって雨に打たれていたが、そのうちムックリ起き上がった。

「どうして、もっと早く逃げなかったの」ヤンは聞いた。

「言うのはカンタンだけどな」汚れた服を海に投げすてながら、ホウはトゲトゲしく答えた。

「おめえも一度、海鳥どもの落とし物でいっぱいのところを走ってみるといいや。イマイマしい鳥どもにケツを突っつかれながらよ。そしたら始皇帝の台所の一番上等な油でも、あれほどスベリはしめえ、と気がつくだろうよ」

「この匂いはちょっとやそっとのことでは消えませんよ」タオはついに悲鳴を上げた。「船ごとひっくり返してザブザブ洗わないことには、どうしようもありませんね」

「あと少しのガマンだ。三日もすればホイチの河口が見えてくるはずだ」

シュハイ将軍はなだめた。「そのころには、この匂いも消えているだろう」

二日後、船はチョウシャン〈舟山〉島の沖をとおり、三日目には陸地が見えてきた。

「わたしが言ったとおりだ」シュハイ将軍はタオに言った。

「でも、匂いは消えていませんね」タオは指摘した。

青龍丸はムカつくような匂いをふりまきながら、ゆっくり本土に近づいていった。

広い河口が見えた。黄河とならぶ大河、長江の支流が東シナ海に流れ出しているのだ。シュハイ将軍は河口に青龍丸を乗り入れさせた。

ホイチの河港は河の上流にあり、そこまではだれも住まない荒れ地がつづいていた。

日が暮れ、前方に河港のかすかな明かりが見えてきた。

シュハイ将軍はイカリを下ろすように命じてから言った。「真夜中まで待ち、タオとティエン、ヤンとわたしの四人は小舟で上陸する。本船はノッポのツァオが指揮をとり、われわれが上陸するのを確かめたら、ただちにシュイ・フー殿の砦に引き返すこと」

ツァオはたのもしく言った。「みんなに約束するぜ。青龍丸は傷が回復したシュイ・フーさまを乗せて、始皇帝と約束した満月までにかならずランヤの港に入る、とね」

シュハイ将軍はホイチの町に入る前に、水軍時代の忠実な部下、レンに情報を得るつもりだった。もし赤龍丸がすでに帰国していれば、ザオ・ガオはシュハイ将軍を見つけしだい殺すように各港、このホイチの河港にも手を回しているに違いない。

将軍は死刑は恐れていなかったが、ザオ・ガオの卑劣な行為をあばく前に殺され、赤龍丸を失ったいきさつを証言できなくなることを恐れていた。

真夜中、ヤンたち四人は小舟に乗りこみ、青龍丸をはなれた。

雨が降っていた。ときどき稲妻が弱々しく光った。

四人は河港の小さな明かりをめざして、苦労して小舟を進めた。

河にはところどころに浅瀬があり、岩がつき出ていた。

河港までもう少しというところで、シュハイ将軍は小舟を岸に寄せさせた。

港の手前に小舟をつけて、上陸するつもりだった。

「待て」シュハイ将軍はささやいた。「前方に何かあるぞ」

みんなは漕ぐのをやめて、息を殺した。

水が吸いこまれるゴボゴボという音が伝わってきた。

ギイギイという、何かがきしむ音も聞こえた。稲妻が光り、河を照らした。

「なんと、船だ」タオは言った。「大船が岩に乗り上げ、横だおしになっているぞ。ヘボな舵取りめ。港を目の前にして乗り上げるとは」

難破した船はムザンに鋭い岩に引き裂かれていた。

帆柱は二本とも折れていた。ゴボゴボというのは船腹に開いた大きな穴に水が吸いこまれる音で、ギイギイというのはこわれた船体がきしむ音だった。

四人の小舟はその横を通りすぎた。

とつぜん、シュハイ将軍のカイがバシャンとしぶきを立てた。

「ザオ・ガオめ。このむくいはかならず受けさせてやるぞ」

シュハイ将軍は歯ぎしりして言った。「これは、わたしの赤龍丸だ」

稲妻が走り、岩に横だおしになった大船を照らし出した。

折れた船首で、赤い龍がションボリうなだれていた。


河港近くで四人は小舟を下り、舟を岸におし上げた。

「レンを連れてくるから、ここで待っていてくれ」

シュハイ将軍はささやき、ランプを服の下にかくして闇に消えた。

雨が降りつづいていた。

真っ暗な河から、赤龍丸がきしむ音がたえず聞こえてきた。

まるで船がくやしがって歯ぎしりしているみたいだ、とヤンは思った。

「ザオ・ガオは死んだかも知れないな」タオは言った。「赤龍丸のあのひどいようすを見れば
……いや、でも……」残念そうに首をふると、「毛なしミミズのことだ。しぶとく生き残って、

今ごろはホイチの地方長官に、ああしろ、こうしろ、とワガママ言っている、というのが当たっていそうだな」

「秦に港はたくさんあるというのに、よりによってこのホイチに来るとはね」

ティエンはため息をついた。「いっそのこと、ホイチの長官のところに出かけて行き、ザオ・ガオが赤龍丸をぬすんだ上、コワした、と言いつけたら、どうなるでしょうかね」

「長官はひとまずおれたちを牢に入れ、その後ザオに命じられて、おれたち全員を殺して口をふさぐだろうな」

「まあ、そんなところでしょうね」少し考えてから、ティエンは賛成した。

足音が近づき、みんなは腰の短剣に手をやった。

「わたしだ」シュハイ将軍は言い、連れてきた正直そうな男をみんなに紹介した。

「数々の戦で生死を共にした部下のレンだ。このレンの話では、赤龍丸とザオ・ガオは一週間前にホイチに着いている。着いたというより、乗り上げた、というべきかな。レンによると、船がここまでたどりついたのがキセキみたいなもんで、その日はたしかに風は吹いていたが、あっちへフラフラこっちにフラフラしたあげく、当たり前のようにあの岩に乗り上げた。乗組員数人がおぼれ死んだが、ザオ・ガオは悪運強く助かり、今は地方長官の屋敷の一番いい部屋にふんぞりかえり、みんなから死ぬほどキラわれているそうだ」

「あの宦官がホイチにいすわっているのは、始皇帝がまたもや視察旅行に出発し、お気に入りのランヤの離宮を訪ねるとちゅう、ここに寄るからです」レンが説明した。

「ザオ・ガオはそれを待ち、始皇帝に合流するつもりでいるんです。ホイチの長官は始皇帝が来ると知って大あわてで、今は港や町は警備の兵隊でいっぱいです。ですから、みなさんはよほど用心しなくてはいけません」

「始皇帝がランヤに行くのは、九月の満月の夜に離宮にいるつもりだからだろう」

タオは暗い声で言った。「ということは、ホアン将軍とリーホワ奥さまもご一緒ということだ。シュイ・フーの若君がその日までに不老不死の薬を持ち帰らなければ、お二人は死後の世界の使者にされてしまうのだ」

レンはキョトンとして聞いた。「〈死後の世界の使者〉とは何ですか」

「話しても、あなたにはとても信じられないでしょうね」タオは答えた。

二一　ヤンの逮捕と脱獄

四人はレンが用意した河港近くのかくれ家に入った。

シュハイ将軍とタオ、ティエン、レンは、これからどうすべきか相談を始めた。

その間にヤンはみんなにだまって家を抜け出し、ホイチの町を見物することにした。

後になって分かるように、それは本当におろかな、してはならない行動だった。

港は兵隊であふれていたが、商人たちのすがたも目立った。

河港には軍船だけではなく、貿易船がひしめいている。

ナンリン〈南嶺〉山脈の南から、海路、陸路で運ばれる象牙やサイの角、香木、ヒスイなどの買いつけに、各地から商人たちが集まっているのだ。

旅館が立ちならび、さらにもっと大きな旅館が建築中だった。

かつてこの地方を支配していた王たちが掘らせた運河が網の目のように四方にのび、穀物や商品をつんだ河舟がいそがしく行き交っていた。

ヤンはにぎやかな港のまわりを、目立たないように気をつけて歩いた。

ズラリとならんだ料理屋からは長江名物の鯉を油で揚げたり、ブタ肉を蒸したりするおいしそうな匂いがただよい、通りを人々がハナをヒクヒクさせて歩いていた。

居酒屋では、商人たちが昼間から酒を飲んでいる。

大きな通りからせまい路地に入ると、後ろからつけてきた足音が急にヤンの前に回り、片耳がちぎれた男が立ちふさがった。

「小僧、やはり、おまえだったか」ウーはニクニクしげにどなった。

「まさかと思ったが、後ろすがたがあんまり似ているんで……」

ヤンは、相手が言い終わるのを待たなかった。

ウーをつきとばして逃げ出したとたん、子分らしい男が両手を広げてさえぎった。

「やい、親不孝者め」男はヤンをおさえて、わめいた。「父ちゃんから逃げようなんて、悪いガキだぞ」

「父ちゃんなもんか」ヤンはもがいて叫んだ。「助けて。強盗だ」

「実の父ちゃんに向かって、何んてこと言いやがる」

路地をのぞきこんだ人々に聞こえるように、ウーは声を張り上げた。

「さ、帰ろう。母ちゃんが心配してら」

それで人々は散ってしまった。

二人の悪党はヤンを路地の奥に連れて行き、金目のものがないか服をさぐった。

幸いなことに、彼らはシュエホンの貝のお守りには興味を示さなかった。

「この小僧、まるでイヤがらせみたいに何も持ってねえや」とボヤいたウーは、「そうだ、小僧をザオ・ガオに引きわたそう」と言い出した。

「ザオ・ガオはきっと喜ぶぜ。おれたちに、ほうびをくれるかもしんねえぞ」

「毛なしミミズは元気にしてるかい」ビクビクしているのをかくして、ヤンは聞いた。ウーが強盗をするまで落ちぶれ、おまけにご主人さまを呼びすてにしたところを見ると、金をぬすんで逃げたとか、人には話せないようなマズイことがあったに決まっている。

「ザオ・ガオとは別れたのよ」思ったとおり、ウーは言った。「いろいろと意見の違いがあってな。それで、おれは言ったんだ。お別れしましょう、きれいにね、って」

ヤンはホイチの地方長官の屋敷に引っぱって行かれた。

瓦ぶきに朱ぬりの立派な地方長官の屋敷が見えてきた。屋敷の前の広場では市が開かれ、大勢の買物客が山のように積まれた肉や野菜の間を歩いていた。

足をしばられて転がされたブタやニワトリがやかましく鳴きわめいている。

ヤンは負けずに大声でわめきたてた。「どうして、ぼくを長官のところに連れて行くんだよ。何も悪いことなどしていないのに」

「なんて声、出しやがる」ウーは腹を立て、ヤンをこづいた。

「痛い！　はなせよ。ぼくは地方長官のところなんかに行きたくない」

人々はおどろいて見ていた。このさわぎが、タオたちに伝わればいいのだが。

何よりヤンが恐れたのは、長官の屋敷でザオ・ガオと顔を合わせることだった。

しかし、運よくザオ・ガオは留守にしていた。

運河の船旅を楽しみながらホイチに近づきつつある始皇帝一行をむかえようと、二日前に出かけたのだ。

自分もむかえに出て始皇帝のゴキゲンを取りたかった地方長官は、ザオ・ガオにおいてきぼりにされたのでムクれていた。

長官がこわい顔をしているのを見て、これまで人に知られたくない悪いことを散々やってきたウーはすっかりアガッてしまった。

ウーはこれまでのいきさつを、つっかえつっかえ、こんなふうに説明した。

「この小僧は、あのチェン・ハイポーの息子なんでさ。で、チェン・ハイポーって野郎は、始皇帝さまをだましたあのシュイ・フーもマッサオっていうサギ師野郎だ。不老不死の薬を持ち帰る、と始皇帝さまをだまして海に出るとすぐ、チェンのやつ、この小僧を自分の船からザオ・ガオさまの船に乗りうつらせたんですぜ。なぜだと思います？　目付役のザオさまがジャマなもんで、小僧に始末させて船を乗っ取ろうと考えたんでさ。え、なんです？　この小僧が本当にそれをやったか、ですって？　ヘッ、小僧、やらかしましたぜ。でっかい塩マンジュウをザオさまに食わして殺そうとしたんだ。あんときは、おれもトバッチリを食ってエラい目に遭ったよ。そこでザオさまは毒殺を恐れて、小僧と小僧に味方したシュハイ将軍たちをどこかの陸地に置き去りにしたってわけだ。小僧がどうやってもどってこられたかはしんねえが、とにかくおれは見つけてお役所につき出した、と、早く言えばこういうことなんでして」

地方長官は、ウーの話をあまり信用しなかった。

こんな少年が毒を盛ったり船を乗っ取ったりするなど、考えられなかったからだ。

しかし、長官はチェン・ハイポーのことならイヤというほど聞かされていた。

なぜなら始皇帝は全国の地方長官たちに、〈チェン・ハイポーを見かけたらただちに逮捕し、報告するように〉ときびしく命じていた。

そのチェン・ハイポーの息子が連れてこられたのだから、長官は自分でじきじきにヤンを取り調べることにしたのだ。

「ウーとやら。それでこの子の父親、チェン・ハイポーは今どこにおるのだ」

「それこそ、この小僧に聞いてくだせえ」ウーは答えた。「聞き出すには、チョッピリ痛い目に遭わさなきゃならんでしょうな。何しろ、たいした悪ガキでして……」

ここぞとばかり、ウーはヤンの悪口を並べたてた。

ヤンは聞いていなかった。

地方長官の質問に対して、〈答えてもいい本当のこと、答えてはまずい本当のこと〉を分けるのにいそがしかったからだ。

結局、〈答えてもいい本当のこと〉は、何もないことが分かった。

長官に何か言いたいことはあるかと聞かれて、ヤンは言った。

「まず、ウーがウソつきということを言いたいです。大体、塩マンジュウで人を殺すなんて、だれが考えるでしょうか」

これはみんなが不思議に思っていたことなので、長官だけでなく書記や衛兵まで、そこにいた全員がうなずいた。

「だからザオが毒殺を恐れてシュハイ将軍やぼくを置き去りにした、というのもデタラメです。ザオとウーは赤龍丸をぬすんだのです。そして、赤龍丸はシュハイ将軍の持ち物ではありません。それは始皇帝さまがシュハイ将軍にあずけられた船です。だからザオとウーの二人は、始皇帝さまの船をぬすんだことになります。しかもその大切な船を、彼らは岩にぶつけてこわしてしまったのです」

ヤンが話している間、ウーは何とか平気な顔をしようとしていた。でも子分のほうはそうはいかなかった。

この男はホイチの河港をうろついて人々に金をネダったりコソ泥を働いたりしてその日暮らしを送っていたが、港で出会ったウーの子分になったのが運のツキだった。

ヤンを役所に突き出せば金になる、と言われノコノコついてきたのはいいが、ウーが始皇帝の船をぬすんだと聞かされ、ふるえが止まらなくなった。

こんな男の子分と見られただけでカマユデだ、と思ったとたん頭が真っ白になり、ワッと叫んで逃げ出した。

たちまち取り押さえられ、こうなればウーも無事にすむわけもなく、二人とも牢獄に入れられることになった。

ウーたちが大さわぎをしながら連れていかれると、長官はいかめしくヤンに言った。

「これ、ヤンとやら。ウーはとんだ悪党だったが、それは別として、おまえは父親のチェン・ハイポーの居所を知っていると、わしはにらんでおるんだ。チェン・ハイポーは今どこにおるのだ？　かくすと、痛い目に遭うぞ」

「かくしてなんかいません。嵐で父の青龍丸とはぐれた後、父が生きているかさえ分かっていないのです」

「では、おまえはザオ・ガオ殿に置き去りにされた後、どうやってもどってきたのだ」

「運良く通りかかった船に助けてもらったのです」

「それはどういう船か？」

「さあ……軍船ではありません。たぶん、貿易船です」

ヤンはいそがしく頭を働かせた。「たぶん、というのは、ぼくにはその船の人たちが話している言葉がまるで分からなかったからです」

「では、外国の船だったと申すのか」

「そう、外国の船です。みんな、変わった顔をしていましたから」

「変わった顔とは、どういうふうにだ」

ヤンはグッとつまった。変わった顔って、どういうんだろう?

「たとえば……耳が後ろ向きについているんです」

後ろ向きについているのが、顔、では信じてもらえまいが、耳、ならありそうなことと思ってくれるかも知れない。

「だからその人たちに話しかけるときは、後ろからしなければいけないんです」

地方長官はじっとヤンを見た。

海の向こうにどんな国があるか、また、そこにはどんな怪物が住んでいるか、ほとんど知られていないこの時代だが、それでも地方長官はなんとなくムシャクシャした。

「では、おまえを助けた外国船はいつホイチの河港に入港したのか」

「ええと……たしか三日ぐらい前です」

「河港に入る船はかならず記録されることになっておる」

耳が後ろ向きについているのが本当かウソかでやりあうより、このほうがずっといい、と思いながら、地方長官はゆっくり自分の中で怒りを高めていった。

「だが、この七日間、ホイチの河港に外国船が入った記録はまったくない。ええい、オカミを恐れぬウソツキ小僧め！」

うまく怒りを爆発させて、地方長官はスックと立ち上がった。

「衛兵ども、この小僧をひっとらえ牢にぶちこめ」


牢獄に入れられるのは首都のシエンヤンにつづいて二度目だが、ホイチの牢獄はシエンヤンとくらべるとずっと落ちる、とヤンは思った。

なぜなら牢獄の中を引っ張っていかれるとちゅう、ある独房からすすり泣きがまじったこんな声が聞こえてきたからだ。

「お願いです。どなたでもいいですから、河港で食堂をやっているヤーピンさんに、あわれなズオ・コードオが牢獄で食べ物のさし入れを待っている、と伝えて下さい。河港の入口で食堂を開いているヤーピンさんです。お願いです。忘れずに伝えて。そうでないと、わたしは……」

ヤンはその先は聞きそこねたが、ズオ・コードオという人の言い方だと、ひょっとしてこの牢獄では囚人に食事を出さないのでは、と心配になった。

独房に入れられると、ヤンは床に敷いてあるワラに横になり、助かる方法を考えた。

何も考えられないうちに、眠ってしまった。

目をさましたとたん、お腹がすいた、と思った。

一度、どこかの独房の扉がドカンと閉められる音が聞こえてきた。

だが、それだけで終わった。

一時間後、今度はカギ束をガチャガチャ鳴らして通路を歩いてくる足音が聞こえた。

でも、それもとちゅうで消えてしまった。

だれも食事を運んでこなかった。

ヤンはお腹をすかしたまま眠り、こんな夢を見た。

河港の食堂の主人、ヤーピンさんは太って、イジワルそうな顔をしていた。

店はお客で満員だ。ズラリとならんだ大きなお釜からモウモウと湯気が立ち、ヤーピンさんは手にヒシャクを持ち、お釜の中をのぞきながら歩き回っていた。

ヤンがいくら声をかけても、知らん顔でいる。

ヤンは思いきって、後ろからヤーピンさんの服のすそを引っ張った。

ヤーピンさんはこわい顔をしてふり返った。「なんだ?」

「ズオ・コードオさんが、あなたのさし入れを待っているよ」

「だれだ。そいつは?」

「牢屋に入れられて、さし入れを待っているズオ・コードオさんだよ」

「だから、そのズオ・コードオというのはだれなんだ」

「知らないの？　ズオ・コードオさんを」

「聞いたこともない」ヤーピンさんは客をふり向いてどなった。「おい、だれかズオ・コードオというやつを知っているか」

みんなは首をふった。

「だれも知らないとよ。そんなやつは」

じゃあ、ズオ・コードオさんはどうなっちゃうんだ？

ヤンはビッショリ汗をかいて目をさました。

ズオ・コードオさんに負けないぐらいお腹がすいていた。

「おい、ヤン、聞こえるか」

かべがたたかれ、タオの声が話しかけた。

「タオ！　タオなの？」

「そうだ。この悪ガキめ。おれたちをさんざん心配させた罰にメシ抜きにしたっていいんだが、もうすぐ牢番が食事を運んでくるぞ」

「でも、どうしてぼくがここにいると……」

「その話は後だ。まずメシだ」

たまらなくおいしそうなスープの匂いが、足音とともに近づいてきた。

牢番が食事の出し入れ口を開けた。

「坊ちゃんには、りっぱなお友達がついてなさる」牢番は愛想よく言った。「そうと分かったからには、この先、食事の不自由はおかけしませんぜ」

牢番が運んできたのは、ブタ肉と貝がいっぱい入った熱いスープだった。

ヤンは夢中で食べ始めた。

「こう見えても、おれは正直な男でさ」牢番は言った。「だから、もらった分は毎日きちんと運ぶようにしますぜ。金が切れたときは、切れたときのこととしてね」

「せいぜい、切らさないようにするさ」タオの声が言った。

「そう願いたいもので」牢番は立ち去ろうとした。

「待って」ヤンは呼び止めた。「ズオ・コードオという人はどうなった？」

「ズオ・コードオ？　ああ、あの男は運がなかったな」牢番は答えた。「大体このホイチに知り合いが一人もいなけりゃ、助かりようもありませんや」

「でも、ヤーピンさんが……」

「ヤーピンはあの男が港に着いて真っ先に入った食堂の主人、というだけのことさね。そりゃ金さえ払えば、ヤーピンはだれにでも食べさせる。だけど食い逃げしてつかまったズオみたいなやつに、ヤーピンはさし入れなどしませんや。あたりまえの話だが」

「じゃあ、ズオという人は……」ヤンの声はふるえた。「うえ死にしたの？」

「それまで待たずに、首をつったよ。つい先ほどだったな」

牢番は立ち去った。

「おい、ヤン。ちゃんと食べているか」タオが聞いた。

「うん、タオはどうやってここに来たの」

「おまえがいなくなったんで、そこら中をさがして回ったんだ。そうしたら今朝になって、子供が大サワギしながら長官の屋敷に引っ張って行かれるのを見た、という人があらわれた。調べると、おまえがここの牢に入れられたことが分かった。おれはまず腹ごしらえをしようと、河港の食堂に行ったよ。ぐうぜんだが、そこは今の話しに出たヤーピンの食堂だった。なかなかいい食堂で、おれは三人前食べた。それからヤーピンを呼んだ。性格が悪そうで、おれと同じくらいデカい男だった。料理はうまかったが金はないと言うと、ヤーピンはいきなりおれをぶんなぐった。おれは三発までガマンしたよ。三人前、食べたことだしな。ところが、ヤーピンはまだなぐろうとする。だから一発だけお返しした。ヤーピンはハデに引っくり返って目を回した。おれはそのまま役所に行って役人に金をにぎらせ、食い逃げをしたから、ヤンのとなりの牢屋に入れてくれ、とたのんだ。ついでに牢番にも金をわたして、ひとつよろしく、とアイサツしておいたんだ」

「では、これからどうするの」

「もちろん、逃げるのさ」

牢番が次の食事を運んでくると、タオは身体が冷えるから何か布団がわりになるものをさがしてきて、とたのんだ。

牢番が空の米ふくろを持ってくると、タオは格子の間からおしこむように言った。

牢番がそうすると、タオは大きな手で彼の首をつかんでグイと引き寄せた。

「おまえさんは親切な男だ」タオは静かに言った。「親切ついでに、さわがないと約束してくれるか」

「親切、とほめといて、こんなことをするんですかい」牢番はふくれ顔で答えた。

タオは彼からカギ束を取り上げると、かわりに牢の中に入れて帯でしばり上げた。

それからヤンの牢を開けて、米ふくろに入るように言った。

立ち去る前、タオは牢番を見下ろして言った。「たぶん、おまえさんは親切な男なんだろうよ。だが、おれが思うに、ここだって他の牢屋と同じように、食事ぐらいは出すはずだぜ。金なんか払わなくてもさ」

返事は特にはいらないらしく、タオは何か答えかけた牢番の口にボロ布をつっこんだ。それからヤンがもぐりこんだふくろを軽々とかつぎ上げて、出口に向かった。

出口には兵隊たちがいたが、タオはふくろをヒョイとかつぎなおして顔をかくし通りすぎた。

運河ぞいにブラブラ歩き、人通りのないところでふくろを下ろしてヤンを出した。

シュハイ将軍とティエンは、レンがやとってくれた河舟の中で待っていた。

ヤンは二人に心からあやまり、許してもらった。

「ヤンの脱獄はホイチの長官に報告がいき、ザオ・ガオにも伝わるだろう」シュハイ将軍は船頭に聞こえないように声をひそめて言った。「そこでザオはわたしたちが帰国したことを知り、わたしが始皇帝に会うのをジャマしようとするはずだ。だから、あいつに見つかる前に始皇帝に会わなければならない」

「始皇帝はこの運河を下ってホイチに来ることになっているそうです」タオは言った。「だから、このまま運河をさかのぼれば、始皇帝一行に出会えるはず。後のことはそのときに考えるとして、まずはここをはなれましょう」

船頭は長いサオを使って河舟を運河の真ん中に出し、帆を上げた。

ホイチの町が遠ざかるとヤンは安心して舟べりに座り、のんびり景色を見物した。

両岸には畑がつづいていた。ときどき小さな村が見えたが、どの村からも人のすがたは消えていた。

「始皇帝が来ると聞いて、かくれたな」タオはつぶやいた。「こういうのを見ると、始皇帝は何が楽しくて視察旅行をくり返すのか、ふしぎになるよ」

雲間から日がさしていた。ヤンはシュエホンのお守りを出して、日にかざした。

貝ガラはボオと桃色にすきとおった。

それはシュエホンの耳たぶにそっくりだった。

あたたかく血のかよったシュエホンの可愛らしい耳たぶに。

三日目の夕方、前方に長い土煙が上がっているのが見えた。

「やれやれ、来たか」シュハイ将軍は言った。

「あれは始皇帝と護衛の軍隊だ」

二二　始皇帝との再会

夕日にキラッキラッと武器が光った。
「始皇帝を護衛する軍隊の先ぶれだろう。本隊が後につづいているはずだ」
シュハイ将軍がそう言うと、船頭はこわがり、河舟を進めるのをイヤがった。
シュハイ将軍はとりあえず舟をアシの茂みに入れさせた。
日が落ちるのを待ち、始皇帝一行にまぎれこむつもりだった。
やがて、静かな運河の両岸が地ひびきを立てはじめた。
それは、これまでヤンが聞いたこともない音だ。
両岸を進む何万という軍馬のひづめや、戦車の車輪、武具がふれあう音。
大地がゆれ始め、運河に水の輪が広がる。
秦帝国の黒旗がひるがえり、兵士たちのよろい、かぶとが土煙に見えかくれする。

さらに遠くから、異様な音が聞こえはじめた。

ありったけの力で吹かれるラッパと、打ち鳴らされるドラのひびき。

そして運河をうめつくして、船の長い行列がこちらに向かってきた。

一番大きな船には金ぱくがぬられ、夕日にまばゆく輝いていた。始皇帝の船だ。

船頭はガタガタふるえていた。「岸に上がって逃げましょう。兵隊たちに見られたら、何をされるか分からないよ」

「逃げたりしたら、かえってアヤしまれるぞ」タオはなだめた。「おれたちは何も悪いことなどしていない。だから、ここにいればいいんだ」

「おれは逃げるよ」

タオが止める間もなく、船頭は岸に上がって走り出した。

「ああ、かわいそうな男だ」タオはため息をついた。

船頭は遠くに見える林に向かって必死に走っていた。

もう少しで林に着くというとき、騎兵たちが馬を走らせ追跡をはじめた。

みるみる距離をちぢめていく。騎兵たちはいっせいに剣を抜いた。

「ヤン、見るんじゃないぞ」タオは言った。

かぼそい悲鳴が伝わってきた。

しばらくすると、ひづめの音が河舟に近づいてきた。

ヤンはこわくなり、舟底にぴったり身をふせた。

「おい、おまえたち、上がってこい」

顔を上げると、馬にまたがった騎兵たちが河岸から見下ろしていた。

隊長らしい男が下げた抜き身の剣は、血でよごれている。

「なんてこった」タオは隊長に向かって言った。「あんたが殺したかわいそうな男は、ホイチ郡でも一番正直者の船頭でしたぜ」

「いいから上がってこい」隊長はくり返した。

「しょうがない。上がってやるか」

タオは岸に上がり、ヤンに手を貸そうとして身をかがめた。

隊長はスッとタオに馬を寄せ、剣をふりかざした。

「やめろ。わたしは始皇帝陛下におつかえするシュハイ将軍だ」将軍は叫んだ。

「同じく陛下におつかえする上級士官のティエン」ティエンも叫ぶ。

「そして、ぼくは陛下の使者、チェン・ハイポーの息子だ」

ヤンは負けずに声を張り上げた。「ぼくたちは陛下に報告することがあり、これからお訪ねするところだ」

「なるほど。どの名前にも聞きおぼえがあるし、小僧の顔には見おぼえがある」

隊長はエラそうに言うと、血で汚れた剣をぬぐいサヤにおさめた。

「では、陛下のところに連れて行ってやろう。だが、いっそここで殺されたほうがよかった、と後悔することになるかもな」

日が落ちるのを前に、兵隊たちが天幕を張りはじめていた。

四人は何千もある天幕の間を通って連れて行かれた。

始皇帝の巨船はお供の高官たちの船にかこまれて、イカリを下ろしたところだった。

今では勇ましいラッパに代わり、静かな弦の音曲が演奏されていた。

「こいつらを見張っていろ」隊長は部下に命じると馬のたづなをあずけ、岸に一番近い船に飛び乗った。まっすぐ船体を横ぎり、次の船に飛び乗った。

こうした動きを何度かくり返して隊長は始皇帝の船に着き、そこにいた高官らしい男にウヤウヤしく話しかけた。

やがて、同じようにしてもどってきた。

「陛下がお会いになるそうだ」隊長は言った。「だからといって、おまえたち、歓迎されているなどと思うなよ」

四人は兵士たちにかこまれて、ピョンピョン船から船へと飛びうつって進んだ。

そのようすがおかしいらしく、それぞれの船で夕食のしたくをしていた料理人たちが手を休めて笑いながら見物していた。

最後に始皇帝の船に飛びうつったとき、タオはよろめいたふりをして大きな身体を隊長にぶつけた。隊長は両手をバタバタさせて運河に落ちていった。

「なんてこった、隊長さん」タオは身を乗り出し、アップアップと水をはねかえしている隊長に向かって、さも心配そうに話しかけた。「まさかあんたが泳ぎがダメとは、これっぽっちも思っていませんでしたぜ」

船の真ん中に張られた天幕から立派な服の高官が出てきて、さわぎには目もくれずに言った。

「急げ。陛下がお待ちかねだ」

この高官は、宰相のリー・スー〈李斯〉だった。

護衛兵たちが武器を持っていないか四人を調べてから、天幕に通した。

天幕の中はランヤの離宮でヤンが見たのと同じように太陽と月と北極星が描かれ、玉座には始皇帝のすがたをかくす薄いたれ幕がかけられていた。

「なんと、ヤン。しばらく見ないうちにズンと背がのびたようだな」

たれ幕の奥から、始皇帝は声をかけた。だが、その声はヤンが最初に聞いたときにくらべても、もっと弱々しくなっていた。「ヤン、まず答えよ。おまえの父、チェン・ハイポーが約束した不老不死の霊薬はどうなったのだ」

「父はおくれて帰国しますが、お約束の霊薬は、九月の満月の夜までにかならず持ち帰る、と陛下にお伝えしろ。そう、父に命じられ、ぼくらは一足早く帰国しました」

たれ幕の奥から返事がないので、ヤンは不安になった。

それでも、ヤンは思いきって質問した。「陛下。ホァン・カイ将軍ご夫妻はこの視察に加えられているのでしょうか」

「この船行列のどこかにいるはず」始皇帝はそっけなく答えた。「夫婦二人して、皇帝の名誉ある使者をつとめる満月の夜を心待ちにしていよう。ところで、シュハイ将軍」

始皇帝の声に怒りがあらわれた。「ザオ・ガオがおまえを非難しているぞ。おまえはチェン・ハイポーが逃亡するのを見のがした上、反乱までくわだてたそうだな。そこでザオ・ガオは仕方なくおまえを仲間と共に船から下ろしたというが、それはまことか」

「どうか、陛下」シュハイ将軍は堂々と答えた。「宦官とわたしのどちらが正しいか、対決させていただきたい、と願います。そもそもチェン・ハイポーは逃亡などしていません。今ヤンが申し上げたとおり、陛下にお約束した期日までにかならず帰国するという言葉を、わたしもチェン本人から聞いております。また、反乱とはまったくのウソ。未知の海の航海に憶病風に吹かれたザオ・ガオが、卑きょうにもわたしたちが上陸したすきに船ごと逃げた、というのが本当のところです。陛下、重ねてお願いします。宦官をここに呼び、わたしと対決するようにお命じください」

「あいにく宦官殿は熱を出し、どこかの船でウンウンうなっている最中ですよ」

宰相のリー・スーがわきから言った。「なんでも乗っていた船が岩にぶつかり沈没し、ザオ殿は飲みたくもないドロ水をイヤというほど飲んだようですな。それからずっと体調が悪いようです。ホイチの長官屋敷でおとなしく休んでいればいいものを、陛下のお顔を早くおがみたい一心で、ムリをしてお迎えにかけつけたのが悪かったのでしょう。わたしとしても、宦官殿か将軍殿か、正しいのはどちらか、早く知りたいところですがね」

「リー・スー。正しいのはどちら、ではないぞ。正しいのを、どちらにするか、だ」

始皇帝は言い、宰相はおそれ入りましたというように深々と頭をさげた。

始皇帝のゴキゲンを取ることにかけては、リー・スーもザオ・ガオといい勝負だった。

「いずれにせよ、九月の満月の夜がせまっている」始皇帝はつづけた。「国一番の星占い師が毎夜、月の動きを読み、死後の世界へ出発するのはこの夜しかない、と報告しているのだ。だから期日を変えることはない。今、その占い師を外に待たせている。おまえたちとは後日また話をする。下がってよろしい」

「ジイさん、ボケてしまったかな」

天幕を出ると、タオはイマイマしそうに舌打ちした。「何が何でもホァン将軍とリーホワ奥さまを、ヘンテコな使者にしたいらしいや」

「始皇帝は、自分の時間が残されていないことが分かっているのだ」

シュハイ将軍は言った。「声を聞いただけで、あの人がどれほど弱っているか分かる。不死の霊薬はもう間に合わない。だからこそ、始皇帝はアヤしげな使者などにこだわっているのだ。六国をほろぼし大勢を殺してきた人だが、天下を統一し平和をもたらした英雄でもある。その英雄が、あるかどうかも分からない薬ほしさに、いるかどうかも分からない仙人に使者を送る。かと思えば、今度は死後の世界とやらに使者を送り、ようすをさぐろうとする。こんなバカな話を聞かされるのは、もうウンザリだ」

天幕からリー・スーが出てきて、衛兵たちに何か命じた。

すぐに衛兵たちは、ひどくおびえているシワクチャの老人を連れてきて天幕に入れた。

「例の星占いの先生ですよ」ティエンはささやいた。「たぶん、ホァン将軍ご夫妻が、〈死後の世界〉に出発する日を確認するために呼ばれたのでしょう」

「そんなところに行かせ、見聞きしたことをもどって報告しろと言うなら……」

シュハイ将軍はため息まじりにつぶやいた。「少なくてもホァン将軍ご夫妻は、目をつぶされたり足を切られたりする心配はしなくていい、ということだな」

「こういうときは、ふつうは毒が使われるのです」

ティエンは陰気なようすで教えた。「使者は毒酒を飲んで死に……いや、死後の世界に出発します。満月の夜が選ばれるのは、使者の肉体をはなれた霊魂が海に伸びる満月の光道をたどって死後の世界を目指すからです。以前は出発の前に盛大な送別会が行われたものです。陛下も高官も全員出席し、すばらしい食事と酒が出て楽器が演奏され、それはにぎやかなものでした。ところがそういう会は、あるときから中止になってしまいました」

「どうして？」みんなは口をそろえた。

「そのときの使者は二人いたのです。一人はブタ肉の目方を何年もごまかして売っていた肉屋で、もう一人は旅券を持たない旅人をこっそり泊めていた宿屋の主人です。二人とも重罪ですが、陛下の使者ということで立派な服を着せられ、腹いっぱい食べて飲んでゴキゲンでした。ところが、いざ毒酒を飲むときになると、二人とも死後の世界などに行きたくない、とさわぎ出したのです。肉屋の男など、〈帰り道も教えないで、もどって報告しろとは、おまえらアホか〉とわめいたりしたので、陛下は兵士たちに命じて、その場で二人を殺させておしまいになりました。それから送別会はなくなったのです」

ヤンは聞いた。「死後の世界からの帰り道なんて、一体だれが知っているんだろう。タオは知っている？」

「そんなの知るかい。シュハイ将軍、あなたは？」

「全然、知らない。ティエンはどうだ」

「知りませんよ。そんな道を知っている人は、この世には一人もいないと思います」

星占い師を送って、リー・スーが天幕から出てきた。

占い師がいなくなるとすぐ、ヤンはリー・スーにつめ寄った。

「あの占いの先生はちゃんとした人なんですか」

「そりゃもう……」宰相は口の中でムニャムニャ言った。

「そんなことより、これから陛下のご命令を伝えるから、そのつもりで聞くように。この先ヤンをのぞく全員は別の船にうつり、船室にはカギがかけられる。陛下は約束の満月の夜にチェン・ハイポーがもどらなければ、死後の世界へ行く使者をこれまでのホァン将軍夫妻からさらにふやすおつもりだ。チェン・ハイポーに同行したティエンとタオ。おまえたちがその使者に加えられる」

ティエンはうつむいた。

しかし、タオは平然と言った。「喜んで、将軍ご夫妻の案内役をつとめよう。帰り道のことは知らないが、行き道のことなら、よく知っているぞ」

「シュハイ将軍も、同じく使者に加えられる」リー・スーは聞こえなかったふりをしてつづけた。「陛下がザオ・ガオ殿のうったえをすべて信じられたわけではないが、将軍がお目付役のザオ殿と争ったことは許せない、と考えられたのだ」

シュハイ将軍は顔色ひとつ変えずにうなずいた。

「ホイチ視察の後は、船から馬車に乗りかえランヤの離宮に向かうが、ヤンをのぞいた他の者たちは馬車から出るのは禁じられる」

さすがにここで、リー・スーは言い訳をした。「これは陛下の大切な使者たちの身を守ることでもあるので、そのように受け取ってもらいたい」

「ぼくもみんなと一緒に使者にしてください」

やっと声が出るようになると、ヤンは言った。

「ダメだ」宰相は首をふった。

「陛下は視察の旅の間、おまえを話し相手に、と望んでおられる」

二三　毒味役のむすめ

始皇帝の船の行列は最初の視察地、ホイチ〈会稽〉をめざして運河を下った。

行列はとほうもなく長く、先頭の船がホイチの港に入っても、一番後ろの船はまだ一日おくれのところをウロウロしていた。

船旅の間、ヤンは始皇帝の食卓に何度も呼ばれた。数え切れないほどたくさんの料理が出るゼイタクな食事だったが、ヤンは仲間たちのことが心配で食欲もなかったし、料理は調理場と食堂で何度も毒味がくり返され、食卓に運ばれるときには冷え切っていた。

しかし始皇帝はそんなことはどうでもいいというように、料理にはほとんど口もつけずに下げさせるのだった。

あるとき、始皇帝は言った。「ヤン、おぼえているか。ランヤの離宮で初めておまえに会ったとき、離宮の裏で犬どもに引き裂かれていた毒味役がいたな。あの男は長年にわたり皇帝の毒味役をつとめたユアン・ズンという医者だが後に無実と分かり、彼の幼いむすめは宮廷に引き取られ大事に育てられた。だがユアンのうらみは消えず、このところ毎夜のように皇帝の夢に出てくるようになった。そして告げるのだ。〈始皇帝よ。この先、あなたが食事を楽しむことは決してないだろう〉と。そのとおりになった」

ヤンは気の毒な毒味役のことは忘れていなかったが、それよりも始皇帝が、〈死後の世界〉をどう思っているか、を知りたかった。

つまり始皇帝が、〈死後の世界〉は存在する、と信じていなければ、そこに行かされるホァン将軍夫妻もシュハイ将軍もタオもティエンも、使者とは名ばかりのただの死刑囚と変わらないことになる。

ヤンの疑問に、始皇帝はこう答えた。「〈死後の世界〉のあるなしを知るものは、だれもおらぬ。だから、それを調べに行く使者の役目は重要で名誉あるもので、死刑囚とはまったく違う。そこでヤン、おまえはどう思うか。もし〈死後の世界〉がなければ、人は死ねばそれで終わりになるのか？　太陽、海、大地はこれからもありつづけるのに、人はせいぜい五〇年、それを見て終わるのか？　人とはそんなものか？　皇帝とはそのくらいのものでしかないのか？」

ヤンは考えたが、分からなかった。その代わりに、たった今思いついたことを言った。「そういうのを調べるには、ぼくの仲間たちよりも、毒味役のユアンさんのほうがずっと向いていると思います。ユアンさんなら、もうあっちの人なんですから」

「ダメだ」始皇帝は首をふった。「ユアンは毎晩夢でブツブツ言うが、それだけの男。生きているときから、気のきかぬグズであった」

始皇帝の巨船がホイチの河港に着くと、そこには何千という群集が集まっていた。始皇帝の乗り物が船から降りると、人々はいっせいに地面に頭をこすりつけた。

「偉大なる始皇帝陛下がこのような草深き田舎に立ち寄られましたことは、天空高くかがやく太陽が地べたのわれめを照らすがごとく、まことにマブしくもありがたいことでございます」

地方長官がつっかえつっかえ歓迎の言葉を述べ始めたが、かんじんの始皇帝は乗り物から顔を見せずに、長官の前をサッササと通りすぎた。

乗り物のわきにヤンがいるのを見て、長官は松ボックリがノドにつかえたみたいな顔になった。なぜなら彼は、ヤンの脱獄を始皇帝に知られたらどんな罰を受けるか、ずっとビクビクしていたからだ。

だが長官の不安は始皇帝がヤンを親しく乗り物に呼び寄せるのを見て、別の不安に変わった。あのナマイキな小僧は牢獄で食べ物もあたえられなかったことを、陛下に言いつけただろうか？

口をモゴモゴさせている長官の前を、ヤンはすました顔で通りすぎた。

その夜、地方長官公邸で、始皇帝を歓迎する大宴会が開かれた。

始皇帝のお気に入りの末っ子の胡亥を始め、宰相のリー・スーなど視察のお供をゆるされた高官たち、それに象牙や香木の取引でホイチに来ていた金持ちの商人たちも大勢招待されていた。

糸ミミズのようにやせ細ったザオ・ガオも出てきた。

宦官はシュハイ将軍とヤンを見るとコソコソはなれていき、宴会の間中、目立たないようにしていた。

たぶん始皇帝に何かキツイことを言われたんだろう、とヤンも将軍も思い、いずれ対決するときまでザオのことは構わないことにした。

この日のために鯉やウナギ、スッポンなどの川魚、タイやハタ、エビなどの海の幸、ウシ、ブタ、ヒツジなどの家畜が何十頭も料理され、酒もたっぷり出された。

食事の間、楽器の演奏、歌、踊り、曲芸などがつづけられた。

ヤンがガッカリしたことに、ホァン将軍とリーホワ夫人は招かれていなかった。

リー・スーにその理由を聞くと、〈死後の世界の使者〉は不吉な印象を人にあたえ、こういう宴会にはふさわしくないから、という答えだった。

そのくせシュハイ将軍、タオ、ティエンの三人は招待され、リー・スーは彼らをみんなに紹介するたびに、「この人たちは近く陛下の使者として、〈死後の世界〉に出発するのですよ」と説明したので、そこにいあわせた全員が三人の運命を知ってしまった。

もちろん三人が始皇帝に報告しにもどってくる、と信じる者は一人もいなかった。

宴会はあまり盛り上がらなかった。

始皇帝の玉座はいつものようにたれ幕でかくされていたが、それは始皇帝がすがたを見せるよりも、もっとみんなをビクビクさせた。

人々はザオ・ガオがアヒルの舌やブタのカスづけなどのめずらしい料理をたれ幕の中に運び、それが手つかずでもどされるのを息を殺して見守った。

陛下はゴキゲンが悪いのだろうか？

いや、それよりも最近ささやかれている、〈陛下が重い病気にかかっている〉というウワサは本当なのか？

宴会のとちゅう、ティエンは美しい娘をさして教えた。

「あの娘はフェイという名前で、陛下のご命令で毒薬の研究をしている、と評判になっているんだ」

ヤンは彼女があんまり若いのでおどろいた。

あんなに可愛い娘が、毒薬の研究とは。

「でも、フェイはそういう知識があるはずだ。フェイの父親は医者で、長年、陛下の毒味役をつとめていたのだから」

「え、本当なの」ヤンは思わず声を上げた。「じゃあ、その父親とは、あのユアン・ズンさんなんだね。陛下に斬られた毒味役の」

「シッ」ティエンはあわててまわりを見回した。「そんな大きな声、出すなよ。たしかに、あの娘さ。ところで宮中では、陛下が毒薬の研究をフェイにさせているのは……」ヤンの耳に口をよせて「いずれ、ご自分で使うため、と言っている者もいるんだ」

「そんなの、おかしいよ」ヤンは腹を立てた。「だって始皇帝は不老不死の薬を手にいれるために、フー兄さんを仙人の島に行く使者にしたんだよ。そして次には、こともあろうにきみたちを、〈死後の世界〉に行く使者にして、そこがどんなところか調べさせようとしている。それでいて、今度は自分用にコッソリ毒薬の研究をさせている、なんて、あんまり勝手で情けない話じゃないか」

「陛下が何を考えていられるかは、だれも分からない」ティエンは言った。

「でも陛下が、苦しまずに死ねる毒薬の研究をフェイに命じられたのは本当だ」

「まさか、その実験に……」ヤンは言いかけて、やめた。

ティエンは悲しげにほほえんだ。「そうさ。フェイが作る毒薬のききめは満月の夜、われわれ五人の使者にためされることになるだろうね」

ちょうどそのとき、フェイが二人の前を通りすぎた。髪を高く結って緑のヒスイのカンザシをさし、赤いメノウを連ねた首かざりをつけ、金糸で刺繍をした真紅の上着を着ていた。はなやかで、可愛らしかった。

通りすぎるとき、フェイはヤンを見てニッコリ笑いかけた。

とたんにヤンは、胸がしめつけられるような気がした。

「あんな小娘が毒薬の研究とはね」

ティエンに気がつかれないように、ヤンはできるだけ軽く言った。

「そばで見ると、まるで子供じゃないか」

「そうとも」ティエンは答えた。

「フェイは、まだ一三才だ」

二四　その人を殺すこともできる

ホイチの視察後、始皇帝一行は長江をわたり、船から馬車に乗りかえた。

黄海にそって、ランヤに北上する長い行列がつづいた。

旅の始まりから、ヤンは今度の視察旅行がかつて四人馬車に乗せられて首都のシエンヤンに向かったときと、何かがちがっていると感じた。

二日目になって、そのちがいが分かった。

静かだ。野犬どもの吠え声がしない。

視察の行列に常につきまとっていた野犬の群れがすがたを消している。

「犬を憎む者がいるのだ」

ヤンの疑問に始皇帝は答え、ヤンはすぐに毒味役の娘のことを思った。

フェイ。始皇帝の怒りに触れて斬られ、犬どもに引き裂かれた毒味役の娘。

荒々しい犬どもの吠え声にまじって聞こえてきた、あの悲痛な泣き声。

犬を憎む者……フェイのことだ。

「そこで今回の視察旅行では、残飯を出すことをきびしく禁じた。何日かすると、飢えた犬どもは共食いを始めた。一匹ずつすがたを消し、最後に一番強い犬が残った。この犬はほかの犬とは格が違い、抜けた存在だった。ほかの犬を食べつくし、丸々と太って元気一杯だった。だが、やがて、この犬も死んだ」

始皇帝は薄笑いを浮かべた。「飢え、ではない。恐怖が、この犬を殺したのだ。たぶん、自分に愛想をつかしたのだろう」

たしかに……と、ヤンは思った。自分を自分で憎むようになったなら、これ以上恐ろしいことはないかもしれない。

馬車の中では、始皇帝はヤンにすがたをかくそうとしなかった。

ヤンが質問すれば答えるが、自分から話すことはめったになく、口を開くのは主に頭がわれそうに痛むのをうったえるとき。あとはヤツれてますます山犬に似てきた顔を海に向け、無言でいることが多かった。

それでもよほど体調がいいときは、始皇帝はヤン相手に話した。

「初めて海を見たとき、ようやく皇帝と対等なものがあらわれた、と感じた」

ある日、馬車の窓に見えかくれする黄海に目をやりながら、始皇帝は言った。

「民どもは海を恐れている。海図もない未知のところゆえ、死の世界につながるものとして恐れているのだ。そこでヤン。地下宮殿でおまえに会ったときに交わした会話をおぼえているか？皇帝が、〈行き先も分からぬまま死ぬのは、海図もなしに船出するようなもの〉と言ったのに対し、おまえは生意気にも、〈海図はそこに行った者がいたから、作ることができた〉と答えた。いいか、ヤン。もしそうであれば、ホアン将軍、シュハイ将軍らが使者として死後の世界に行けば、そこの地図を作ることができる、ということではないか。おまえは将軍らを使者にするのをやめさせようとうるさく言うが、彼らが使命を果たしてもどってくれば、地図どころか、人間にとって最大の未知である〈死後の世界〉について、貴重な情報を得られるのだぞ。さらにおまえは、エラそうに、こうも言った。〈大帆にいっぱい風を受けて未知の海を航海し、それまでだれも行ったことのない土地に立つ。そのことに、何よりも喜びを感じる〉と。ならば、未知の世界に旅立つホアン、シュハイ将軍らも、そのような喜びを感じても不思議はあるまい」

「でも陛下、〈航海〉と、〈死後の世界に行くこと〉は、全然ちがうと思います」

始皇帝がこの二つを一緒にしていることにあきれて、ヤンは答えた。

「それから、ぼくが〈エラそうに〉言った、〈未知の海を航海をし、未知の陸地を発見する喜び……〉ですが、あれはぼくの言葉ではありません。他の人が話したことを、そのまま陛下にお伝えしたのです」

「そう、それをおまえに話したのは、シュイ・フーだ」

「ちがいます」少しヒヤリとしてヤンは言った。「ぼくにそれを話したのは、父のチェン・ハイポーです」

「ああ、そうであったな」

最近、始皇帝が物事をとりちがえて話すようになったことに、ヤンは気がついていた。ある日など、始皇帝は、「シュイ・フーは美しい男だったが、ネズミに食われてみにくくなった」と言った。

「いいえ、ネズミにかじられたのはシュイ・フーではなく、チェン・ハイポーです」

「ああ、そうであったか」

ヤンは不安になり、そっと始皇帝を見た。

「あの若者は仙人の住む島に行ったのだ」始皇帝はひとりごとのようにつづけた。

「仙人とその美しい娘が住む島に。彼はその娘に命を助けられた。シュイ・フーよ。勇敢な若者よ。おまえはいつ使者の役目を果たし、皇帝のもとにもどってくるのだ」

「でも陛下。仙人の島に行ったのも、ぼくの父です。シュイ・フーではありません」

「ああ、そうであったか」

始皇帝は海に目を向けたまま、つぶやいた。


「そいつはまずいな」

タオに会ったときにその話をすると、彼は心配した。「始皇帝がそんなに何度もシュイ・フーの若君とチェン・ハイポーを取りちがえたのは、本当にボケたか、ボケたふりをしておまえの反応を見ていたか、のどちらかだぞ。おれの目には、始皇帝はたしかに弱ってはいるが、頭はしっかりしているように見えたが」

「ぼくも最初は、始皇帝がボケて二人をマゼコゼにしている、と思ったんだよ。でも、そのうち不安になった。実は始皇帝は、〈シュイ・フーとチェン・ハイポーは同一人物〉と見破っていたのではないか、って」

「でも、陛下が最初から見破っていらしたとは思えませんね」ティエンはそう言って、みんなを安心させようとした。「だって、もしそうなら、シュイ・フー殿はとっくに大釜の中でユデ上がっていたはずです」


満月の夜まであと一月となると、ヤンは不安でたまらなくなった。

フー兄さんの傷は回復しただろうか。

もう、ランヤに向けて出航しただろうか。

まだ、なら、始皇帝に約束した満月の夜に間にあわなくなる。

間にあわなければ、タオたち五人は使者として死後の世界に行かされてしまう。

間にあえば間にあったで、フー兄さんは不老不死の霊薬の代わりに自分の首を始皇帝にさし出し、ホァン将軍夫妻を牢から出すようにたのむかも知れない。

ヤンの不安をよそに、始皇帝の視察は黄海にそってつづけられた。

ある日、フェイが始皇帝の馬車をたずねて来た。

何か報告することがあるらしく、始皇帝の話し相手をしていたヤンは馬車の外に出るように命じられた。

どうせフェイは毒薬研究の進みぐあいでも報告しに来たのだろう、とヤンは思った。

フェイはツンとすまして馬車に乗ってきた。

入れかわりに馬車を下りたとたん、ヤンはつまずいて水たまりに顔をつっこんだ。

フェイは吹き出した。しばらく笑っていたが、ようやく手をのばしてヤンが立ち上がるのを手伝った。

ヤンは真っ赤になって、お礼を言った。

フェイはドロだらけになったヤンの顔を見て、また吹き出した。

身体を二つにおり、なみだを流して笑いころげた。

ようやく笑いやむと、フェイは聞いた。

「あなたはいつも陛下の馬車に乗せていただいているの?」

「まさか」

「じゃあ、あなたの馬車は?」

ヤンは三台うしろの馬車を指でさした。

「あの白い馬が引いている馬車だ」

「それなら、遊びに行くわ」

フェイはヤンにニッコリ笑いかけ、始皇帝の馬車に入った。

次の日、フェイは本当にヤンの馬車を訪ねてきた。
遠くからフェイの高く澄んだ歌声が聞こえ、次第に近づいてきた。

〈花盛りの桃園で、殿さまがささやく。
世界で一番おまえは美しい、と。
喜ぶ女は多いけど、わたしはちがう。
わたしは聞くの、殿さまに。
では、二番目に美しい女はだれ？　って。
殿さまは答える。わたしは悲しくなる。
それから、憎しみがあふれ出す。
二番目のその女に向かって。

月明かりの梅園で、殿さまがささやく。
世界で一番おまえが好き、と。
喜ぶ女は多いけど、わたしはちがう。

わたしは聞くの、殿さまに。

では、二番目に好きな女はだれ？　って。

殿さまは答える。わたしは悲しくなる。

それから、憎しみがあふれ出す。

二番目のその女に向かって〉

歌声がやみ、馬車のとびらが開いてフェイが入ってきた。

「今の歌は、君が作ったの」ヤンは聞いた。

「そうよ。気にいった？」

「さあ、どうかな」ヤンは言った。

「でも、安心だ。ぼくには、二番目の女、なんていないからね」

フェイは注意深くヤンを見て、腰をおろした。

「それは、一番目の女はいるってこと？」

「そう。これをくれた人だ」

ヤンは首にかけたシュエホンの貝殻を見せた。

フェイは静かに聞いた。「その人は今どこにいるの。どういう名前？」

ヤンが答えると、フェイは言った。

「兵隊たちを送って、その人を殺すこともできるわ」

ヤンはあっけにとられた。

フェイは立ち上がり、プイと外に出ていった。

二五　満月の夜

翌日、ヤンはしばらく悩んでから、シュハイ将軍、タオ、ティエンの三人が閉じこめられている馬車に出かけていった。

〈死後の世界へ行く使者たち〉を訪ねるのは禁止されていたが、次第にその規則もゆるくなり、短い時間ならば面会が許されるようになっていたのだ。

フェイのことで相談に乗ってもらう相手は、自分と年齢が近いうえに、宮廷の事情にくわしいティエンしかいない。

もちろん、タオには言いにくいし、まさかシュハイ将軍に……考えただけで身がすくむ。

馬車の外に出てきたティエンは少しやつれていたが、ヤンに会ってうれしそうだった。ヤンは、ティエンにフェイとの間にあったことを話した。

「心配ないよ」ティエンはすぐに言った。「宮廷で甘やかされて育ったワガママ娘が、ヤキモチ焼いて言っただけのことだろう。でも……」ティエンはニヤッとした。

「ヤン、気をつけろよ。毒薬が趣味の娘に好かれるなんてオッカないぞ」

「好かれてなんかいないよ」

ヤンは赤くなって言いかえしたが、宮廷でチヤホヤされている美しい娘に関心を持たれることに悪い気持ちはしな……いや！　ヤンはランヤで自分を待っていてくれるシュエホンのことを思った。

シュエホンがくれた貝のお守りと、木片にきざまれた詩。

ヤンはふたつとも大切に持っているし、詩は暗記している。

〈ヤン、あなたは旅立つ、ツバメのように。
ゆくては危険がいっぱい。
風が海の水をまきあげ、砂漠の熱い空気が羽をこがし、
暗い谷で、鋭いツメのワシが待ち伏せしている。
でも、わたしは心配せずに待つ。だって、ツバメはかならずもどってくるから。
そして、軒先にかわいいお家をつくるの。

そのお家はとても小さいけど、もう一人住める。

そのもう一人がだれか、わたしは知っている。

ヤン、あなたも知っているといいな〉

「知っているさ!」ヤンは叫び、ティエンはとび上がった。


とうとう、丘の上にそびえる美しい離宮が見えてきた。

広大な帝国の中で、始皇帝がどこよりも愛しているランヤの離宮だ。

そこからは黄海が見わたせた。

内陸で育った始皇帝は海を知らなかった。

初めて海を見たのは、天下統一を果たして最初の視察旅行に出たときだ。

「そのとき初めて、〈皇帝と対等なものが現れた〉と感じた」

そうヤンに話したように、始皇帝の海への思いは強かった。

ランヤに離宮を建てたとき、始皇帝は大広間のテラスから港に直接下りることができるように、一〇〇段もある石段を造らせた。

そして舟遊びを楽しむために、この石段を軽々と上り下りしたものだ。

漁からもどったばかりの漁師たちが網にかけた宝石のように美しい魚を手に取り、彼らと親しく会話を交わしたこともある。

ランヤの海と離宮は、いつも始皇帝をいきいきとよみがえらせた。

しかし、それも遠い昔のことになった。

離宮に入るとすぐ始皇帝は気むずかしい声でテラスに椅子を出すように命じ、黒テンの毛皮をひざにかけ、無言で海を見つめていた。

人々はこの孤独な老人を恐れて近づかなかった。

かつて始皇帝はこのテラスからシュイ・フーがひきいる大船団を見送った。

あのときは一〇〇隻の大船の赤い帆で、海がせまく見えた。

ドラが打ち鳴らされ、民衆は熱狂していた。

始皇帝はシュイ・フーが不死の霊薬を持ち帰ることをうたがわなかった。

シュイ・フーを信じたからではない。

権力の絶頂にあり、かなわぬことは何ひとつない自分自身を信じたのだ。

だが今、海に帆影はない。

それでも始皇帝の灰色の顔は海に向けられ動かなかった。

ヤンは思わずにはいられなかった。

始皇帝は水平線にシュイ・フーの船の帆があらわれるのを待っているのか？

それとも始皇帝の内部には、海よりも巨大な空白が広がりつつあるのだろうか？


しかし、始皇帝は何ひとつ忘れていなかった。

満月の三日前、始皇帝は宰相のリー・スーを呼んで命じた。

「使者たちの衣服は立派でなくてはならぬぞ。死後の世界をおさめている者がだれであれ、使者のみなりで地上の皇帝を軽く見られるようなことがあっては決してならぬ」

旅の間ずっと馬車にとじこめられていたシュハイ将軍、タオ、ティエンの三人は離宮の一室をあたえられ、久しぶりに衣服を着がえ、ヒゲもととのえてサッパリした。

離宮に着いた最初の日、ヤンは彼らの部屋に飛んでいった。

みんなは食事中だった。

うれしいことに、そこにはホァン将軍とリーホワ夫人もいた。

「ヤン、元気そうで何よりね。ここのお料理は大変けっこうよ」

リーホワ夫人はナマコ料理を上品にモグモグしながら、ヤンに微笑みかけた。

「われわれ五人を使者に出す前に、せいぜい体力をつけさせておこう、ということでしょうな」

ホァン将軍はさかんにパクつきながら、シュハイ将軍に話しかけた。

「だが、たしかにこの料理はうまい」

「まったくです」負けずに料理をつめこみながら、シュハイ将軍は応じた。

「ホァン将軍ご夫妻にはご同情申し上げますよ。シエンヤンの地下牢ではこうはいかなかったでしょうからね」

「ですが将軍。国こそちがうが、おたがい戦場のひどい食事にはナレッこになっているのではないでしょうか」

「まさに」シュハイ将軍は答え、二人の将軍は重々しくうなずきあった。

となりではタオがホァン将軍夫妻と同席する感激に目を真っ赤にして、モリモリお代わりをしていた。

ティエンだけはあまり食欲がないようだった。

「こんなことを考えても仕方がないのは分かっていますが……」

ため息とともに、彼は言った。「しかし、シュイ・フー殿はわれわれがこういう目に遭っていることを、ご存じなんでしょうかね」

「ご存じだとも」すばやくタオは答えた。

「ご存じだからこそ、今ごろ若君を乗せた青龍丸は二枚の大帆に風を受けて、ここランヤに向かって急いでいる最中だろうよ」

「では、あの方もわれわれと一緒に、月が照らす海上の〈光道〉をたどることになりそうですね」ティエンはションボリと言った。「そして、この世への帰り道を知らないことでも、シュイ・フー殿はわれわれと同じでしょう」

「元気を出せ」ホァン将軍ははげました。

「こうなれば二つの目玉をしっかり開け、死後の世界とやらを見てやろうではないか。だれもが知りたいと願うことを知る、いい機会だぞ」

「それにしても、だれかあの子に言ってやれないものかしら」

リーホワ夫人は言った。「不老不死の霊薬を見つけられず、何のお土産もなしで始皇帝のところにもどってくるなんて、本当のおバカ、って」

「若君はちゃんとお土産を用意していますよ」タオはしずんだ声で答えた。

「不死の霊薬とは、まったく別のものですが」

そして、満月の日がきた。

空は朝から晴れわたり、海は青くかがやいていた。

目がさめるとまず、ヤンは青龍丸を水平線に探した。

帆影ひとつ、見あたらなかった。

恐ろしい考えが次々にうかんだ。

フー兄さんは死んだのだ。ルオ・ビンワンの剣で負わされた傷のせいで。

あるいは、嵐で青龍丸がしずんで。

ヤンはなんとか元気をふるい起こし、みんなに会う許可をもらうためにリー・スーのところに行った。

リー・スーは上機嫌だった。

「今夜の満月はもう約束されたようなものだ。陛下も喜んでくださるだろう」

宰相はヤンの表情に気がつき、少しあわてた。「もちろん、月が上がるまでの時間が使者たちにあたえられることに変わりはない。だからそれまでに、チェン・ハイポーが陛下がお望みのものを持ち帰ればいいのだ。ところでヤン。使者たちに会うのはもう少し待つように。陛下が彼らと話をされている。打合せをすることが、さぞたくさんおありなんだろう」

夕方になって、ようやく許可が出た。

ホァン将軍夫妻、シュハイ将軍、そして、タオとティエン。

使者の五人は新しい純白の衣服に着がえていた。

ヤンは声がふるえるのをおさえられなかった。「いつ、なの?」

「出発の時間は、始皇帝が決める」タオは服のすそを引っぱりながら答えた。

いつものように服はタオには短かすぎ、彼はそれに気を取られているふりをしていた。かわってティエンが説明した。「月が出る少し前、陛下と高官たちは大広間で宴会を始められるんだ。こういう宴会は取り止めになっていたが、陛下が、〈あの五人は罪人ではないから、特別に開くように〉と命じられたそうだ。ご馳走が出て酒が出て、たぶん楽人たちの演奏もあるだろう。それから毒酒が運ばれ、われわれの旅の成功を祈って乾杯となる。わたしはフェイの毒薬に期待しているよ。苦しみはそう長くはつづかないだろう」

声がふるえるのをごまかすため、ティエンはムリに冗談を言った。

「だからヤン。ひょっとしたらきみは、月の光が照らす海上を、わたしたちがあの世に向かうようすを見ることになるかも知れないね」

「それも、喜び勇んで、だ」ホァン・カイ将軍がつけ加えた。

「喜び勇んで、は、いいですね」シュハイ将軍は思わずニッコリして言った。

「ところで、こういうときだから言わせてもらいます。わたしは始皇帝との戦いに敗れたときに死んでいるはずでした。しかし死なずに、みなさんのような方々と知り合うことができた。このことにお礼を申し上げておきたい」

「まさに、わたしとリーホワにも、ピッタリくるお言葉だ」ホァン将軍は応じた。

「わたしたち夫婦もみなさんとご一緒に、喜んで出発しますぞ」

「そうですとも、あなた」リーホワ夫人は優しく言った。

「わたしもお礼を申し上げます」ティエンの声はもうふるえずに、しっかりしていた。「陛下のお気に入りの士官だったころのわたしは、思い出すのもイヤなゴーマンな若者でした。それがふしぎな運命でみなさんと行動を共にすることになり、少しはマシな男になれたと思うのです」

そしてティエンはヤンの手をしっかりとにぎった。

「ヤン、お願いがあるんだ。もしシエンヤンに行くようなことがあったら、わたしの両親をたずね、〈あなた方の子のティエンは、天地に誓って恥じるようなことは何もしていない〉と伝えてほしいのだ」

ヤンはうなずいた。胸がいっぱいで、声が出なかった。

ずっと服のすそを引っぱっていたタオが顔を上げて言った。

「ヤン、おれの願いはただひとつだ。女房のアイリーと娘たちが待つ家に帰り、おまえがよければシュエホンと結婚して幸せに暮らしてほしい」

ヤンはタオの胸に飛びこんだ。

タオは長い腕をのばして、みんなをだき寄せた。

海に満月が上った。

扉がバタンと開き、衛兵たちをしたがえたリー・スーが入ってきて告げた。

「使者のみなさん、ご用意を。始皇帝陛下がお待ちです」

「シッ、静かに！」

いきなり、ティエンがささやいた。「あれを見て！」

ティエンは興奮でブルブルふるえる指で海をさした。

満月を背に銀色の帆を上げて、一隻の船がゆっくり近づいてきた。

船首の青い龍が波にゆれながら、みんなに向かってうなずいていた。

二六　使者の帰還

離宮のいたるところで警報のドラが鳴りはじめた。
命令が叫ばれ、武器をつかんだ兵士たちがあわただしく走った。
ヤンは窓にかけよった。船は月明かりをあびて、すべるように近づいてくる。
港に入る直前、二枚の大帆がおろされた。
かわって五〇のカイがそろって水をかき、船は離宮の真下の港に入った。
警戒しているのか、イカリは岸壁からはなれたところでおろされた。
岸壁では始皇帝の射手たちが片ひざをつき、イシ弓をかまえている。
火矢を射るために、炭火が手おけに用意されている。
さらに別の部隊が、港に通じる坂道を武具のふれあう音を立てておりてきた。
宴会が開かれる大広間から千人に近い人々がテラスに出て、謎の船を見守っている。

見物する側に恐れはなかった。正体不明の船がただの一隻なのに対し、始皇帝は八万の大軍に守られているのだ。

月に照らされた船上に、影のように乗組員たちが動きまわっていた。

彼らの顔は遠すぎて、見わけがつかない。車輪の音をひびかせ戦車が港に着き、よろい、かぶとをつけた司令官が降り立った。

さっそく、司令官と船の間でやりとりが始まった。

司令官は船に正体を明かすように要求し、船側は上陸する許可を求めているらしい。

やりとりの間、三度、伝令が始皇帝のもとに走った。

ついに交渉がまとまり、船から上陸用の小舟がおろされた。

へさきには背の高い強そうな男が立ち、漕ぎ手に号令をかけている。

小舟が近づいてくると、シュハイ将軍は男を見てユカイそうに言った。

「なんと、あれはノッポのツァオだ」

「そのうしろにいるのは、リーボクですよ」タオはイシ弓を手にした若者を指さした。

「では、あの船はやはり……」ティエンはささやいた。

「もちろん、青龍丸だよ」ヤンは叫んだ。「ぼくたちを助けに来てくれたんだ！」

「青龍丸だって?」そこにいるのをすっかり忘れられていたリー・スーが言った。

「それでは、チェン・ハイポーがもどってきたのだな。これは陛下にお知らせしなければならないぞ」

「それなら、わたしたちも連れていけ」ホァン将軍が言った。

「陛下はわたしたちをお呼びのはずだぞ」

「そうでしたな。急ぎましょう」

ヤンたちは宰相のあとについて、いくつもの階段を上がり下がりして大広間に出た。

ちょうど始皇帝がザオ・ガオにささえられ、大広間に降りてきたところだった。

始皇帝が顔もかくさずに宦官の肩にすがって歩き出すと、みんなはあわててその場にひれ伏した。

始皇帝はテラスに出て、港に下りる大階段のてっぺんに立った。

青龍丸の小舟が船着き場に入った。

ツァオを先頭に乗組員たちは上陸し、ものものしい警備に恐れも見せずに小舟をつなぎにかかった。

小舟に最後まで残っていた人物が立ち上がった。

スラリとした長身に、白い長衣が銀のように輝いている。

リー・スーがアッと叫んだ。「あの男は、チェン・ハイポーじゃないぞ」

宰相はあえいだ。「あの男は……あの男は、まさか……」

男が上陸すると、兵士たちは自然にうしろにさがった。

司令官は男と短く会話を交わし、相手が武器を持っていないか調べにかかった。

その間、男は落ち着いたようすで立っていた。

司令官がうなずいてうしろにさがると、男は石段を始皇帝に向かって上がってきた。

石段の半ばまで上がると、みんなの目に月の光に照らされた男の美しい顔がハッキリ見えた。

どよめきが起きた。シュイ・フー！

だれが最初にその名前を発したか分からないが、たちまちそれは小さな波のように広がっていった。シュイ、シュイ、シュイ、シュイ……。

それは、満月の夜のふしぎな儀式のようだった。

シュイ、シュイ、シュイ、シュイ……呪文のように聞こえる無数のささやきの中を、男は石段を上がってきた。

リーホワ夫人のふるえ声が聞こえた。「どういうこと？　あの子は昔どおり美しいわ！」

石段を上がりきると、彼は始皇帝の前にひざまずいた。

「陛下」彼は静かに言った。「陛下の使者、シュイ・フーは長い航海を終え、こうして陛下のもとにもどってまいりました」

始皇帝は無言で彼を見下ろしていた。

やつれた顔にゆっくり血が上がった。

シュイ、シュイ、シュイというささやきも今はやみ、聞こえるのは港の岸壁をゆるやかに洗う波の音だけだった。

「顔を上げよ」始皇帝は命じた。

男は顔を上げた。傷ひとつない美しい顔は、以前のシュイ・フーそのままだ。

黒い目が大胆にまっすぐ始皇帝に向けられている。

「おまえは変わっておらぬな」始皇帝はつぶやいた。「シュイ・フーはもうもどらぬと、宮中のだれもが申していたのだぞ」

「それならば、みなさんがまちがっていたことになります」シュイ・フーは答えた。

「陛下の前におります者は、ここランヤの港を一〇〇隻の大船をひきいて船出した陛下の忠実な使者にございます。嵐、熱病、戦いなど多くの苦難におそわれ、船はただの一隻になりましたが、シュイ・フーはこうして陛下のもとにもどってまいりました」

「ならば、おまえを歓迎しなければならぬようだな」始皇帝は言った。

「いつまでも帰国しないおまえをつかまえしだい放りこんでくれようと、大釜の火を常にたやさぬよう命じていたのだが」

「では陛下。その火をお落としになりませんように」シュイ・フーは応じた。

「なぜなら、わたしは不老不死の霊薬を得ることに失敗したからです」

これを聞いて、人々は思わずうしろにさがった。

近づく嵐を知った小動物のように、彼らは目をさまよわせて逃げ場をさがした。

〈ザオ・ガオだけはちがった。このイヤらしい宦官はコッソリ召使を呼び、大釜を火にかけるように命じた〉

始皇帝の老いた目がクワッと火をふいた。「さてもズウズウしい使者殿じゃ。ならば、おまえはなぜもどってきたのだ」

「身にまとった、この白衣でおわかりのはず。陛下のお怒りをこの身に受けるため、わたしはもどってきました。ですが、陛下」シュイ・フーは平然とつづけた。「わたしはある薬を持ち帰っております。不死の霊薬ではありませんが、陛下のご健康のお役に立つことはまちがいありません。どうか陛下、この薬をおためしください」

始皇帝は長い間、シュイ・フーを見つめて立っていた。

やがて枯れ葉のような口もとに、うすい笑みが通りすぎた。

「昔どおり、自分の言いたいことは言う男よ。この離宮で一〇〇隻の大船をねだったときと少しも変わっておらぬわ。そういえば……」始皇帝は急に思い出したように、「おまえのようなズウズウしい奴がもう一人いたぞ。本当ならば今夜の満月までにもどるはずのその男も、今のおまえのように大胆に皇帝に薬をすすめたものだ。ヤン、前に出よ」

ヤンはドキドキして進み出た。

「ヤン、以前、おまえの父、チェン・ハイポーが言葉たくみに皇帝に薬をすすめ、おまえが毒味をして安全をたしかめたことをおぼえておろうな。今一度、命じる。シュイ・フーが持ち帰った薬の毒味をせよ」

「恐れることはないぞ」シュイ・フーは言い、ヤンにヒスイ色をした丸薬をわたした。「これは天下の名薬。若者であろうと老人であろうと、身体には健康、心には平和をもたらすのだ」

ヤンは穴があくほどジロジロ、シュイ・フーの顔を見た。

あのひどい傷は一体……シュイ・フーはすまして、ヤンの視線を受けていた。

とつぜん彼の目がヤンに向かって、イタズラっぽく、チカチカッと光った。

「この霊薬は、フーリという天女にも似た女が調合したものです」

始皇帝に説明するようでいて、実はヤンに向かってシュイ・フーは言った。

「フーリは天から技をさずけられた女でして、みずから作った薬で病人をなおし、顔にひどい傷をおった者には手術をほどこし、元どおりにするのです」

こういう言い方で、彼はフーリが自分の顔の傷をなおしたことをヤンに教えたのだ。

ザオ・ガオがわきから言った。「陛下、そのようなアヤしげな薬をおためしになるのはおやめなさいませ」そして、ヒソヒソ声でつけ加えた。「ただ今、召使どもに命じて、大釜に火をかけさせましたでございます」

「おまえがそこに入ってろ」始皇帝は言った。

ザオ・ガオはおじぎをして引き下がった。

「シュイ・フー。おまえはその薬をいくらで売りつけるつもりだ」

始皇帝はからかうように聞いたが、それは彼が機嫌をなおしたことを示していた。

「お金をいただくつもりはありません。かわりに、お願いがございます」

「皇帝にふたたび船をねだり、使者の役目をつづけたいと願うのであろう」

シュイ・フーは頭を下げた。「陛下は何もかもお見通しでいらっしゃいます」

「しかし、わざわざ仙人たちの島に行かずとも……」始皇帝は言った。

「不老不死の霊薬は、そのふしぎな力を持つという女に作らせればいいではないか」

「フーリは人間の女です」シュイ・フーは答えた。「すぐれた技をそなえていても、神仙だけに許される不死の霊薬を作ることは、彼女にはできません」

「だが、それほどすぐれた女ならば、会ってみたいものだ。フーリという女、いっそ皇帝の待医にすることはできぬか」

「それはお許し願います。フーリは鳥やケモノしか住まぬ人里はなれた山の中で育ち、人に会うことになれていません。ましてや全世界の支配者であられる陛下の前に出ただけで、フーリの小さな心臓は動きを止めてしまうでしょう」

「では、おまえは皇帝のたのみをことわるのか」始皇帝はたずねた。

みんなはハッと息をのんだ。

「妻にその大役はムリ、と申し上げたのです」

「妻？　妻と言ったか」

「言いました」シュイ・フーは恐れるようすもなく答えた。「フーリはわたしの妻です。陛下、どうかこの結婚をお認めくださいますように」

「すると、おまえは……」始皇帝はゆっくり言った。「皇帝の臣下であることも、やめたか」

そこにいた全員がちぢみあがった。

「ザオ、大釜を火にかけよ」宦官を向いて、始皇帝は命じた。「この者を連れて行き、煮えたぎる湯に放りこめ。だがその前に、フーリという女のいどころを拷問にかけてもしゃべらせるのだ」

「その必要はありません」若い女の澄んだ声が、みんなの耳に聞こえた。

「フーリ。ただ今、そちらにまいります」

月の光が照らす大階段を、若い女が上がってきた。

二七　それは生きるための薬ではない

月が明るい光を地上に投げかけていた。

くっきりとした影を後ろにしたがえ、彼女はしとやかに石段を上がってきた。

シュイ・フーが同じ石段を上がったときには、シュイ、シュイというささやきが波のように広がった。だが今度は、声ひとつ起きない。

人々はただ息を殺し、美しい女を見つめていた。

それは月が下界に送った、高貴な天女のように見えた。

だが注意深く見れば、彼女がまだ少女といってもいいほど若く、青ざめ、木の葉のようにふるえているのが分かっただろう。

女は階段を上がりきると、始皇帝の足元にひれ伏した。

「陛下、シュイ・フーの妻、フーリがこうして参っております」

それでも、彼女はしっかりした声で言った。「どうかわが夫をお許し下さいませ。夫は若く非力なわたしに陛下のご健康をあずかる大任は果たせまい、と心配しているのです。それでもなお、というご命令ならば、わたしは力をつくします。もし、それもかなわぬことならば、陛下、このようにわたしも覚悟の白衣をまとっております。どうか夫と共に、わたしにも死をたまわりますように」

こういう言葉が若い女の口から出るのを聞いて、胸を打たれない者はいなかった。

始皇帝はフーリを見下ろして立っていた。

ふいに、彼は身をふるわせて言った。「皇帝は老い、つかれた。死がすぐそこまでに来ている。そなたは皇帝を救うことはできるか」

「わたしは出来るかぎりのことをいたします」フーリは答えた。

「ですが人の生死を決めるのは、人になく、天にございます」

これを聞いて、始皇帝は顔をそむけた。

ここが自分の出番、とばかりにザオ・ガオはシャシャリ出た。

「陛下。釜の火かげんは上々、とのことでございます。釜は大きく、一人入れるのも二人入れるのも同じです。いかがいたしましょうか」

「さがれ」始皇帝はカミナリのような大声を上げた。「さっさと行ってしまえ。そうしないと、まっ先におまえから煮てやると思え」

始皇帝につかえるようになってから、ザオ・ガオが決して忘れないようにしていることがある。始皇帝にこわがるすがたを見せるのは、トラにそれを見せるのと同じ、ということだ。トラは相手が恐れていると見ると、襲いかかって引き裂く。

だからザオ・ガオはよけいなことは言わずにウヤウヤしく頭を下げて引っこみ、この後はできるだけ目立たなくするようにした。

始皇帝はフーリを見つめていた。

そのようすは本当にトラが獲物を見るのに似ていた。

しかし、始皇帝は恥じていたのだ。

フーリの前でザオ・ガオが、〈釜の火かげんは上々〉と言ったのがイヤだった。

それ以上に、〈まっ先におまえを煮てやる〉と、おどした自分がイヤだった。

一三才で秦王に即位し、三九才で六国を征服し、中国最初の統一国家を築いた。

しかし自分の一生は、気高さ、清らかさ、愛、というものにはついに無縁だった。

そういう苦い思いが、始皇帝の胸にこみ上げてきた。

「おまえたち二人には離宮の一室をあたえる」

フーリから目をそらし、始皇帝は言った。「二人の処分は、明日決めることにする」

リー・スーがおそるおそる聞いた。「五人の使者の件は、いかがいたしましょうか」

「取りやめる」

ホァン将軍夫妻、シュハイ将軍、そしてタオとティエン。五人の命は救われたのだ。


翌朝、始皇帝はヤンにシュイ・フーとフーリを連れてくるように命じた。

ヤンは不安な気持ちで、二人の部屋に急いだ。

二人は窓辺によりそい、朝日がさす港をながめていた。

港の中央に、青龍丸がイカリを降ろしていた。

始皇帝の射手たちを乗せた小舟がそのまわりをかこんでいる。

射手は青龍丸が外海に逃げようとすれば火矢を射かけようと、イシ弓をかまえていた。しかし
二人はそんなモノモノしい光景も気にせず、静かに話していた。

「わたしの妻を見てくれ」

ヤンが部屋に入ると、シュイ・フーは幸福そうに言った。

「始皇帝も恐れず、わたしをかばってくれた大切な妻のフーリだ」

フーリは微笑んだ。

「始皇帝がお二人に会うそうです」

ヤンは、フーリの美しさに圧倒されながら告げた。

始皇帝は一人だけで待っていた。

「そなたの薬はよく利いたぞ」始皇帝はフーリに話しかけた。「ひどい頭痛も去った。こんなに気持ちのいい朝は久しぶりに迎えた。そなたの薬を飲みつづければ、それこそ不死も得られると思えたほどだ」

始皇帝の態度は恐ろしくも、あわれでもあった。

彼がフーリに最後の望みをかけていることは、あまりにも正直に顔に出ていた。

しかし、フーリは答えた。

「ですが陛下。あの薬は不死の霊薬ではございません。どうか、人にはそれを作る力がないことをお分かりくださいますように」

始皇帝は無言でいた。

これ以上このことで言いつのれば、皇帝の威厳を傷つけることは分かっていた。

この瞬間、始皇帝は不死の望みをすてた。

長い沈黙の後、始皇帝は口を開いた。

「フーリ。そなたに次の満月がくるまでの一月をあたえる。それまでに力のかぎりをつくして新しい薬を作れ。ただし、それは生きるための薬ではない。死ぬための薬だ」

フーリは青ざめた。「陛下、天がわたしにさずけたのは人の命を助ける力で、奪う力ではありません」

「さぞ、そう言うであろうとも」始皇帝はうなずいた。「だが、聞け。その毒を飲む者は、そなたの大切な夫だ。死後の世界へ行く使者はこれまでの五人に代えて、そなたの夫、シュイ・フーに命じることにした」

氷のような沈黙が広がる中、始皇帝は手をたたいた。

フェイが軽やかな足どりで入ってきた。

青いトルコ石で草花を形どったカンザシを髪にさし、すっきりした首に赤いサンゴの首かざりをつけ、空色の上着には金の糸で南国の果物が刺繍してある。

冷たい沈黙がやぶれ、空気が一度に華やかになった。

こんなときなのに、ヤンはあらためてフェイの若さを思わずにはいられなかった。新鮮な花ビラのような少女。だが、この花には毒があるのだ。

「フェイは毒薬を研究し、知識を持っている」

青ざめて立ちつくしているフーリに向かって、始皇帝は言った。

「そなたはフェイを助手にして、明日から毒薬作りにとりかかるのだ」

フーリはめまいを起こしたようによろめいた。

シュイ・フーがすばやく手をのばして支えなかったら、そのまま床にくずれ落ちてしまっただろう。

始皇帝はフェイを向いた。「フェイ、おまえが調合した毒薬を死刑囚にためし、よくきくことは分かった。が、同時に、これまでの毒と変わらず、死刑囚どもは死ぬまでに、ひどい苦痛を味わったぞ」

フェイは子供っぽく口をとがらせた。

「よいか」フーリに視線をもどし、始皇帝は冷ややかに言った。

「夫の身を思うなら、苦しまずに死後の世界に旅立てる最上の毒薬を作れ。これまで、使者たちの苦しみは長くつづいたぞ」

二八　毒薬

翌日、シュイ・フーとフーリの部屋のとなりに作業室が用意された。

毒薬を作るのに必要とされる植物や鉱物などの材料、それらをまぜ合わす鉢など、さまざまなものが運び込まれた。

この時代、一番よく使われている毒物はトリカブトの根から作られていた。

だが最上の毒は、チンと呼ばれる鳥の羽根にあるとされていた。

この羽根を酒にひたして飲むと、すぐに死ぬ。

しかしチンは遠い南の深い森に住み、つかまえるのがむずかしい。

だからフーリはまったく新しい毒を作らなければならなかった。

「そんなものを作るなど、考えられないことだわ」フーリはなげいた。

「第一、自分の夫が飲む毒をどうやって作れというの」

「でも、作るふりぐらいはなさったほうがいいと思うわ」

フェイはムジャキに言った。「そうでないと、陛下はシュイ・フーさまを煮えたぎった大釜にほうりこんでしまわれるわ。大切なご主人にそんな死に方をさせるより……」

さすがにフェイは、その先は言わなかった。

夫をむごい目に遭わすより、苦しまずに死ぬ毒薬を作ったほうがいい、と言おうとしたのだ。

フーリにはそれが分かった。そして、うなだれて言った。

「では毒を作りましょう。一番いい毒を。夫がそれを飲むとき、わたしも飲みます」

毒薬作りが始まったとき、ヤンはフェイがフーリの助手になることに誇りを傷つけられ反抗するかも、と心配した。

しかしフェイは自分よりフーリの方が医学や薬草にはるかに深い知識を持っていると知ると、喜んで彼女にしたがった。

それどころかフーリにあこがれ、しょっちゅう後をついてまわり、かしこく美しい姉を持った妹のように、会う人ごとにフーリの自慢をするのだった。

ときどきヤンは、フェイが薬草をきざみながら例の歌を小声で歌っているのを聞いた。

〈花盛りの桃園で、殿さまがわたしにささやく。

世界で一番おまえは美しい、と。

喜ぶ女は多いけれど、わたしはちがう。

わたしは聞くの、殿さまに。

では、二番目に美しい女はだれ？　って。

殿さまは答える。わたしは悲しくなる。

それから憎しみがあふれ出す。

二番目の、その女に向かって〉

さて、残念なことに、ヤンはフェイが自分にまったく興味を失ったことを認めないわけにはいかなかった。馬車をたずねてきたときの出来事がウソのようにヤンに会えばふつうに話すし、怒っているようすもなかった。

ヤンは、そのことがティエンの目にどううつるか、が気になった。

「毒薬作りが趣味の娘に好かれるなんてオッカないぞ」ティエンにそうからかわれ、悪い気持ちはしなかっただけに、フェイが自分に関心を示さなくなったことを、〈ティエンはどう思うだろうか〉と、つい考えてしまうのだ。

そして、そんなふうに考える自分を、心の底からイヤになった。

シュエホンが待つランヤにようやくもどり、どうやって離宮を抜け出し彼女に会うか考えるべきときにそんなことを気にするとは、自分はなんて情けないやつなんだろう、と。


フーリがいつも持ち歩いている薬の中には、シュイ・フーの顔を元どおりにする手術に使った麻酔薬があった。

毒キノコもふくめ何種類ものキノコを調合して作るこの薬は、手術のあいだ患者を深く眠らせて痛みを感じさせない。

眠りが永遠につづけば、それは麻酔薬ではなく毒薬になる。

フーリは乾燥させたキノコをさまざまな方法でまぜ合わせることから始めた。

フェイはこの種のものを作るにしては熱心すぎるほど熱心に手伝ったが、ある日こんなことを言って、フーリをギョッとさせた。

「そろそろ、ききめをたしかめなくてはいけませんね。生きものを使って」

「小さな動物を使って、ということかしら」

フーリは気が進まないまま聞き返した。

「動物なんかでいいでしょうか」フェイはキラキラ光る目をフーリに向けた。

「フーリさまの大切なご主人さまが飲む毒ですよ。人間でためさなければ」

「なんですって?」

「もちろん、死刑囚でためすのよ。彼らも楽に死ぬことを望むはずですもの」

フェイはウットリとつづけた。「最初は少しずつ、まぶたが重くなるの。しびれるように、ゆっくりと。でも苦しくはない。手と足からしだいに力が抜けていく。まどろむように、ゆっくり、ゆっくり、死に向かって……」

「絶対ダメです。そんなこと」

フーリはあらためて、一三才の少女を見つめた。

「フェイ、あなたは変わっているわ。お父さまはお医者さまだったのでしょう?」

「ええ、ユアン・ズンという医者でした。とっくの昔に死んでしまいましたけど。陛下がご自分で剣をぬいて、父を斬られたのです」

そんなことは教えられていなかったフーリは、口がきけなくなるほどおどろいた。

「どうして陛下は、そのようなことを……」

「陛下のお食事に毒を入れた、とうたがわれたんです。長年、陛下の毒味役をしていて、仕事がら熱心に毒薬を研究していたから、そういう目で見られたんだわ。でも父が無実と分かると、陛下はわたしを宮廷に引き取られました。父を殺して犬に引き裂かせたことを後悔なさったのね。そのおかげで、わたしはお姫さまのように大切に育てられたわ」

フェイは無表情につづけた。「でも父の血かしら。わたしはお姫さまになるより、薬学を学びたかった。本当のことを言うと、わたしは陛下の何百番目のお嫁さんになるはずだったらしいの。でも陛下から、フーリさまのお仕事を手伝うように命じられてうれしかった。だって、そのほうが陛下のお嫁さんになるより、ずっとよかったですもの」

次の日、フーリは青ざめた顔でシュイ・フーの前に立った。

「毒薬が完成しました」

それだけ言うと、フーリは両手で顔をおおって泣き出した。

二九　嵐の夜の別れ

長くつづいた好天が終わり、嵐が近づいてくることを示す荒れた天気になった。遠い南の海で生まれた湿った風が重々しく吹き、上空にはチギレ雲が飛ぶように過ぎていった。鉛色の波はうねりながら港の中までおし寄せ、岸壁に高くしぶきを上げた。

青龍丸は港の真ん中にイカリを下ろし、波に大きく上下していた。

シュイ・フーは宰相のリー・スーのところに出かけて行き、青龍丸を降りるのをゆるされずにいる乗組員たちを安全のために上陸させるべきだ、とかけあった。

リー・スーは首をふった。「ダメだ。乗組員が船をはなれたら、操船する者もいないまま大波で岸壁にぶつかるか、乗り上げてしまうではないか」

「嵐になれば、だれが船に残ってもそうなります。そうなれば一人も助かりませんよ」

「だからこそ、みんな必死で嵐と戦うだろう。それで、船は無事、というわけだ」

シュイ・フーはマジマジと宰相を見つめた。

「オッサン。いつからわたしの船がそんなに大切になったんだい」

リー・スーは真っ赤になって怒った。「失礼な口をきくな。それにあの船は、おまえの船ではないぞ。始皇帝陛下のものだ。そのことを、よくおぼえておけ」

しかしリー・スーも、青龍丸を見張っている小舟は引き上げさせた。

どの小舟も大きなうねりに今にもひっくり返りそうで、兵士たちはイシ弓を放り出し、真っ青になって舟べりにしがみついていた。

港の中でもこんなようすだから、リー・スーはたとえ見張りを引き上げさせても青龍丸が外海に逃げ出すはずはない、と考えたのだ。

「でも、わたしはやるぞ」シュイ・フーは言った。「ヤン、みんなを呼んできてくれ」

すぐにホァン将軍夫妻、シュハイ将軍、タオ、ティエン、ヤンの六名が集まった。

「見張りの舟が引き上げました」シュイ・フーは言った。

「この機会にわたしはみなさんを青龍丸にお連れして、逃げようと思います」

みんなは顔を見合わせた。

「リー・スーはわたしに、青龍丸は始皇帝の持ち物だと言いました。彼の言うとおりなんでしょう。この国では、人の命でさえ始皇帝の持ち物なのですから。そこでリー・スーに、〈陛下の大切な船が岸壁にぶつかるのをふせぐため、優秀な船長が船に行き指揮をとる必要がある〉と言えば、あのガチガチ頭の宰相も反対はできないはずです」

みんなの目がシュハイ将軍に集まった。

「なるほど」シュハイ将軍は少しもあわてずに言った。

「で、リー・スーがわたしに青龍丸の乗船を許したとして、その後、わたしは何をすればいいのかね」

「いつでも港から出られるようにして、われわれを待っていてほしいのです」

シュイ・フーは答え、ヤンはますます荒れてきた海に目を向け、身ぶるいをした。

「フェイが教えてくれたことによると、この離宮には非常用の抜け穴があります」

何故フェイが⁉　みんなの驚きが分かり、シュイ・フーは説明した。

「フェイがそれを教えてくれたのは、彼女がこの先もフーリについて薬学を学びたいと願い、われわれの脱出に手を貸すことを決めたからです。抜け穴は港に通じています。そこでシュハイ将軍にお願いしたいのは、抜け穴を通って港に出たわたしたちを青龍丸から小舟でむかえに来てもらうことです。青龍丸に乗船した後は、ただちに外海に出ます。たとえどんな嵐が待ちかまえていようと、始皇帝のほうがはるかに危険、というのがわたしの考えです」

「その考えに反対はしないよ」シュハイ将軍は言った。「一番危険なのは、始皇帝が気分を変えやすいことだ。今は安全でも、この先は分からない。それに彼の前でザオ・ガオと対決する望みが消えたとなれば、わたしがここにとどまる理由もなくなるわけだ」

「みなさんの航海の無事をお祈りしますよ」ティエンは声をつまらせて言った。

「わたしは残ります」

「残ったら、またヘンテコな使者にされてしまうよ」ヤンは心配した。

「ティエン、ぼくたちと一緒に行こうよ」

「ありがとう、ヤン。でも、わたしの家は代々秦の王家につかえてきたんだ。陛下が冷たい残忍な方ということは分かっている。しかし、見すてて行くことはできないんだ」

「いいだろう」シュイ・フーは言った。「行くのも勇気。残るのも勇気だ」

「では、わたしはリー・スーに会ってこよう」シュハイ将軍は言い、立ち上がった。

「リー・スーには、〈船には船長が必要、とくに嵐のときには〉とでも言ってやるさ」

シュハイ将軍と宰相の話し合いはうまくいったようだった。

一時間後、荒波の中を一人小舟で青龍丸に向かう将軍のすがたが見えた。

夜になると風雨はますます強くなり、雷が鳴り始めた。

真夜中、ヤンとタオは稲妻に照らされる離宮のガランとした広間をいくつも通りすぎ、シュイ・フーとフーリの部屋に行った。

見張りの兵士たちは、顔見知りになった二人にうるさいことを言わずに通してくれた。部屋にはホァン・カイ将軍とリーホワ夫人が先に来ていた。

「あの番兵たちはどうするつもりなの」リーホワ夫人はシュイ・フーに聞いた。

「フーリが調合した麻酔薬を入れた酒を飲まし、しばらく眠ってもらいます。フェイがその役目を引き受けてくれました。兵士たちはみんなフェイに夢中ですから、彼女に酒をすすめられてことわる者はいないでしょう」

リーホワ夫人はあんまり感心しないようすだった。

「それで、あの娘は今どこに?」

「自分の部屋で麻酔薬を酒にまぜているはずです。さっきティエンがようすを見に行きましたよ」

風はさらに強くなってきた。

真っ暗な海に稲妻がひらめき、青い光に向かって無数の波がいっせいに頭をもたげ、白い牙をむいた。

狂ったように吹く風が、波たちのほえ声だった。

シュイ・フーは立ち上がった。「じきにフェイが来るでしょう。番兵たちはもうフェイの麻酔酒を飲んだころです」

「フェイ、麻酔……」フーリはつぶやき、急に不安になったように薬箱を調べた。すぐにフーリは恐怖の叫び声を上げた。「大変だわ！　毒薬がなくなっている」

雷鳴がとどろき、だれかがはげしく扉をたたいた。

ティエンが入ってきた。「フェイは部屋にいません。でも、自分の仕事はちゃんとやったようだ。番兵たちは全員たおれています」

ティエンはみんなを見回し、口ごもった。「ねえ、フェイが酒に入れたのは、本当に麻酔薬でしょうね」

返事を待たずに、ティエンはつづけた。「ああ、あんなものは見たくなかった。フェイの部屋は死んだ動物でいっぱいです。小鳥、ネズミ、そして、犬まで。すごくイヤな匂いがした」

「たぶん、フェイはためしていたんだ」

ティエンと同じくらい青ざめて、シュイ・フーは言った。「小鳥から始めて、だんだん大きくしていった。そして……」

　とつぜん、シュイ・フーは口を閉じた。

　扉の向こうにランプを手にしたフェィが立ち、部屋をのぞきこんでいた。

「みなさん、急いでください」フェイは言った。

　だれも答えなかった。

　全員の目が、フェイの足元にたおれている番兵たちにそそがれていた。

　稲妻が番兵たちの顔を白く照らし出した。

「ね、おだやかな顔をしているでしょう?」フェイはささやいた。「本当に眠るようにすぐ、だったわ」

「フェイ、あなたは毒を使ったのね」フーリは恐ろしそうにたずねた。

「フーリさま」フェイは落ちつきはらって答えた。「いつかはためさなければなりませんもの。毒薬の残りは、ここに持っています」

「では、それをわたせ」

　暗闇の中から声がひびき、始皇帝が歩み出た。

　始皇帝は病におとろえた身体に久々によろいをまとい、腰には大剣を下げていた。

始皇帝は無言でたおれた番兵たちを見下ろした。

「シュイ・フーらの脱走計画を皇帝に密告したときに……」

始皇帝はフェイに向きなおって言った。「おまえの役目は終わったはずだ。それなのに、おまえは番兵たちに毒を試さずにはいられなかったのか？」

「陛下。陛下はみんなを大広間に連れてくるように命じられたわ」

フェイはうろたえていた。「それなのに、陛下がご自分でここに……」

「おまえが呼びよせたのだ」始皇帝はさえぎった。

「毒薬作りの報告に夜ごと皇帝の寝所をおとずれる少女が、〈毒〉と口にするたび、おさえきれぬ不吉な喜びに目をきらめかす。それを思い、皇帝は不安にかられた。そこでここに来たのだ」

始皇帝はフェイの小さな手から毒薬の包みを取り上げた。

包みを開いて、目を近づけた。やつれた顔に暗い電光のようなものが走った。

「陛下」フーリは不安そうにたずねた。「それをどのようにお使いになるつもりです」

すぐにフーリは息をのんだ。「なんということ。ご自分にお使いになるんだわ！」

始皇帝は無言だった。

「不死を望んでいた方が、その望みを断たれると、死をお選びになるのですか」

フーリは声をふるわせて言った。「それほど命を軽く見ている方が、たとえ不死を得たとして、長い命をどうお使いになるおつもりでしたか」

始皇帝は答えなかった。大事そうに薬を包みなおして、ふところにしまった。

重苦しい沈黙の中、シュイ・フーは言いはなった。

「陛下、毒は一口で十分ですぞ。人は二度死ぬことはできません」

「だが、毒のききめをたしかめる分が必要ではないか」

始皇帝はしゃがれ声で答えた。「あいにく、番兵どもに毒が回るようすを見逃した。フェイ、分かっておろうな。おまえは皇帝の前でこの毒を飲むことで、罪をつぐなうのだ」

フェイは立ちすくんだ。

「ああ、陛下は不幸な方です」フーリは叫んだ。

それが心からの叫びだったので、始皇帝はひるんだ。

しかし、「なぜだ」とは聞き返さなかった。答えは彼自身がよく分かっていた。

「陛下、どうしてそのように命をそまつになさいます」

フーリはなみだを流して言った。「なぜ、人の命、ご自分の命を大切になさらないのです。なぜ、この世界を大切になさらないのです」

「人、自分、世界」始皇帝は一言ずつ区切って答えた。「そなたが申したすべてを、今こうして稲妻が照らしておる。青い光に浮かんでは闇に消える。壮大な離宮も稲妻に照らされれば、ただの廃墟だ、稲妻こそ、真実を照らす光。大切にするものなどこの世に何もないことを、教えてくれるのだ」

「まもなく嵐もおさまります。そして朝がくれば、太陽が美しく離宮を照らします。陛下、どうかその気高い光のことをお考えください」

「そなたの光は、皇帝の光とは出所が違うようだな」

始皇帝は言い、シュイ・フーに向きなおった。「皇帝の使者は、すべて失敗に終わった。毒はもらう。かわりに青龍丸はやる。みんなを連れて、どこへなりと去れ」

そこにいた全員が耳をうたがった。

「では、去ってよろしい、と？」

「聞いたとおりだ。シュイ・フー」始皇帝は言い、さげすむようにつけ加えた。

「それとも、チェン・ハイポー、と呼ぶべきか？」

始皇帝はフーリに目をうつした。

「フーリ、天界からきた者」

次にフェイを見た。

「フェイ、魔界からきた者。もどろう」

始皇帝はフェイの手を引き、背後の闇に入った。

にわかにそこで、よろい、かぶとがふれ合う音が起きた。

それは始皇帝にしたがい、闇の中をひしめきあいながら去って行った。

後には離宮を吹き抜ける風の音だけが残った。

「フーリ」シュイ・フーは優しく言った。

「わたしたちの船に行こう」

エピローグ

始皇帝は紀元前二一〇年夏、都のシエンヤンにもどるとちゅう、死んだ。五〇才。

その死は長く秘密にされた。

ヤンがそれを知ったのは、シエンヤンで行われた盛大な葬儀が終わり、さらに月日が過ぎてからだった。

そのころにはシュイ・フーとフーリ、ホァン将軍とリーホワ夫人が乗る青龍丸は、不死山を望む美しい湾にとっくにイカリを下ろしていたはずだ。

シュハイ将軍はみんなと別れを惜しんでから、故郷のホイチに向かった。

ティエン、そして、フェイ。彼らのその後の運命は分からない。

タオとヤンはランヤに残った。

始皇帝の心変わりを恐れて出航を急がなければならなかった青龍丸に、タオの家族たちを待つ時間はなかったのだ。

タオは自分からそれをシュイ・フーに申し出て、あわただしいやりとりの後、青龍丸は二人に見送られて嵐の海に出て行った。

タオとヤンはなつかしい家に帰り、アイリーとシュエホン、ランに大歓迎された。

始皇帝の死が伝えられた後、二人は声をひそめて話し合った。

始皇帝の死に、〈フーリの毒は使われたであろうか？〉と。

彼らは用心深く、この話を二人だけの間にとどめた。

また、いくら考えても真実が明らかになることはない、ことも分かっていた。

次第に彼らはこのことについて考えるのをやめ、やがて始皇帝のことも話題にしなくなった。


青龍丸で去るとき、シュイ・フーはヤンに言った。

「ヤン。わたしと一緒に行こう。タオには家族がいるから残らなければならないのは分かる。だが、おまえはどうしてなんだ」

「ぼくもタオの家族になるからです」ヤンは答えた。

「それはどういうことだい」

ヤンは赤くなりながら、シュエホンのことを話した。

「やれやれ。いつもタオに肩車されて甘えていたおまえが結婚とはね」

聞き終わると、シュイ・フーは言った。「でも、心からおめでとうを言うよ。もちろんタオの許しはもらっているだろうね」

「ええ、タオは、ぼくがシュエホンと結婚するのを望んでくれています」

「それはいい。シュエホンはどう思っているんだ」

「分かりません。でも……」ヤンはシュイ・フーに貝がらのお守りを見せた。

「ぼくの旅が始まるときに、シュエホンがくれたんです」

「それなら、だいじょうぶだ」シュイ・フーは笑って、ヤンの肩をたたいた。

ふいに彼の目に、なみだが光った。

「ヤン、かならずむかえに来るからね。それまで、わたしのことを忘れないでくれよ」

それから何年も過ぎた。

始皇帝が築き上げた強大な秦帝国はあとかたもなくほろび、フーリが予言したように血みどろの戦乱が大陸の各地で起こっていた。

幸い戦火は、ヤンたちが住むランヤの地にはおよばなかった。

夏のある日、ヤンはシュエホンと、ヨチヨチ歩きを始めたばかりの長女ルオランを連れて海岸に出かけた。

すぐにルオランは若い母親に見守られながら、岩の間のカニやヒトデと遊ぶのに夢中になった。ルオランのかんだかい歓声を聞きながら、ヤンは砂に寝そべった。

目をつぶると、まぶたのうらに太陽の熱が感じられる。

波の音が耳を満たす。寄せては引く波は岩場にとどまり、いつまでもピチャピチャとイタズラっぽくしゃべっている。

ルオランのはしゃぐ声が、波たちと会話しているように聞こえてくる。

海はこれからもつづくが、ぼくもシュエホンもルオランもやがては死ぬ。

ふと、そんな思いがヤンの胸をよぎる。

「そうよ。ヤン」フーリの声が言う。「だからこそ、人は生きる意味を考えるの。かぎりある命を、より大事に生きようとするの」

「なあ、ヤン」シュイ・フーが話しかける。

「始皇帝の使者を送る計画が二つとも失敗したのは、なぜだと思う?」

「なぜなの？　フー兄さん」

「自分で見つけなくちゃいけないことを、人にさせようとしたからさ」

ヤンはギュッと目をつぶった。まぶたのうらに白い光が広がる。

すると、一隻の船がゆうゆうと視界を横ぎった。

二枚の大帆が風をはらみ、船首の青い龍が波を切る。

波がさわぎ、風が鳴った。

さっそうと水平線に消えた。


太陽でほてった身体に冷たい水が落ちて、ヤンは目を開いた。

茶色に日焼けしたルオランが、手首のところで可愛らしくくびれた両手に青いヒトデをあぶなっかしくささえている。

「これ……これ……」

ルオランは一生懸命、言葉を探す。

「ヒトデよ。ヒトデ」シュエホンが後ろから教える。

ヤンは起き上がった。

永遠を思わせるゆったりした動きで、波が寄せてくる。
ヤンはランヤの離宮でやつれた顔を海に向けていた始皇帝を思った。
始皇帝は不死の薬を待った。
ぼくはシュイ・フーを待とう。
そのほうがずっといい。

―

完

―

著者プロフィール

小南　波人（こなみ　なみひと）
東京都生まれ。
元民放テレビ局の報道局勤務。
アフリカ・中東・中南米などを取材。

始皇帝の使者

2024年7月23日　初版発行

著者　小南　波人
発行・発売　株式会社三省堂書店／創英社
〒101-0051　東京都千代田区神田神保町1-1
Tel：03-3291-2295　Fax：03-3292-7687
制作　プロスパー企画
印刷／製本　藤原印刷

ISBN978-4-87923-257-1　C0093